HEYNE <

Das Buch

Keine Ruhe für Kommissar Maurice LaBréa. Nach dem Serienkiller, der die Menschen in der Gegend um die Bastille in Angst und Schrecken versetzte, wird Paris diesmal von einer eigenartigen Serie von Anschlägen heimgesucht. Ein Mann, der der Vergewaltigung überführt wurde, findet sich des Nachts nackt gefesselt und geknebelt umringt von vermummten Gestalten wieder, die ihn mit Autolack »markieren«. Er stirbt kurz darauf in Untersuchungshaft. Beging er Selbstmord, weil er die Schande nicht ertragen konnte? Oder wurde er ermordet? Kurz darauf wird ein frisch aus der Haft entlassener Mann tot in seinem Bett gefunden. Todesursache: Kastration. Auf seiner Brust findet die Polizei eine Kassette mit Ravels Boléro. Die Spur führt zu einer Gruppe radikaler Feministinnen, doch der Getötete war nicht wegen Vergewaltigung verurteilt worden. LaBréa ahnt, dass mehr dahinterstecken muss.

Todesträume am Montparnasse ist der dritte Fall für Kommissar Maurice LaBréa. Nico Hofmanns Produktionsfirma teamWorx (u.a. *Donna Leon, Die Sturmflut, Die Flucht*) produziert die Verfilmungen der Krimiserie um Kommissar LaBréa im Auftrag der ARD/Degeto.

Die Autorin

Alexandra von Grote ging in Paris zur Schule, studierte in München und Wien Theaterwissenschaften und promovierte zum Dr. phil. Nach einer Tätigkeit als Fernsehspiel-Redakteurin beim ZDF war sie Kulturreferentin in Berlin. Seit vielen Jahren ist sie als Filmregisseurin tätig. Sie schrieb zahlreiche Drehbücher, Gedichte, Erzählungen und Romane. Alexandra von Grote lebt in Berlin und Südfrankreich.
Weitere Infos zur Autorin unter www.alexandra-vongrote.de

Lieferbare Titel

Mord in der Rue St. Lazare – Tod an der Bastille

ALEXANDRA VON GROTE

Todesträume am Montparnasse

Ein Fall für Maurice LaBréa

Roman

WILHELM HEYNE VERLAG
MÜNCHEN

Der Titel erschien bereits im
Knaur Taschenbuch Verlag
unter dem Titel *Todesträume*

FSC
Mix
Produktgruppe aus vorbildlich bewirtschafteten Wäldern und anderen kontrollierten Herkünften
Zert.-Nr. SGS-COC-1940
www.fsc.org
© 1996 Forest Stewardship Council

Verlagsgruppe Random House FSC-DEU-0100
Das für dieses Buch verwendete
FSC-zertifizierte Papier *Holmen Book Cream*
liefert Holmen Paper, Hallstavik, Schweden.

Vollständige, überarbeitete Ausgabe 09/2009

Printed in Germany 2009
Umschlagfoto: © plainpicture/Hanslik, P.
Umschlaggestaltung: Hauptmann und Kompanie Werbeagentur,
München – Zürich
Satz: C. Schaber Datentechnik, Wels
Druck und Bindung: GGP Media GmbH, Pößneck
ISBN: 978-3-453-43379-3

www.heyne.de

»Sieben Jahre später,
in einem Totenhaus,
trinken die Henker von gestern
den goldenen Becher aus.«

Ingeborg Bachmann, *Früher Mittag*

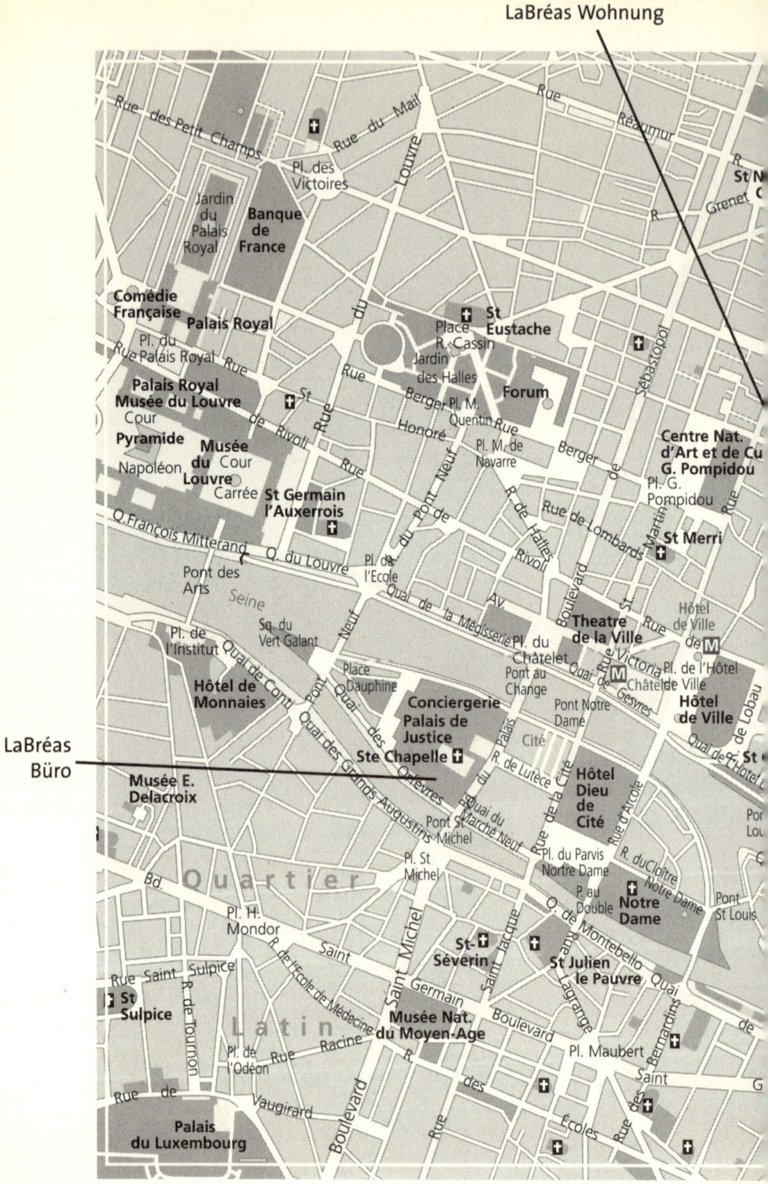
LaBréas Wohnung
LaBréas Büro
Rue des Petit Champs
Rue du Mail
Rue Réaumur
Pl. des Victoires
Jardin du Palais Royal
Banque de France
Rue du Louvre
Comédie Française
Palais Royal
Pl. du Palais Royal
Palais Royal Musée du Louvre
Cour Pyramide
Cour Napoléon
Musée du Louvre
Cour Carrée
St Germain l'Auxerrois
Rue de Rivoli
Rue St Honoré
St Eustache
Place R. Cassin
Jardin des Halles
Rue Berger
Pl. M. Quentin
Forum
Pl. M. de Navarre
Rue du Pont Neuf
R. de Halles
Rue de Lombards
Sébastopol
Centre Nat. d'Art et de Cu
G. Pompidou
Pl. G. Pompidou
St Merri
St N
R. Grenet
Q. François Mitterand
Q. du Louvre
Pl. de l'Ecole
Pont des Arts
Seine
Quai de la Mégisserie
Av. Victoria
Boulevard
Theatre de la Ville
Pl. du Châtelet
Pont au Change
Châtelet
Quai de Gesvres
Rue St. Martin
Hôtel de Ville
Pl. de l'Hôtel de Ville
Hôtel de Ville
Rue de Lobau
Quai de l'Hôtel
Pl. de l'Institut
Sq. du Vert Galant
Quai de Conti
Hôtel de Monnaies
Pont Neuf
Place Dauphine
Quai des Orfèvres
Quai des Grands Augustins
Conciergerie Palais de Justice
Ste Chapelle
Bd. du Palais
Cité
Pont Notre Dame
R. de Lutèce
Rue de la Cité
Hôtel Dieu de Cité
Rue d'Arcole
Musée E. Delacroix
Pont St Michel
Quai du Marché Neuf
Pl. St Michel
Pl. du Parvis Notre Dame
R. du Cloître Notre Dame
P. au Double
Notre Dame
Pont St Louis
Bd. Saint Germain
Quartier Latin
Pl. H. Mondor
R. de l'Ecole de Médecine
Boulevard Saint Michel
St-Séverin
Rue Saint Jacque
St Julien le Pauvre
Rue Lagrange
Q. de Montebello
Quai de
Rue Saint Sulpice
St Sulpice
R. de Tournon
Musée Nat. du Moyen-Age
Rue Racine
Pl. de l'Odéon
Pl. Maubert
Rue des Bernardins
Saint G
Rue des Écoles
Rue de Vaugirard
Palais du Luxembourg

»Brûlerie«

Lycée Charlemagne, Jennys Schule

PROLOG

Sie erwachte vom Gesang der Vögel. Ein scharfer Lichtstrahl drängte durch die Ritze unter der Tür. Ein neuer Tag. Der wievielte? Die Gedanken lösten sich auf, als sie darüber nachsann. Ihr Kopf hämmerte wie wild, die Hände schmerzten. Die Hände! In der Dunkelheit des stickigen Raumes sah sie das Blut nicht, das inzwischen angetrocknet war. Vermischt mit Schmutz und Exkrementen klebte es an den Fingern. Der Gestank war bestialisch, doch auch daran hatte sie sich gewöhnen müssen. Der Rest ihres Körpers lag da wie tot. Keine Empfindung durchzuckte ihn, dafür war sie fast dankbar. Als wären seine Sensoren einfach abgeschaltet worden. Ruhezustand. Neustart irgendwann durch einen Knopfdruck, der sich ihrer Kontrolle entzog.

Sie schloss die Augen wieder, und als sei dies ein Signal, huschten einige Bildfetzen vorbei wie eine scheue Erinnerung. Schöne Bilder. Ein blauer Himmel spannt sich über eine hügelige Landschaft. In der Ferne schlängelt sich der Bach durch Wiesen und Felder. Ein Dorf. Menschen feiern ein Fest, sie lachen und singen … Glückliche Ausschnitte ihres Lebens.

Sie klammerte sich daran, da sie wusste, dass sie sogleich wieder entschwinden würden. Auch das Gezwitscher würde nur kurzzeitig hereinwehen, wie der flüchtige Windhauch in den Mohnfeldern am Fuß der Berge. Damals, als sie Kind war. Eine Kindheit, die ihr frühzeitig den Weg wies, den sie einmal einschlagen sollte. Wie lange war das her? Ein Wimpernschlag und eine Ewigkeit zugleich. Mit vier Jahren fing sie mit dem Klavierspiel an. Mit acht Jahren spielte sie bereits Chopin. Auf dem Flügel der Klavierlehrerin stand zur Sommerzeit stets ein Strauß Sonnenblumen. Aus dem Vorgarten drängte der betäubende Duft der Jasminblüten ins Zimmer. Sonnenblumen, Jasmin und die Etüden von Chopin – eine Erinnerung an Glück und die Unendlichkeit des Lebens, das damals noch vor ihr lag.

Ganz still hielt sie jetzt den Kopf, der zu zerspringen drohte. Für einen kurzen Moment vernahm sie die ersten Anschläge der a-Moll-Mazurka Opus 68. Die hatte sie zuletzt gespielt, noch am Morgen des Tages, der alles veränderte. Zwei Wochen später sollte das Konzert stattfinden, ihr erster großer Auftritt in der Hauptstadt und ein Livemitschnitt für ihre erste CD.

Waren diese zwei Wochen bereits vergangen? Befand sie sich schon so lange hier? Die Zeit war unterteilt in Lärm und Stille, in Schmerz und Betäubung, in Angst vor dem Tod und der Sehnsucht danach.

Sie stützte ihre Ellbogen auf den Steinfußboden und stemmte sich hoch. Der Schmerz in ihren Händen wurde rasend. Wie nach einem Schuss fiel sie zurück.

Von jenseits der Tür drangen plötzlich dumpfe Geräusche. Kurz darauf wurde diese aufgerissen, und ein Schatten füllte den Türrahmen.

Alles in ihrem Kopf drehte sich. Angst und Schmerz verschafften sich jetzt Einlass in jede Pore ihres Körpers, der zu einer einzigen Wunde wurde. Als der Schatten sich auf sie zubewegte, verlor sie das Bewusstsein.

Draußen tötete die Sonne den Tag.

1. KAPITEL

Niemand hatte mit Schnee gerechnet.

Er fiel in dichten, feinen Flocken vom anthrazitfarbenen Himmel. Die Kieswege, die Koniferen und Buchsbaumhecken sowie die parkenden Autos vor dem Haupteingang waren bereits mit einer dünnen Schicht bedeckt.

»Mist, und ich habe Sommerreifen!«, murmelte LaBréas Bruder Richard unwillig und schlug den Mantelkragen hoch.

LaBréa schloss den Reißverschluss seiner Lederjacke und warf einen prüfenden Blick zum Himmel. Es würde in den nächsten Stunden weiterschneien, so viel schien sicher.

»Auf Wiedersehen, Madame Weill.« Er gab der Heimleiterin die Hand. Diese hatte fröstelnd die Schultern hochgezogen und schien es eilig zu haben, ins Haus zurückzukehren.

»Auf Wiedersehen, meine Herren. Ich versichere Ihnen nochmals, dass ich alles tun werde, damit Ihre Mutter ab nächste Woche in ein anderes Zimmer kommt.«

»Danke.« Richard LaBréa fingerte seinen Autoschlüssel aus der Manteltasche. »Wir können uns auch nicht erklären, warum sie plötzlich so aggressiv auf Madame Dary reagiert.«

»Eine Erklärung gibt es wahrscheinlich auch nicht. Alzheimerpatienten verändern oft ihr Verhalten gegenüber ihren Mitpatienten, ohne dass die Gründe nachvollziehbar wären.« Die Heimleiterin, eine zierliche Person mittleren Alters mit einem unauffälligen Durchschnittsgesicht, schlang die Arme um ihren Körper, huschte ins Haus, und die schwere Tür fiel ins Schloss.

Maurice und Richard LaBréa gingen mit raschen Schritten zum Parkplatz. Bevor sie in Richards silberfarbenen Porsche stiegen, schüttelten sie sich den Schnee von den Kleidern und aus den Haaren.

»Seit Jahren hat es Ende Januar in Paris nicht mehr geschneit«, sagte Richard und startete den Motor. »Na ja, auf den großen Straßen bleibt der Schnee wahrscheinlich sowieso nicht lange liegen.«

LaBréa nickte vage. Seine Gedanken verweilten noch bei seiner kranken Mutter, die er und sein Bruder an diesem Vormittag im Pflegeheim besucht hatten. Seit drei Jahren war Lucia LaBréa hier in Créteil untergebracht. Das Schloss, das vor dreihundert Jahren als Morgengabe für eine königliche Mätresse gebaut worden war, lag in einem idyllischen Park und bot den hier untergebrachten Patienten beste Betreuung.

Lucia LaBréas Krankheit war im Lauf der Jahre rapide fortgeschritten. Schon lange erkannte sie ihre

Söhne nicht mehr, schien auch nicht mehr zu wissen, wer sie selbst war. Was fühlte und empfand sie noch? Diese Frage stellte LaBréa sich nicht zum ersten Mal, und niemand konnte ihm darauf eine Antwort geben. Manchmal, wenn sie ihrem ältesten Sohn in ihrem Zimmer gegenübersaß, lag eine ferne Ahnung in ihrem Blick, als erinnerte sie sich. Es war, als würde der Schleier, der ihre Gemütsregungen versteckte, gelüftet. Doch gleich darauf starrte sie wieder ins Leere, zurückgezogen in die schwarze Unendlichkeit des Vergessens. Von den Besuchen bei seiner Mutter, aufgrund seiner beruflichen Tätigkeit ohnehin selten genug, kehrte LaBréa jedes Mal niedergeschlagen zurück. Es gab keine Hilfe für die alte Dame, deren Haar erst von wenigen grauen Strähnen durchzogen war und deren feine Gesichtsfältchen sie jünger wirken ließen, als sie war. Keine Therapie, keine Medikamente, die die fortschreitende Zerstörung des Gehirns aufhalten konnten.

Er dachte an Jenny, seine zwölfjährige Tochter. Einer der Ärzte im Pflegeheim hatte ihm vor einiger Zeit gesagt, dass die Alzheimerkrankheit erblich sei. Er und sein Bruder könnten später davon befallen werden, ebenso wie ihre Nachkommen. Ein entsprechender Gentest könne eventuell Aufschluss darüber geben, ob man den Keim der Krankheit in sich trägt. Dennoch – wollte er wissen, ob er als älterer Mann einmal an Alzheimer leiden würde? Nein, auf dieses Wissen konnte LaBréa verzichten. Und Jenny? Sie würde selbst darüber entscheiden können, wenn sie alt genug dazu war.

LaBréa warf einen Blick zurück auf das Schloss. Mit seinen Zinnen und Türmchen, auf denen der Schnee wie zarter Zuckerguss lag, wirkte es verwunschen und geheimnisvoll. Niemand würde vermuten, dass hier Schwerstkranke untergebracht waren, die auf ihren Tod warteten, ohne dass sie sich dessen bewusst schienen.

Die Stimme seines Bruders riss LaBréa aus seinen Gedanken.

»Wo soll ich dich absetzen? Am Quai des Orfèvres?«

»Ja, bitte.«

Richard bog in die Hauptstraße ein, die zunächst durch den Ort Créteil und dann zum Périphérique führte. Die Straße war glatt, denn entgegen Richards Vermutung blieb der Schnee liegen. Richard stellte das Autoradio an. Auf *France-Inter* kamen die Nachrichten. Die europäische Raumsonde *Mars Express* funkte Daten zur Erde, die den Beweis dafür lieferten, dass auf dem Mars Wasser in Form von Eis existierte. Hatte es dort früher einmal Leben gegeben, oder würde es in seiner primitivsten Form irgendwann erst noch entstehen? Zum Schluss das Wetter. Die Aussichten waren so, wie LaBréa vermutete: Den ganzen Tag über würde es im Raum Paris schneien.

LaBréas Handy klingelte. Er zog es aus der Brusttasche seiner Lederjacke.

»Ja?« Eine Weile hörte er schweigend zu. Dann sagte er: »Fordern Sie die Spurensicherung an, Franck, und setzen Sie sich mit Dr. Foucart in Verbindung. – Die ist bereits unterwegs? Na, das hätte ich mir denken können. Immer als Erste zur Stelle. Ich bin in einer knappen halben Stunde da.« Er schaltete das Telefon aus und wandte sich an seinen Bruder.

»Kleine Programmänderung, Richie. Fahr mich bitte zur Santé.«

Sein Bruder blickte ihn erstaunt an.

»Zum Gefängnis?«

»Ja. Ein Untersuchungshäftling hat sich heute früh in seiner Zelle erhängt.«

»Und wieso musst *du* dann dorthin?«, fragte Richard neugierig und schaltete das Radio aus.

»Weil der Mann vor zehn Tagen eine junge Frau brutal vergewaltigt und anschließend versucht hat, sie zu ermorden. Einen Tag nach der Tat wurde er geschnappt. Außerdem – jeder Selbstmord im Gefängnis wird genauestens untersucht, ob nicht vielleicht was anderes dahintersteckt.«

»Mord?«

LaBréa zuckte mit den Schultern.

»Erzähl doch mal, oder nervt dich das?« Richard stoppte den Porsche an einer roten Ampel.

»Nein, es nervt mich nicht.«

Marielou Delors, vierundzwanzigjährige Studentin der Geschichte, war in der Nacht vom zehnten auf den elften Januar gegen zweiundzwanzig Uhr auf dem Gelände der Universität Nanterre vergewaltigt worden. Sie hatte an einem Seminar teilgenommen, das gegen einundzwanzig Uhr dreißig beendet war. Da sie ihren Schal im Seminarraum vergessen hatte, war sie noch einmal zurückgegangen, während ihre Kommilitonen das Gebäude verließen. Sie fand ihren Schal und beeilte sich, die anderen einzuholen. Auf dem Korridor, kurz vor dem Ausgang des Gebäudes, wurde sie von einem fremden Mann gepackt und in einen Raum gezerrt. Dieser Mann, Julien Lancerau, ein sechsundzwanzigjähriger Elektriker, schlug sie mehrfach ins Gesicht und bedrohte sie mit einer Pistole. Einer Gaspistole, wie die Polizei später herausfand. Dann vergewaltigte er die junge Frau auf brutalste Weise. Sie war so gelähmt vor Angst und Schmerzen, dass sie keinen Widerstand leistete. Zum Schluss versuchte Julien Lancerau, sie mit ihrem Schal zu erwürgen. In der Annahme, sein Opfer sei tot, suchte der Täter anschließend das Weite. Doch Marielou Delors war nicht tot, sondern nur ohnmächtig geworden. Sie erwachte kurze Zeit später und nahm all ihre Kraft zusammen, um den Ort des Geschehens so schnell wie möglich zu verlassen. Direkt neben ihr auf dem Boden lag die Brieftasche des Vergewaltigers, die dieser am Tatort verloren hatte.

Völlig unter Schock stehend verließ Marielou Delors das Universitätsgelände. Nachdem sie zunächst durch die Straßen von Nanterre geirrt war, stoppte sie kurz nach dreiundzwanzig Uhr ein Taxi und fuhr zu einer Freundin. Immer noch alarmierte sie nicht die Polizei. Erst knapp zwölf Stunden später zeigte sie den Vergewaltiger auf dem Kommissariat des Dreizehnten Arrondissements an. Als Beweis legte sie dessen Brieftasche samt Personalausweis vor. Wenig später verhaftete die Polizei den Mann in seiner Wohnung. Da der Tatbestand des versuchten Mordes vorlag (ein ärztliches Attest über ihre diversen Verletzungen hatte die Studentin ebenfalls mit aufs Revier gebracht), schaltete das Kommissariat die Brigade Criminelle ein, LaBréas Abteilung.

In der Nacht, als die junge Frau überfallen worden war, hatte man in der Wohnung der Freundin offenbar einen Plan geschmiedet. Einen Racheplan, einen Akt der Selbstjustiz. Die Freundin pflegte Kontakt zu einer militanten Frauengruppe, die es sich seit geraumer Zeit zur Aufgabe gemacht hatte, vergewaltigte Frauen zu rächen und sich die Vergewaltiger auf sehr spezielle Weise »vorzunehmen«, falls man ihre Identität in Erfahrung bringen konnte. Diese Strafaktionen liefen folgendermaßen ab: Ein Trupp von sechs bis sieben Frauen in Ledermontur stattete den Vergewaltigern einen Besuch ab. Sie schlugen die Männer zusammen, fesselten und entkleideten sie und besprühten ihr Geschlechtsteil mit lilafarbenem Autolack. Dieser Lack ließ sich nur äußerst schwer entfernen. Die Täter wurden auf diese Art »markiert«. Erst danach verständigten die Opfer, bisher vier an der Zahl, die Polizei und gaben den Namen des Vergewaltigers bekannt. Die Frauen der militanten Selbstjustizgruppe blieben im Hintergrund, niemand hatte sie bis jetzt identifizieren können. Die vergewaltigten Frauen verrieten keine Namen und bestritten jeden Zusammenhang mit den Sprayeraktionen.

Auch im Fall von Marielou Delors war diese Sprayergruppe aktiv geworden, bevor der Täter von der Polizei verhaftet wurde. Es stellte sich heraus, dass er im Gebäude der Universität Elektroinstallationen ausgeführt hatte. Es war also für ihn nicht schwierig gewesen, sich Zutritt zu den Räumlichkeiten zu verschaffen und eine Gelegenheit abzupassen, um eine der Studentinnen zu überfallen. Im Übrigen war der Mann bereits einschlägig vorbestraft.

Erstaunt schüttelte Richard den Kopf, als LaBréa ihm dies alles erzählte.

»Sie besprühten den Penis dieser Typen mit lila Farbe?«

»Mit lila *Kunstharzlack,* und nicht nur den Penis, sondern auch seine Eier! Die Farbe bleibt wochenlang daran haften. Die einzige schnelle Lösung wäre eine Operation«, fügte LaBréa sarkastisch hinzu.

»Was sind denn das für Weiber, Maurice? Männerhasser? Lesben?«

»Das wissen wir nicht. Jedenfalls finden ihre Aktionen durchaus die Zustimmung der Bevölkerung. Es gab positive Zeitungsberichte. Auch die Polizei sieht keinen Grund, etwas dagegen zu unternehmen. Zumal die meisten Täter, auch dieser Julien Lancerau, diesbezüglich keine Anzeige erstatten wollen. Welcher Mann würde schon gern zugeben, dass er von einem Haufen entschlossener Frauen auf symbolische Art quasi kastriert worden ist?«

»Ist es denn sicher, dass er der Täter war?«

»Hundertprozentig. Die Studentin hat noch in derselben Nacht im Krankenhaus einen Scheidenabstrich machen lassen. Der Vergleich mit der DNS des Mannes war eindeutig. Im Übrigen hat sich die Sache mit seinem besprühten Schwanz in der Santé wie ein Lauffeuer herumgesprochen. Der Mann wurde zum Gespött seiner Mithäftlinge.«

»Vielleicht war das der Grund, warum er sich erhängt hat?«

»Mag sein.«

Richard fuhr jetzt auf dem Périphérique. Der Schneefall hielt unvermindert an. Dennoch gab es auf der dicht befahrenen Stadtautobahn keine Verkehrsbehinderungen.

Sie schwiegen eine Weile. An der Porte de Gentilly verließ Richard den Périphérique und lenkte den Porsche stadteinwärts. Dann sagte er zu seinem Bruder: »Wann kommt denn Céline aus Barcelona zurück?«

LaBréa drehte kurz seinen Kopf.

»Nächsten Montag oder Dienstag. Am Wochenende will ich sie besuchen, und wir fliegen dann gemeinsam zurück. Ein paar Tage Urlaub kann ich dringend gebrauchen. Hoffentlich ist da besseres Wetter als hier.«

LaBréas Nachbarin Céline Charpentier, seit einigen Monaten seine Freundin, befand sich seit einer knappen Woche in Barcelona. Dort hatte ihr Pariser Galerist in einem renommierten Kunstforum eine Ausstellung ihrer Bilder organisiert. Ihren Zyklus *Couleurs en Flammes* hatte sie Anfang Januar fertiggestellt, fünfzehn großformatige Bilder in kühnen Farben. Vorgestern war die Ausstellung eröffnet worden. Es gab gute Kritiken in der Tagespresse, Berichte im Fernsehen und ein reges Käuferinteresse. Noch am Morgen hatte LaBréa mit Céline telefoniert und ihr mitgeteilt, dass er für Freitag einen Flug gebucht hatte.

Richard zündete sich eine Zigarette an. »Jenny kann gern zu uns kommen, wenn du nach Barcelona fliegst. Fanny und ich fahren raus aufs Land. Kinder lieben doch das Landleben. Und im Haus haben wir seit Weihnachten einen Indoor-Pool. Fünfundzwanzig Grad Wassertemperatur. Da kann sie nach Herzenslust herumschwimmen.«

»Danke für das Angebot, Richard, aber das wird nicht nötig sein. Jenny wohnt während meiner Abwesenheit bei ihrer Freundin Alissa. Das haben die beiden schon ausgemacht.« Er verschwieg, dass Jenny das Leben auf dem Land keineswegs liebte und im Winter auch nicht gern schwimmen ging. Zudem fand sie, Richards Freundin Fanny sei »eine doofe Pute«.

Zehn Minuten später erreichten sie den Boulevard Arago. In der Rue de la Santé hielt Richard direkt vor dem Gefängnis. Die beiden Brüder verabschiedeten sich, und LaBréa stieg aus dem Wagen. Schneeflocken wirbelten ihm ins Gesicht. Rasch betrat er das Gebäude.

Paris, im Januar 2004

Liebe Mama, lieber Papa,
heute Morgen ist in Paris der erste Schnee gefallen. Damit hat kein Mensch gerechnet! Hier fällt selten Schnee. Die Winter sind meist regnerisch und trüb, das Thermometer fällt kaum unter null Grad. Aber das hab ich Euch ja bereits in den letzten Jahren geschrieben.

Und nun diese unerwartete weiße Pracht! Vor zwei Stunden ging ich durch den Jardin du Luxembourg. Obwohl die Schneedecke noch dünn ist, knirschte es unter meinen Füßen. Dieser vertraute Ton, wie früher in den strengen Wintern daheim. Wehmütig dachte ich an die Zeit zurück, als Papa mich auf dem Schlitten über die Dorfstraße zog, damals bei Großmutter auf dem Land. Und Alex warf mit Schneebällen. Das fand ich immer gemein, denn er warf sehr hart, und es tat weh, wenn er mich an der Schulter oder am Kopf traf.

Die Kinder hier in Paris besitzen keine Schlitten. Sie sind von neun Uhr morgens bis fünf Uhr nachmittags in der Schule, und in ihrer Freizeit sitzen sie vor ihren Computern. Eine traurige Kindheit, wie ich finde. Für die meisten jedenfalls. Außerdem gibt es hier viele Scheidungskinder. An den Wochenenden besuchen sie den jeweiligen Elternteil, mit dem sie nicht zusammenleben.

Was machen Papas Rheumaanfälle? Vor Kurzem las ich, dass hier in Frankreich ein neues, sehr effektives Medikament getestet wurde. Wenn ich Euch das nächste Mal besuche, bringe ich es mit. Papa soll es ausprobieren, dann wird man sehen.

Im letzten Brief schrieb Mama, sie habe im Moment in ihrer Kanzlei nicht viel zu tun. Ich hoffe, dass sich das bald ändert! Die Anwaltsgebühren bei Euch sind ohnehin niedrig genug. Und Du, Papa, arbeite nicht zu viel. Ich habe Dir schon früher gesagt, dass Du einen Kollegen einstellen sollst, der wenigstens die Hausbesuche absolviert. Sonst übernimmst Du Dich, und Dein Rheuma bessert sich nie.

Seit einigen Wochen arbeite ich in meiner Freizeit an den großen Beethoven-Sonaten. Neulich hat mein Nachbar sich beschwert. Ich hatte bis kurz vor zweiundzwanzig Uhr gespielt. Zunächst hämmerte er gegen die Wand. Dann klingelte er und forderte mich auf, mir eine andere Wohnung zu suchen und ihn nicht länger mit meiner Musik zu belästigen. Er hat tatsächlich das Wort »belästigen« benutzt, so ein Banause! Aber die Concierge hat mir gesagt, dass er im Frühjahr ausziehen will, sodass sich das Problem von allein erledigen wird. Bisher ist er gottlob! der Einzige, der mein Spiel als Belästigung empfindet.

Die Arbeit nimmt mich stark in Anspruch. Doch ich will mich nicht beklagen, denn ich liebe meine Aufgabe. Die Bezahlung ist gut, und ich habe eine feste, krisensichere Anstellung. Bin sozusagen Beamtin, Angestellte des Staates. Das ist viel wert in diesem Land, das eine hohe Arbeitslosigkeit zu verzeichnen hat und in dem selbst qualifizierte Akademiker auf der Straße landen und keine Arbeit mehr finden.

Nun komme ich zum Schluss. Ich sehne mich nach Mamas Lammeintopf! Wenn ich daran denke, läuft mir das Wasser im Mund zusammen. Oft habe ich schon versucht, Mutters Rezept nachzukochen, jedes Mal war es ein Fiasko. Ihr wisst ja, was für eine schlechte Köchin ich bin. Und ich werde es auch nie richtig lernen. So bleibt mir nichts anderes übrig, als zu warten, bis ich Euch alle wieder in meine Arme schließen kann und wir gemeinsam um unseren großen Esstisch sitzen.

Ich liebe Euch und habe oft Heimweh,

Eure treue Tochter E.

P.S. Vor drei Tagen bekam ich Post von Alex. Ich will ihm, sobald ich kann, antworten.

2. KAPITEL

LaBréa kannte La Santé aus der Zeit, bevor er nach Marseille versetzt worden war. Seitdem hatte er das Gefängnis nicht mehr betreten. Im Jahr 2000 geriet es in die Schlagzeilen, als die Gefängnisärztin Véronique Vasseur ein aufsehenerregendes Buch veröffentlichte. Darin prangerte sie die skandalösen Haftbedingungen an, was zur Folge hatte, dass eine Untersuchungskommission die Zustände in französischen Haftanstalten überprüfte. Seitdem hatte sich einiges im Strafvollzug geändert.

Im Büro der diensthabenden Beamten schien sich allerdings nicht viel verändert zu haben. Das Mobiliar in diesem graugrün getünchten Raum mit nackten Wänden stammte aus einer Zeit, die weit zurücklag, und bestand nur aus dem Nötigsten: zwei einfache Schreibtische aus Metall, ein Spind und der unverzichtbare Tresen, der den Arbeitsplatz der Beamten vom Besucherbereich abtrennte. Dort hatte LaBréas Mitarbeiter Franck Zechira lässig seine Ellbogen aufgestützt. Als LaBréa den Raum betrat, drehte er sich um. Zum wiederholten Mal in den letzten Wochen stellte LaBréa erstaunt fest, wie sehr Franck sich verändert hatte. Ohne seine Moustache wirkte sein Gesicht zwar jünger, aber auch ein wenig nackt. Daran änderte auch der Dreitagebart nichts, den er sich mehr aus Nachlässigkeit denn aus einer modischen Laune heraus hatte wachsen lassen. Francks Kleidung wirkte ungepflegt. Seine verwaschene Jeans saß schlecht und wies an den Knien dunkle Stellen auf. Unter dem Lammfellblouson trug er einen Rollkragenpullover, dessen Maschen sich an der Kragennaht aufgelöst hatten. Seine braunen Augen lagen tief in den Höhlen. Es sah aus, als hätte Franck die letzten Nächte durchgemacht.

In diesem Zustand befand sich der Hauptmann schon seit einigen Wochen. Des Rätsels Lösung: Seine Freundin hatte ihn einen Tag vor Heiligabend Hals über Kopf verlassen. Zwischen Weihnachten und Neujahr war der Möbelwagen gekommen. Seitdem lebte sie mit einem anderen Mann zusammen, mit dem sie offenbar bereits seit letzten Herbst ein Verhältnis hatte, ohne dass Franck etwas geahnt hätte.

LaBréa kannte die Hintergründe nicht genauer. Franck hatte sich wohl gleich nach der Trennung bei seiner Kollegin Claudine Millot ausgesprochen, doch die ging äußerst diskret mit ihrem Wissen um. Und so war in LaBréas Abteilung lediglich bekannt, dass Francks Freundin auf und davon war und er, für alle sichtbar, nicht besonders gut damit klarkam.

Franck lächelte schief.

»Mal was ganz Neues, Chef. Selbstmord eines überführten Vergewaltigers, der als Wiederholungstäter so schnell nicht wieder aus dem Bau gekommen wäre. Also hat er eine andere Lösung gewählt. An Mord glaube ich, ehrlich gesagt, nicht.«

LaBréa zuckte mit den Schultern, wies sich den Beamten gegenüber aus und gab vorschriftsmäßig seine Dienstwaffe ab. Einer der Männer, ein schmächtiger Blonder mit Igelfrisur, wählte eine Nummer auf seinem Telefon und sagte gleich darauf: »Commissaire LaBréa ist jetzt da, Monsieur.«

»Wer hat den Mann gefunden, und wann?«, fragte ihn LaBréa, kaum dass er aufgelegt hatte.

»Kollege Roussel«, antwortete der Blonde. »Und zwar kurz nach neun heute Morgen. Es war gerade Schichtwechsel der Kollegen, und diesen Moment muss der Häftling abgewartet haben. Beim Frühstück um sieben lebte er noch und hat ganz normal Essen gefasst. Aber das erzählt Ihnen der Direktor am besten gleich selbst.«

Franck strich sich nervös mit der Hand übers unrasierte Gesicht. LaBréa stand jetzt neben ihm und bemerkte, dass er nach Schweiß, kaltem Rauch und billigem Fusel roch.

»Dr. Foucart ist also schon da«, sagte LaBréa.

»Ja, sie kam vor fünfzehn Minuten und ist oben in der Zelle. Und Duval ist auch hier. Sie wissen schon, der Neue bei der Staatsanwaltschaft.«

In dem Moment betrat der Gefängnisdirektor den Raum. Er war ein schwergewichtiger Mann mit grauer Lockenpracht und leicht geschürzten Lippen, die an die eines Säuglings erinnerten. In der Hand, an der ein breiter Ehering steckte, hielt er eine halb aufgerauchte Zigarette, die er sogleich in einem der Aschenbecher ausdrückte, die auf dem Tresen standen.

»Meine Herren!« Er zog die Luft durch die Nase und streckte erst LaBréa, dann Franck die Hand hin. »Verdammt unangenehme Geschichte! Die hat uns gerade noch gefehlt, nachdem wir in den letzten Jahren dermaßen in der Kritik gestanden haben und die Presse sich wie die Aasgeier auf uns gestürzt hat. Kommen Sie, wir gehen gleich in seine Zelle. Er hing am Fensterkreuz, zwei Wärter haben ihn abgenommen, und Dr. Clément, unsere Gefängnisärztin, hat den Tod festgestellt. Ansonsten haben wir nichts angerührt.«

»Wurde ein Abschiedsbrief gefunden?«

»Nein.«

Sie verließen das Büro, und ein Wärter führte sie über die Gänge, öffnete und schloss die metallenen Gittertüren. Aus den verschlossenen Zellen waren vereinzelt Stimmen zu hören, Rufe ertönten, Pöbeleien. Die übliche Geräuschkulisse in einer Strafanstalt.

Die Zelle des Selbstmörders Julien Lancerau lag im ersten Stock. Die Zellentür stand weit offen, und ein älterer Wärter hatte sich davor postiert.

Brigitte Foucart, die Gerichtsmedizinerin, die LaBréa seit vielen Jahren kannte, blickte nur kurz hoch, als die drei Männer die Zelle betraten, und murmelte einen Gruß. Staatsanwalt Duval, ein mickriges Bürschchen mit fahler Gesichtsfarbe und einem leicht arroganten Gesichtsausdruck, durchquerte mit langsamen Schritten den kleinen Raum. Er hatte beide Hände in den Taschen seines Lodenmantels vergraben und sah aus, als langweilte er sich. An der Wand neben dem kleinen Tisch lehnte eine etwa dreißigjährige Frau im weißen Kittel, die Arme über der Brust verschränkt. Das musste die Gefängnisärztin sein. Als der Direktor sie LaBréa vorstellen wollte, kam sie ihm zuvor.

»Hélène Clément«, sagte sie mit einer etwas rauen Stimme. »Ich bin die Gefängnisärztin.« Ihr Händedruck war kurz und kräftig.

LaBréa stellte fest, dass sie eine äußerst attraktive Frau war. Ihre dunklen, vollen Haare waren halb lang geschnitten, ihr Gesicht wirkte ebenmäßig und klassisch. Das flüchtige Lächeln ihrer geschwungenen Lippen verlieh ihren Zügen etwas Weiches und Zerbrechliches. Etwas, das in jedem Mann sofort den Beschützerinstinkt weckt, dachte LaBréa spontan. Doch dann irritierte ihn der Blick ihrer schwarzbraunen Augen. Er stand im Kontrast zu der vermeintlichen Zerbrechlichkeit. Es lag kein Ausdruck von Härte oder gar Kälte darin. Nur eine große Leere, als blickte man in einen tiefen, dunklen Schacht. Es konnte auch Trauer sein, Leid oder eine große Einsamkeit. Er würde es wohl nie erfahren, und letzten Endes spielte es ja auch keine Rolle.

Aus den Augenwinkeln sah LaBréa, dass Franck die junge Ärztin ebenso neugierig wie ungeniert taxierte.

LaBréa räusperte sich und warf Franck einen vielsagenden Blick zu. Dieser verstand den Wink seines Chefs, zog verlegen die Nase hoch und wandte sich abrupt dem Leichnam zu, den Brigitte Foucart weiter in Augenschein nahm.

Julien Lancerau hatte mit seinen sechsundzwanzig Jahren bereits zwei Frauen brutal vergewaltigt. Beim ersten Mal war er mit einer milden Strafe davongekommen. Eine zweite Verurteilung wäre wesentlich härter ausgefallen. War Julien Lancerau jemand, der sich durch Freitod einer Verurteilung entzogen hatte? LaBréa wusste es nicht. Aufmerksam betrachtete er den Toten. Sein zum Kinn hin spitz zulaufendes Luchsgesicht mit den schrägen hellgrünen Augen, die weit geöffnet waren, hatte sich durch den Tod kaum verändert. Die aschblonden Haare waren sorgsam gekämmt und linksseitig gescheitelt. Die sichelförmige feine Narbe über der linken Augenbraue schien nach seinem Ableben ein wenig dunkler, als LaBréa es in Erinnerung hatte. Das Hemd war aufgeknöpft und gab eine glatte, unbehaarte Brust frei. Im Schrittbereich der Drillichhose entdeckte LaBréa einen großen Fleck. Offenbar hatte der Mann bei Eintritt des Todes noch Wasser gelassen.

Jetzt erhob sich Brigitte Foucart.

»Und?«, fragte LaBréa.

»Auf den ersten Blick sieht alles wie Selbstmord aus.« Die Gerichtsmedizinerin streifte die Gummihandschuhe ab und steckte sie in die Tasche ihres

Schutzkittels. Sie maß den Staatsanwalt mit einem flüchtigen Blick und wandte sich dann LaBréa zu. »Augenscheinlich ein Fall von typischem Erhängen. Der Aufhängepunkt befindet sich hinten in der Mitte des Nackens, und der Körper hängt freischwebend. Hier.« Sie deutete auf ein Stück Stoff am Fußende des Bettes. »Er hat das Bettlaken in Streifen gerissen und diese zusammengerollt, damit der so entstehende Strick fester wird.« Sie zeigte auf den umgekippten Schemel, der im Raum lag, und zum Fenster. Der Strang war in mehr als zwei Meter Höhe unter der Decke angebracht. »Er stieg auf den Schemel, befestigte das Strangwerkzeug am Fensterkreuz, nachdem er sich die Schlinge vermutlich zuvor um den Hals gelegt hatte, und stieß den Schemel beiseite. Der Tod trat ein, weil die Blutzufuhr zum Gehirn unterbunden wurde. Das Zungenbein wurde nach hinten und gegen die hintere Rachenwand geschoben. Ich sehe mir alles genauer an, wenn er bei mir auf dem Tisch liegt.«

LaBréa bückte sich und gab Brigitte Foucart einen Wink. »Ich möchte dir gern etwas zeigen, Brigitte, damit du bei der Autopsie nicht überrascht bist.«

Er knöpfte die Hose des Toten auf und öffnete den Reißverschluss. Vorsichtig schob er die Unterhose ein Stück nach unten. Brigitte trat näher heran.

»Du liebe Güte, was ist das denn?«, entfuhr es ihr, als sie das mit glänzender lila Farbe besprühte Geschlechtsteil des Erhängten sah.

»Der Racheakt einer militanten Frauengruppe. Der Mann ist ein überführter Vergewaltiger.«

Brigitte runzelte ungläubig die Stirn, dann erlaubte sie sich ein kurzes Grinsen, das jedoch sogleich wieder verschwand.

»Was es nicht alles gibt«, bemerkte sie trocken »Na ja, dann muss ich mich ja wenigstens nicht fragen, warum manche Menschen plötzlich *lila* Totenflecken bekommen.« Mit einer energischen Geste strich sie über ihre kurz geschnittenen, kräftigen Haare. »Was den Todeszeitpunkt angeht, so gibt es diesmal wenig Raum zu Spekulationen. Da der Mann heute Morgen um sieben noch lebend gesehen wurde und kurz nach neun tot am Fensterkreuz hing, liegt der Todeszeitpunkt logischerweise irgendwo dazwischen. Den Bericht bekommst du heute Nachmittag, Maurice.« Dann wandte sie sich an den Gefängnisdirektor. »Den Leichnam nehmen wir gleich mit. Meine Leute warten unten im Hof. Wollen Sie bei der Autopsie dabei sein, Monsieur Duval?« Der hatte die ganze Zeit wie hypnotisiert auf die besprühten Genitalien des Toten gestarrt.

»Wie bitte?«, meinte er irritiert. Sein arroganter Gesichtsausdruck war gewichen. Er räusperte sich. »Ja … ja, natürlich. Obwohl – eigentlich ist der Fall ja sonnenklar, oder, Doktor?«

Die Gerichtsmedizinerin lächelte herablassend. »Sonnenklar ist er erst, wenn mein Bericht vorliegt, Monsieur.«

Ein kurzes Nicken in die Runde, dann verließ Brigitte Foucart die Zelle. Staatsanwalt Duval folgte ihr.

Wenig später saßen sie im Büro des Gefängnisdirektors. Dr. Hélène Clément, die Ärztin, hatte die Beine übereinandergeschlagen, sie waren lang und wohlgeformt. Ihre schlanken Hände ruhten lässig auf ihren Oberschenkeln. Sie trug keine Ringe, und die Fingernägel zierte ein dezentes Rot. Franck, der genau gegenüber der Ärztin Platz genommen hatte, konnte kaum seine Blicke von der attraktiven Frau wenden.

In knappen, präzisen Worten berichtete Dr. Clément, was geschehen war. Genau um neun Uhr fünfzehn erreichte sie der Anruf der Wärter auf der Krankenstation. Sie eilte sofort in den ersten Stock zur Zelle von Julien Lancerau. Der Gefängnisdirektor traf gleichzeitig mit ihr dort ein. Der Häftling hing am Fensterkreuz, und Hélène Clément gab den Wärtern Anweisung, ihn sofort abzuschneiden. Der Leichnam wurde auf den Zellenboden gelegt, und die Ärztin konnte nur noch den Tod feststellen.

»Kannten Sie den Häftling, Doktor?«, wollte LaBréa wissen.

»Nein, nicht persönlich. Aber ich kannte seine Akte. Ich werde über alle Neuzugänge informiert.«

Der Direktor bemerkte den erstaunten Ausdruck auf LaBréas Gesicht und sagte erklärend: »Dr. Clément ist eine äußerst engagierte Mitarbeiterin, die sich nicht nur auf ihr ärztliches Fachgebiet beschränkt.

Sie möchte Bescheid wissen, wer alles bei uns einsitzt, sich mit den Akten vertraut machen.«

Franck schaltete sich ein, und LaBréa hörte die leichte Unsicherheit in seiner Stimme.

»Wie lange sind Sie denn schon hier in der Santé? Haben Sie seinerzeit die Nachfolge von Dr. Vasseur angetreten?«

Hélène Clément warf ihm einen kurzen Blick zu.

»Nein, ich kam später. Ich arbeite erst seit zwei Jahren hier.«

Der Direktor zündete sich eine Zigarette an und reichte die Packung in die Runde. Niemand bediente sich. Er stieß den ersten Rauch in die Luft und legte seine Stirn in Falten.

»Schöne Schweinerei, das Ganze. Man wird uns mangelnde Aufsichtspflicht vorwerfen. Aber ich kann doch nicht für jeden Häftling einen Beamten abstellen! Wer sich umbringen will, findet einen Weg. Wie lange dauert es, bis ein Mensch tot ist, wenn er sich erhängt, Doktor?«

Hélène Clément antwortete rasch.

»Nur wenige Minuten, Monsieur.«

»Na bitte! Nur wenige Minuten. Lancerau hatte leichtes Spiel. Wie hätten wir das verhindern sollen?«

»Erklären Sie das der Untersuchungskommission, die es bestimmt geben wird, nicht uns«, meinte LaBréa.

»Ich habe schon dem Staatsanwalt gesagt, dass die Presse möglichst keinen Wind von der Sache bekommen sollte.« Der Direktor wurde zunehmend nervöser. »Es wäre eine Katastrophe, wenn etwas durchsickerte. Ich sehe förmlich schon die Schlagzeile!«

»Das wird sich kaum vermeiden lassen, Monsieur«, bemerkte LaBréa. »Bei solch einer Geschichte sickert immer irgendetwas durch. Weiß sein Anwalt eigentlich schon Bescheid?«

»Nein, nein ...«, druckste der Direktor kleinlaut. »Ich wollte erst abwarten, bis Sie hier vor Ort waren.«

»Dann holen Sie das schleunigst nach«, sagte Franck und kratzte sich hinterm Ohr. »Ich gehe jede Wette darauf ein, dass der das Ding an die ganz große Glocke hängt.«

LaBréas Handy klingelte.

»Entschuldigen Sie«, sagte er und schaltete das Gerät ein. »Ja? Jean-Marc ... Was? Wo? Moment, ich notiere.« Er fingerte Notizbuch und Kugelschreiber aus der Brusttasche seiner Lederjacke. »Rue Chrétien de Troyes. Hausnummer? Elf ... Eine Autowerkstatt? Aha, an der Gare de Lyon. Rufen Sie Dr. Foucart auf ihrem Handy an, sie war bis eben hier in der Santé und ist jetzt gerade unterwegs zur Place Mazas. Begeistert wird sie nicht gerade sein, wenn sie gleich den nächsten Klienten bekommt. Franck und ich fahren hier sofort los. Wo ist Claudine? Gut, umso besser.«

3. KAPITEL

Franck hatte den Renault im Hof der Santé geparkt. Die Schneedecke war inzwischen auf etwa fünf Zentimeter angewachsen und LaBréa ahnte, dass in der Stadt ein mittleres Verkehrschaos herrschte.

Auf dem Weg zum Wagen hatte LaBréa seinen Mitarbeiter über Jean-Marcs Anruf unterrichtet. Franck hatte nur mit den Schultern gezuckt, als wäre er völlig desinteressiert an der Tatsache, dass im Zwölften Arrondissement eine Leiche gefunden worden war. So kannte LaBréa ihn nicht, und er sprach ihn direkt darauf an.

»Was ist eigentlich mit Ihnen los, Franck? Sie wirken irgendwie völlig abwesend. Brauchen Sie Urlaub?« LaBréa bemühte sich, seine Stimme nicht ärgerlich klingen zu lassen.

Franck machte eine wegwerfende Handbewegung.

»Nicht der Rede wert. Ich habe private Probleme, aber das wissen Sie doch sicher längst.«

»Dann packen Sie Ihre Probleme an, und lösen Sie sie!«

Franck verzog vielsagend sein Gesicht.

»Tja, vielleicht bin ich ja schon dabei, sie zu lösen …« Er öffnete die Wagentür und warf sich hinters Steuer. »Mein Vater hat mal zu mir als Junge gesagt, als meine Katze überfahren wurde: Leg dir am besten gleich ein neues Tier zu, das ist das beste Mittel, den Verlust zu verkraften.« Er reckte seinen Kopf und warf einen letzten Blick auf die Gefängnismauern, die den quadratischen Innenhof eingrenzten. »Diese Dr. Clément ist eine klasse Frau.«

LaBréa schloss die Autotür und legte den Gurt an.

Franck grinste verschwörerisch und fuhr fort. »Ich habe mich vorhin bei einem der Wärter erkundigt. Sie ist nicht verheiratet. Finden Sie nicht, dass das irgendwie ein Wink des Schicksals ist?«

LaBréa warf ihm einen kurzen Blick zu.

»*Ich* finde, dass Sie Ihre alte Geschichte erst einmal verarbeiten und beenden sollten, innerlich, meine ich, bevor Sie sich mit dem Gedanken tragen, eine neue zu beginnen.« Er verkniff sich den Zusatz, dass eine Frau wie Hélène Clément vermutlich eine Nummer zu groß für Franck Zechira war.

Franck startete den Motor und blickte seinen Chef unsicher an. Als ahne er dessen Gedanken, glitt sein Blick über seine angeschmuddelten Jeans und seine Hände, deren Fingernägel dunkle Ränder aufwiesen. »Sie meinen, eine Frau wie sie hat vermutlich andere Ansprüche?«

LaBréa ging nicht darauf ein. »Fahren Sie endlich los, Franck. Wir haben da anscheinend eine Riesensache am Hals. Und fahren Sie vor allem vorsichtig bei dem Wetter!«

»Scheißschnee«, erwiderte Franck und schaltete die Scheibenwischer ein.

Auf den Straßen hatten sich aufgrund der Wetterlage Staus gebildet. Überall im Stadtgebiet gab es Auffahrunfälle. Als sie durch die Rue Crozatier fuhren, kam ein Anruf von Jenny. Es war die Zeit ihrer großen Pause, und da telefonierten Vater und Tochter regelmäßig miteinander.

»Ich wollte dir nur sagen, Papa, dass ich heute erst gegen acht nach Hause komme«, sprudelte Jenny los.

»Wieso das denn?«

»Unser Fußballtraining fällt aus. Wegen dem Schnee. Aber Alissa und ich wollen uns den neuen *Harry Potter*-Film ansehen. Die Vorstellung fängt um fünf an. Pierre-Michel und Yannick kommen auch mit.«

»Wer sind denn Pierre-Michel und Yannick?«, fragte LaBréa verblüfft.

»Zwei Jungs aus unserer Klasse.«

»So, so. Ich dachte, du findest gleichaltrige Jungen blöd?«

»Stimmt. Aber die beiden sind schon dreizehn und eigentlich ganz nett.«

»Dann viel Spaß im Kino. Bei mir wird es wahrscheinlich spät.«

»Ein neuer Fall, Papa?«

»Hm. Also, Jenny, vergiss Obelix nicht, aber gib ihm nicht zu viel zu fressen, sonst wird er noch dicker.«

»Obelix ist nicht dick, er hat nur so ein dichtes und

langes Fell«, widersprach das Mädchen. »Hack doch nicht immer auf ihm herum, Papa. Schließlich hat er mir das Leben gerettet!«

Dem konnte LaBréa schlecht etwas entgegensetzen. In der Tat war es Obelix zu verdanken, dass Jenny im Dezember aus der Gewalt des wahnsinnigen Bastille-Killers gerettet werden konnte. Obelix hatte die Polizei auf die richtige Spur geführt. Seitdem wurde das Tier von Jenny noch mehr verwöhnt, was nicht unbedingt zu seinem Besten war.

»Ist ja gut, Jenny, niemand hackt auf Obelix herum. Bleib heute Abend nicht wieder vor dem Fernseher hängen und mach spätestens um halb zehn das Licht aus. Ich verlass mich auf dich.«

Franck bog von der Avenue Daumesnil in die Rue Chrétien de Troyes ein. Die Hausnummer elf entpuppte sich als schmaler, heruntergekommener Betonbau, in dessen Erdgeschoss sich eine Autowerkstatt befand. *Garage P. Masson* stand auf einem Messingschild über der Einfahrt.

In der Straße parkten bereits mehrere Polizeifahrzeuge. Im Hauseingang, gleich neben der Durchfahrt zur Werkstatt, wartete Leutnant Jean-Marc Lagarde. Unter seiner alten Flic-Pelerine lugte eine rote Cordhose hervor. Als Kopfbedeckung hatte Jean-Marc eine schrill gestreifte Ballonmütze gewählt, deren Farbkombination sich in den dicken Wollhandschuhen wiederfand. Wie immer machte Jean-Marc seinem Spitznamen »Paradiesvogel« alle Ehre.

»Ich frage mich, wann er endlich im Zirkus auftritt«, murmelte Franck und brachte den Wagen zum Stehen.

LaBréa überhörte die Bemerkung und stieg aus. Das Schneetreiben hatte nicht nachgelassen, und der Bürgersteig war rutschig.

»Claudine ist oben, Chef«, begrüßte ihn Jean-Marc. »Bereiten Sie sich schon mal auf das vor, was Sie da erwartet.«

»Haben Sie Couperin benachrichtigt?«

»Der ist bereits unterwegs.«

»Und Dr. Foucart?«

Jean-Marc grinste. »Sie werden es nicht glauben, aber sie war diesmal *nicht* die Erste bei der Leiche. Ich war vor ihr da.«

Sie gingen in den ersten Stock. Jean-Marc informierte LaBréa und Franck über die wichtigsten Fakten. »Das Opfer heißt Pascal Masson, achtunddreißig Jahre alt, ledig. Von Beruf Kfz-Mechaniker. Er war der Besitzer der Reparaturwerkstatt unten im Haus.«

»Wer hat ihn gefunden?«

»Einer seiner beiden Angestellten, Alain Wagner. Er sagte, Masson wäre gestern Morgen aus dem Gefängnis entlassen worden.«

»Weswegen hat er eingesessen?«

»Das weiß der Mann angeblich nicht. Oder wollte es nicht sagen.«

»Ich rede nachher gleich mal mit ihm«, meinte LaBréa und betrat die Wohnung. Sie bestand aus einer kleinen Diele, zwei Zimmern und einer winzigen Küche. Die Couch und die beiden Sessel im Wohnzimmer waren mit Bettlaken abgedeckt, die grau und ungewaschen wirkten. Ein muffiger Geruch lag über allem. Offenbar waren die Räume wochenlang nicht gelüftet worden.

Claudine kam ihm entgegen. Sie blickte ihn mit großen Augen an, und ihre Gesichtsfarbe war blasser als sonst.

»Scheußlicher Anblick, Chef«, sagte sie tonlos und lockerte ihren Schal, den sie um den Hals geschlungen hatte. Die lange Narbe an der linken Halsseite glänzte rosa. Eine Erinnerung an jene Nacht im Dezember, als sie dem Bastille-Killer in die Arme gelaufen war und er auf sie eingestochen hatte.

LaBréa ging ins Schlafzimmer. Dort hielten sich bereits die Mitarbeiter der Spurensicherung sowie die Gerichtsmedizinerin auf.

Der Tote lag auf seinem Bett, Hände und Füße mit dünner Nylonschnur an die eisernen Bettpfosten gebunden. Seine hellblonden, fast weißen Haare stachen ins Auge und standen im Kontrast zu den dunkleren Augenbrauen. Sein Mund war mit einem großen Heftpflaster verklebt, die Augen waren geschlossen. Brigitte Foucart stand so, dass sie den mittleren Teil des leblosen Körpers zunächst verdeckte. Jetzt drehte sie sich um und atmete tief durch. LaBréa trat näher und wollte seinen Augen nicht trauen. Der Leichnam des Mannes war von der Taille abwärts nackt, und an der Stelle des Geschlechtsorgans klaffte eine blutige Wunde.

»Kastriert«, sagte die Gerichtsmedizinerin leise. »Penis und Hoden mit mehreren scharfen Schnitten vom Körper getrennt. So was sehe ich heute zum ersten Mal, aber ich glaube, niemand von uns drängt sich nach einem solchen Anblick.«

Jetzt entdeckte LaBréa die abgeschnittenen Geschlechtsteile auf der Brust des Toten. Gleich daneben lag eine Musik- oder Tonkassette im handelsüblichen Format. Ein ebenso bizarres wie abscheuliches Arrangement. Im Raum hatte sich eine bedrückende Stille ausgebreitet.

Der Polizeifotograf schoss die letzten Bilder von der Leiche und war froh, seinen Job beenden zu können.

LaBréa streifte Gummihandschuhe über und nahm die Kassette vom Körper des Toten. Sie war ein gängiges Markenfabrikat und nicht beschriftet. Was enthielt sie?

Unbemerkt von den anderen hatte Ermittlungsrichter Joseph Couperin den Raum betreten.

»Herr im Himmel, das darf doch nicht wahr sein!«, war alles, was er beim Anblick des Opfers zunächst hervorbrachte.

Franck, Claudine und Jean-Marc hatten in der Zwischenzeit begonnen, die Wohnung zu durchsuchen. »Gibt es hier irgendwo einen Kassettenrekorder? Oder ein Radio mit Kassettendeck?«, rief LaBréa seinen Mitarbeitern zu. Dies war nicht der Fall.

»Mein Autoradio hat ein Kassettendeck«, bemerkte Couperin. Er knöpfte seinen schweren Fischgrätmantel auf und nahm seinen Hut ab.

»Gut, dann hören wir nachher gleich mal, was auf dieser Kassette ist.«

In der Gesäßtasche der Hose, die achtlos über einen Stuhl geworfen worden war, fand Jean-Marc die Brieftasche des Toten und durchsuchte sie.

»Sehen Sie mal, Chef«, sagte er zu LaBréa. »Sein Haftentlassungsschein. Raten Sie mal, wo er eingesessen hat. In der Santé.«

»In der Santé?«, erwiderte LaBréa. »Franck, rufen Sie gleich mal den Direktor an und erfragen Sie die Einzelheiten.«

Franck nickte, zog sein Handy aus der Hosentasche und verließ das Schlafzimmer.

LaBréa wandte sich an Brigitte Foucart.

»Der Todeszeitpunkt, Brigitte?«

Die Gerichtsmedizinerin seufzte. »Tja, der Todeszeitpunkt ... Den wird der Mann weiß Gott herbeigesehnt haben, so wie er zugerichtet wurde. Wenn er Glück hatte, ist er rechtzeitig ohnmächtig geworden, bevor sein bestes Stück abgesäbelt wurde. Ich tippe übrigens bei dem Werkzeug auf eine Rasierklinge oder Ähnliches. – Also, die Totenstarre ist voll ausgebildet. Er ist seit etwa sechs bis neun Stunden tot.«

LaBréa blickte auf seine Uhr. Es war halb zwölf. Er rechnete zurück. »Das heißt also, dass er in der letzten Nacht zwischen halb drei und halb sechs getötet wurde.«

»So ungefähr. Höchstwahrscheinlich ist er verblutet. Nach der Autopsie kann ich mehr sagen. Dann weiß ich vielleicht auch, ob die Kastration bei vollem Bewusstsein stattgefunden hat oder nicht. Betäubungsmittel, Drogen und so weiter, müssten noch nachzuweisen sein. Auf jeden Fall wurde er *vor* Eintritt des Todes kastriert, sonst hätte er nicht einen derartigen Blutverlust. Eines kann ich aber schon ziemlich sicher sagen: Vermutlich hat der Mann eine Menge Alkohol intus gehabt. Das kann man jetzt noch riechen.«

LaBréa musste ihr recht geben. Von der Leiche ging ein penetranter Fuselgeruch aus, der mit der muffigen Luft in der Wohnung eine nur schwer erträgliche Verbindung eingegangen war.

Claudine hatte in einer Schublade im Wohnzimmer unter einem Stapel alter Rechnungen eine Farbfotografie entdeckt. Sie war im DIN-A4-Format und in einen silbernen Rahmen gefasst. Man sah eine Gruppe von sechs Männern. Fünf von ihnen trugen Uniform, der sechste eine kakifarbene Fliegerkombination. Sie hielten Champagnerkelche in der Hand und lachten in die Kamera. Claudine deutete auf den Dritten von links, einen großen, schneidig aussehenden Mann, dessen Uniformjacke wie angegossen saß und seine breiten Schultern betonte.

»Das ist Masson, Chef.« Deutlich waren die weißblonden Haare und die dunklen Augenbrauen des Ermordeten zu erkennen. Allerdings wirkte Masson auf dem Foto wesentlich jünger. Auf der Rückseite des Rahmens gab es einen handschriftlichen Vermerk.

»Camerone, 30. April 1991 …«, las LaBréa laut vor und runzelte die Stirn. »Kann jemand was damit anfangen?«, fragte er.

»Ja, klar«, antwortete Franck, der soeben zurückgekehrt war. »Das Camerone ist ein hoher Gedenktag der Fremdenlegion, Chef. Darf ich mal sehen?« LaBréa reichte ihm das Foto. »Genau!«, fügte Franck hinzu. »Die Jungs hier tragen die Galauniform der Legion. Grünrote Schulterklappen, grüne Krawatte … fehlen nur noch die weißen Käppis.«

»Also vermutlich ein Kameradschaftstreffen. Gut, darum kümmern wir uns später«, sagte LaBréa. »Was sagt der Direktor der Santé?«

Franck fasste das Gespräch zusammen. Pascal Masson war vor zwei Jahren wegen schwerer Körperverletzung verurteilt worden und hatte die volle Strafe in der Santé abgesessen. Der Mann, den er in einer Kneipe zusammengeschlagen hatte, war seitdem auf einem Auge blind und litt unter heftigen Kopfschmerzen. Gestern war Masson entlassen worden. Als Häftling hatte er sich gut geführt, war unauffällig gewesen. Während der zweijährigen Haftzeit hatte er regelmäßig Besuch von einem Freund bekommen. Keine Briefe, keine sonstigen Kontakte.

»Auch keine Freundin, die ihn besucht hat?«, wollte LaBréa wissen.

Franck verneinte.

»Vorstrafenregister?«

»Eine Vorstrafe 1999 wegen Körperverletzung. Ein ähnliches Szenario wie bei der letzten Straftat. Der Mann war ein Schlägertyp. Deshalb gab's bei der letzten Verurteilung auch keine Bewährung.«

»Wer hat denn die Werkstatt weitergeführt, als er einsaß?«, fragte Couperin und zündete sich eine seiner Gauloises Blondes an.

»Seine beiden Mechaniker«, sagte der Paradiesvogel.

»Haben die denn ihren Chef gestern nach seiner Entlassung aus der Santé gesehen?«

»Angeblich nicht. Sie hätten jedoch gewusst, dass er entlassen wurde und dass er heute Morgen in die Werkstatt kommen wollte.«

»Eigenartig«, bemerkte LaBréa. »Der Mann verschwindet zwei Jahre von der Bildfläche und vertraut seinen Laden seinen Angestellten an. Und da geht er nach seiner Entlassung nicht als Erstes in die Werkstatt, um nach dem Rechten zu sehen?« LaBréa wandte sich an den Ermittlungsrichter. »Kommen Sie, Monsieur, damit wir uns die Kassette in Ihrem Wagen anhören können. Claudine, Sie fragen in der Nachbarschaft, ob jemand irgendetwas beobachtet oder gehört hat.«

»Es gibt hier nur noch eine Wohnung im zweiten Stock. Da wohnt aber niemand, hat uns einer der Mechaniker aus der Werkstatt vorhin gesagt. Die Werkstatt ist natürlich nachts geschlossen, Masson war also allein im Haus. Der Mörder hatte leichtes Spiel, Chef.«

LaBréa nickte. Entweder hatte der Mörder seinem Opfer in dessen Wohnung aufgelauert oder sich auf andere Weise Zutritt verschafft. In jedem Fall musste er gewusst haben, dass Pascal Masson an diesem Tag aus dem Gefängnis entlassen werden sollte. Dass der Kfz-Mechaniker ein Zufallsopfer gewesen sein sollte, schien so gut wie ausgeschlossen. Vor allem im Hinblick auf die Art und Weise, wie er getötet worden war. Die ließ darauf schließen, dass es zwischen Opfer und Mörder irgendeine Verbindung geben musste.

»Claudine, Sie und Jean-Marc versuchen in Erfahrung zu bringen, wo Masson nach seiner Entlassung gestern Morgen gewesen ist«, fuhr LaBréa fort. »Hat ihn jemand vor den Toren der Santé erwartet und abgeholt? Was hat er den ganzen Tag über gemacht? Hat er sich mit jemandem getroffen? Hat er Paris möglicherweise kurzzeitig verlassen?«

»Da man seine Alkoholfahne jetzt noch riechen kann«, meinte Claudine, »hat er vermutlich gleich nach seiner Entlassung gestern eine große Sause steigen und sich volllaufen lassen.«

»Finden Sie es heraus. Um vierzehn Uhr steigt die Talkrunde in meinem Büro. Franck, Sie kommen mit Monsieur Couperin und mir.«

LaBréa wandte sich noch einmal an Brigitte Foucart. »Was meinst du, Brigitte, wer würde einen Mann per Kastration töten?«

Brigitte zuckte mit den Schultern.

»Keine Ahnung, Maurice. Jemand, der eine dicke Rechnung mit dem Ermordeten offen hatte. Im Übrigen erinnert mich das Ganze in gewisser Weise an den erhängten Vergewaltiger heute Morgen in der Santé. Dessen Geschlechtsteil war *besprüht*. Das hier wurde gleich ganz entfernt. Klingelt es da nicht bei dir?«

»Du meinst, diese militante Frauengruppe könnte dahinterstecken?«

Brigitte antwortete nicht, wiegte nur vielsagend den Kopf.

»Was für eine militante Frauengruppe?«, fragte Ermittlungsrichter Couperin erstaunt. »Würden Sie mich bitte aufklären, LaBréa?«

»Gewiss, aber wir sollten uns zunächst die Kassette anhören.«

4. KAPITEL

Couperin streifte dünne Gummihandschuhe über, nahm die Kassette aus der Hülle und schob sie ins Kassettendeck seines Autoradios.

Nach einigen Sekunden schwoll Musik rasch und laut an.

»Das kommt mir irgendwie bekannt vor«, sagte Franck nach den ersten Takten. Er saß auf der Rückbank des Wagens und beugte sich nach vorn. LaBréa drehte sich weg, um seinen schlechten Atem nicht riechen zu müssen.

»Ja, Monsieur Zechira, das ist ein sehr bekanntes und populäres Musikstück.« Couperin sprach lauter als sonst, um die Musik zu übertönen. »Eines der bekanntesten, das je geschrieben wurde. Der *Boléro* von Maurice Ravel.«

LaBréa nickte zustimmend. Seine Eltern hatten eine Schallplattenaufnahme davon gehabt. Der *Boléro* war eines der Lieblingsstücke seines Vaters gewesen. LaBréa lauschte den Klängen, die nach einigen Minuten mit einem furiosen Schlusstakt endeten.

Couperin ließ die Kassette weiterlaufen. Aber das Band schien nichts weiter zu enthalten. Die drei Männer warteten noch eine Weile, doch es ertönte nur noch ein Rauschen. Couperin hielt das Band an und ließ es zurückspulen.

»Wir hören es uns gleich noch einmal an«, meinte er.

»Ich stoppe mal die Zeit.« Sobald die Musik ertönte, drückte Franck auf den Timer seiner Pilotenuhr.

Das eingängige Thema des Musikstückes erklang in dem engen Innenraum des Wagens noch wuchtiger als beim ersten Mal. Beinahe bedrohlich, wie LaBréa empfand.

»Exakt drei Minuten und fünfundvierzig Sekunden«, sagte Franck, als der letzte Ton verklungen war.

»Was wir hier hören, ist nur der Schlussteil des *Boléro*.« Der Ermittlungsrichter stellte das Band ab. »Wenn ich mich recht erinnere, ist das Stück insgesamt etwa vierzehn Minuten lang. Das Band setzt also ungefähr in der elften Minute ein. Im Prinzip besteht der *Boléro* ja aus der fortwährenden Wiederholung eines einzigen Themas, das sich stetig steigert und durch ständiges Hinzufügen weiterer Instrumente eine sogartige Wirkung auf den Zuhörer entfaltet. Das ist das Geheimnis der Popularität dieses Stückes.«

»Besser hätte uns das ein Musikwissenschaftler auch nicht erklären können«, sagte LaBréa anerkennend. Er wusste zwar, dass Couperins große Leidenschaft den schönen Künsten galt. Er ging regelmäßig ins Theater, verpasste keine größere Ausstellung und besaß ein Abonnement für die Opéra Bastille. Eine solch detaillierte Kenntnis verblüffte dennoch.

Couperin räusperte sich und legte die Hände auf das Lenkrad, dann fuhr er fort.

»Wir werden uns noch genauer damit befassen müssen, aus welchem Grund ausgerechnet eine Aufnahme *dieses* Musikstücks auf dem Leichnam des Ermordeten lag. Folgendes könnte dabei von Bedeutung sein: Die Musikgeschichte klassifiziert Ravels *Boléro* als eines der Meisterwerke der musikalischen Erotik. Das Stück wurde seinerzeit als eine Art erotisches Ballett uraufgeführt. Wenn ich mich nicht irre, war das 1928 oder 1929, und zwar hier in Paris. Die Premiere war ein überwältigender Erfolg.«

Franck pfiff leise durch die Zähne. »Wow, Monsieur le Juge, woher wissen Sie das alles?«

Ein leicht ironisches Lächeln spielte um Couperins Lippen.

»Die Antwort ist relativ einfach, Capitaine. Ich beschäftige mich in meiner Freizeit mit Dingen, die den Geist, die Seele und die Fantasie anregen. Damit gebe ich meinem Leben einen Sinn, der jenseits des menschlichen Morastes liegt, mit dem wir täglich in unserem Beruf konfrontiert sind.«

LaBréa verkniff sich ein Schmunzeln, als er Francks betretenes Gesicht bemerkte. Couperins Anspielung hatte offenbar gesessen. Es war allgemein bekannt, dass Franck sich nicht für kulturelle Dinge interessierte. Seine einzige Leidenschaft galt der Pferdewette. Da kannte er sich gut aus, tippte regelmäßig und verbrachte seine Wochenenden meist auf den Rennbahnen in Longchamps oder Vincennes. Vielleicht war dies einer der Gründe, warum ihn seine Freundin Weihnachten verlassen hatte? Mit seinen häufigen Gewinnen verdiente Franck sich zwar auf den Rennbahnen ein schönes Zubrot zu seinem mageren Hauptmannsgehalt. Doch Geld war eben nicht alles im Leben.

LaBréa lenkte das Thema wieder auf das Wesentliche.

»Knapp vier Minuten eines Meisterwerkes der musikalischen Erotik auf dem toten Körper eines kastrierten Mannes«, sagte LaBréa nachdenklich. »Von einer Platte, CD oder Kassette eigens für dieses makabre Arrangement kopiert. Eine Botschaft des Mörders. Fragt sich nur, was sie uns sagen soll.«

»Das liegt doch auf der Hand«, warf Franck ein. »Das ist die Botschaft irgendwelcher wild gewordener Weiber!«

Dies war für LaBréa das Stichwort, Ermittlungsrichter Couperin über die Vorkommnisse im Gefängnis La Santé zu informieren sowie über die Sprayeraktionen der militanten Frauengruppe. Als LaBréa geendet hatte, wiegte Couperin skeptisch den Kopf.

»Ich weiß nicht, Commissaire. Sind Sie wirklich der Meinung, dass da ein Zusammenhang besteht?«

LaBréa lachte kurz.

»Nicht *ich* bin dieser Meinung, sondern Hauptmann Zechira! Diese Sprayerfrauen haben es auf Vergewaltiger abgesehen, das ist unbestritten. Der Fall Julien Lancerau war die fünfte Aktion dieser

Art. Jedes Mal war dabei zweifelsfrei eine Vergewaltigung vorausgegangen. Aber Pascal Masson? Bis gestern Morgen saß er im Gefängnis. Ich kann mir, ehrlich gesagt, nicht vorstellen, dass er sich gleich nach seiner Entlassung eine Frau schnappte, sie vergewaltigte, durch irgendetwas seine Identität preisgab und damit diese Sprayerfrauengruppe auf den Plan rief. Abgesehen von der Tatsache, dass diese Gruppe sich dann innerhalb sehr kurzer Zeit völlig radikalisiert hätte und jetzt geplante Morde durchführt.«

»Das ist eine richtige Überlegung«, erwiderte Couperin. »Noch wissen wir so gut wie nichts über Pascal Masson. Gestern kam er aus dem Gefängnis, seine Vorstrafen weisen keinerlei Sexualdelikte auf.«

»Nichts von dem, was wir bisher wissen, deutet auf eine *Täterin* hin«, fügte LaBréa hinzu. »Dass der Mann kastriert wurde, kann völlig andere Gründe haben, als Sie vermuten, Franck.«

»Wichtig erscheint mir auch die Frage: Gibt es einen Zusammenhang zwischen diesem Erhängten in der Santé und Pascal Masson?«, sagte Couperin nachdenklich. »Kannten sich die beiden? Lancerau wurde symbolisch kastriert, Masson de facto. Wo laufen da die Fäden zusammen?«

»Möglich, dass es da eine Verbindung gibt«, meinte LaBréa. »Deswegen werden wir natürlich diese Frauengruppe auf jeden Fall unter die Lupe nehmen. Das soll Claudine übernehmen.«

»Dann befasse ich mich mal mit dem Teil seines Lebens, den Pascal Masson in der Fremdenlegion verbracht hat«, schlug Franck vor und unterdrückte ein Gähnen. LaBréa nickte zustimmend. »Tun Sie das, Franck, und zwar gleich. Befindet sich das Hauptquartier nicht in Marseille?«

»Richtig, Chef. Die haben dort sämtliche Akten ihrer Ehemaligen. Ich kümmere mich gleich darum. Bis zur Talkrunde nachher weiß ich vielleicht schon Näheres.« Er schlug den Kragen seiner Lammfelljacke hoch und verließ den Wagen.

Als die Tür ins Schloss gefallen war, meinte Couperin: »Hauptmann Zechira wirkt seit geraumer Zeit irgendwie verändert auf mich. Ein wenig unkonzentriert, beinahe lustlos. Hat er Probleme?«

»Ja. Aber ich denke, die bekommt er demnächst in den Griff.«

Der Ermittlungsrichter fragte nicht weiter nach. Er hatte einen feinen Instinkt für Dinge, die man ihm nicht anvertrauen wollte oder konnte, und nahm LaBréas kurz angebundene Antwort nicht persönlich.

»Gut, Commissaire. Ich schlage vor, dass wir die Kassette sicherheitshalber einmal ganz durchlaufen lassen, ob sie wirklich keine anderen Aufnahmen enthält.«

Dies war nicht der Fall. Eine halbe Stunde später stieg LaBréa aus Couperins Dienstwagen, während dieser sich auf den Weg in den Justizpalast machte.

Das Tape mit dem Ausschnitt aus Ravels *Boléro* hatte LaBréa eingesteckt. Es würde auf Fingerabdrücke untersucht werden, obgleich LaBréa nicht glaubte, dass die Leute der Spurensicherung fündig wurden.

Das metallene Rolltor zur Einfahrt der Reparaturwerkstatt war geschlossen. Die dunkelgrüne Farbe blätterte an vielen Stellen ab, Rostflecken waren zu sehen. Am unteren Ende des Tores hatte sich eine Schneeschicht angehäuft, wie ein breiter Saum.

Gleich neben der Einfahrt war eine Tür eingelassen. LaBréa drückte die Eisenklinke herunter und betrat die Werkstatt. Es war eiskalt hier. LaBréas Atem gefror in der Luft. Es roch nach Motoröl, Zigarettenqualm und kaltem Kaffee.

Auf einer Hebebühne befand sich eine uralte Ente, eines der Modelle aus den Sechzigerjahren. Die Hinterräder waren abmontiert. Unter dem Chassis, nahe dem Auspuff, spendete eine Hängeleuchte grelles Licht.

Im hinteren Teil der Werkstatt, die aussah wie Tausende solcher Reparaturwerkstätten im Land, saß Jean-Marc mit den beiden Mechanikern an einem kleinen, schmuddeligen Plastiktisch. Der Aschenbecher quoll über, und einer der Männer, ein kleiner Dicker mit Vollbart und Glatze, drückte soeben eine weitere Zigarette darin aus. Ein verfetteter Schäferhund hatte seine Schnauze auf die Füße des Mannes gelegt. Das Tier öffnete kurz die Augen, als LaBréa sich näherte.

Mit einer Kopfbewegung deutete Jean-Marc auf den kleinen Dicken.

»Das ist Alain Wagner. Er hat die Leiche heute Morgen oben in der Wohnung entdeckt.« Den zweiten Mann stellte Jean-Marc als Luc Vanel vor. Er war jünger als sein Kollege und schob seinen Kopf habichtartig vor, als er LaBréas Gruß erwiderte.

»Dann erzählen Sie mal, Monsieur Wagner«, sagte LaBréa und nahm auf einem wackligen Hocker Platz.

»Ich hab doch Ihrem Kollegen hier schon alles erzählt.« Die Stimme des Mannes klang lustlos. Er fingerte eine Packung Gauloises aus der Brusttasche seines Blaumanns und zündete sich eine Filterlose an.

»Dann wiederholen Sie's noch mal für mich«, antwortete LaBréa und schlug die Beine übereinander.

Alain Wagner seufzte und begann. Vor einer Woche war ein Schreiben an die Adresse der Werkstatt eingegangen. Darin hatte Pascal Masson angekündigt, er würde am Montag, dem neunzehnten Januar, aus der Santé entlassen. In dem Schreiben stand, dass er an diesem Tag gleich ein paar Geschäfte zu erledigen hätte und erst am nächsten Tag, dem zwanzigsten Januar, morgens gegen neun in die Werkstatt käme.

»Haben Sie eine Ahnung, um welche Geschäfte es sich da gehandelt haben könnte?«, wollte LaBréa wissen.

»Nein, Monsieur. Keine Ahnung.«

»Das Schreiben müssten wir bitte sehen.«

»Ich hab es bereits eingesteckt, Chef«, beeilte sich Jean-Marc zu sagen.

»Gut. Und weiter, Monsieur?«

»Na ja, als er dann heute Morgen nicht kam, haben wir uns gefragt, was los ist. Immerhin war er zwei Jahre im Bau. Ich würde jedenfalls als Erstes in meinen Laden gehen, wenn ich zwei Jahre weg vom Fenster gewesen wäre. Ich bin rauf und habe an der Wohnungstür geklingelt. Da hat sich nichts gerührt. Dann bin ich wieder runter in die Werkstatt, und Luc hat gemeint, vielleicht schläft Masson noch, weil er in der Nacht wahrscheinlich 'ne Sause gemacht und seine Entlassung gefeiert hat. Ich habe dann 'ne halbe Stunde gewartet und bin wieder hochgegangen. Irgendwie kam mir das Ganze komisch vor.«

»Wieso?«

»Wieso? Sagte ich doch eben. Wir haben uns zwei Jahre um den Laden hier gekümmert, weil er das so wollte. Ich fand's eigenartig, dass er sich nicht blicken ließ. Als ich wieder vor der Tür stand und auf mein Klingeln immer noch nichts geschah, hab ich einfach mal die Klinke runtergedrückt. Ich merkte, dass die Tür gar nicht abgeschlossen war. Tja, und da hab ich ihn dann gefunden.« Er zog an seiner Zigarette und inhalierte den Rauch tief. »Scheußlicher Anblick, um es mal milde auszudrücken. Angerührt hab ich natürlich nichts. Dann lief ich nach unten, weil Masson oben in seiner Wohnung kein Telefon hat, und hab die Bullen alarmiert.«

»Wann genau haben Sie ihn gefunden?«

»So kurz vor zehn. Denn als ich dann runter in die Werkstatt kam, um zu telefonieren, fingen im Radio gerade die Zehnuhrnachrichten an.«

LaBréa zog ein Notizbuch aus der Tasche seiner Lederjacke und schrieb die wichtigsten Fakten auf.

»Wie lange arbeiten Sie beide schon hier?«, wollte er dann wissen.

»Ich seit drei Jahren«, erwiderte Alain Wagner und drückte die Zigarette aus. »Und Luc kam, kurz bevor Masson in den Bau musste.«

»Mein Mitarbeiter sagte mir, Sie wüssten nicht, weswegen er verurteilt worden war?« LaBréa sah den Mechaniker scharf an.

»Nee, keine Ahnung.« Er schniefte und lehnte sich auf dem Stuhl zurück.

»Wegen schwerer Körperverletzung. Und das war nicht das erste Mal.«

»Tja, das wusste ich nicht. So eng war ich nicht mit Masson. Du doch auch nicht, Luc, oder?«

Luc Vanel schüttelte vehement den Kopf und bohrte sich dabei ungeniert mit dem Daumen in der Nase.

»Was heißt, so eng waren Sie mit Masson nicht?« LaBréa wurde ärgerlich. »Immerhin müssen Sie ja so eng mit ihm gewesen sein, dass er Ihnen während seiner Abwesenheit sein Geschäft anvertraut hat! Also, erzählen Sie uns hier keine Märchen.«

Alain Wagner kratzte sich an seinem stoppeligen Kinn. »Das sind keine Märchen! Masson hat mit uns einen Vertrag abgeschlossen, beim Anwalt. Er sagte lediglich, er müsse zwei Jahre in den Knast, und wir sollten uns in der Zeit um den Laden kümmern und würden beteiligt.«

»In welcher Weise?«

»Sechzig zu vierzig. Sechzig für uns und vierzig für ihn. Wir haben genau Buch geführt; es gibt eine astreine Abrechnung über die zwei Jahre, in denen er weg war. Schriftlich! Sie können gern einen Blick darauf werfen.«

»Das werden wir, Monsieur Wagner. Wie haben Sie Masson kennengelernt?«

»Ganz einfach, über eine Anzeige im *Figaro*. Vor drei Jahren suchte Masson einen Mechaniker, weil sein alter Mitarbeiter aus Paris weggezogen war. Ich hab mich gemeldet und bekam den Job.«

»Und Sie, Monsieur Vanel?«

Der jüngere der beiden Mechaniker stieß erneut seinen Kopf mit einer kurzen, schnellen Bewegung nach vorn, anscheinend ein Tick von ihm.

»Ich bin ein alter Kumpel von Alain. Er hat mich hier reingebracht.« LaBréa fiel auf, dass er leicht stotterte.

»Ja, wir brauchten noch einen weiteren Mann«, ergänzte Wagner. »Die Auftragslage war gut. Und Masson war bereit, noch jemanden einzustellen. Er selbst machte ja nur die Buchhaltung und sorgte dafür, dass der Laden lief. Einen Schraubenschlüssel nahm der schon lange nicht mehr in die Hand.«

»Wie lange hatte er denn die Werkstatt schon?«

»Noch nicht sehr lange. Neunundneunzig hat er sie und auch die Wohnung oben von einem Bekannten übernommen. Keine Ahnung, wer das war.«

»Das finden wir heraus«, sagte LaBréa. »Und vorher? Was hat Monsieur Masson da gemacht?«

»Das hat er mir nicht erzählt.«

»Wussten Sie eigentlich, dass er bei der Fremdenlegion war?«

Der Mechaniker überlegte kurz.

»Ja. Er erwähnte mal so was.«

»Wie lange hatte er sich denn da verpflichtet?«

»Keine Ahnung.« Wagner zuckte mit den Schultern. »Oder weißt du da was, Luc?« Luc verneinte.

»Sie haben also keine Ahnung, was Masson beruflich gemacht hat und wo er wohnte, bevor er die Werkstatt übernahm?«

»Keinen blassen Schimmer, Commissaire.«

»Gab's in dieser Werkstatt irgendwelche krummen Geschäfte?«

»Was meinen Sie mit krummen Geschäften?«, fragte Luc Vanel und warf seinem Kollegen einen schnellen Blick zu.

»Damit meine ich nicht Rechnungen ohne Mehrwertsteuer, davon gehe ich sowieso aus. Das läuft in allen Werkstätten«, erwiderte LaBréa. »Ich denke da an Autoschiebereien, eilige Neulackierungen, Montage neuer Nummernschilder. Sie wissen schon, was ich meine.«

»Ach so! Geklaute Luxusschlitten, und dann ab in den Osten? Nee.« Alain Wagner lachte. »So was lief hier nicht.«

LaBréa wechselte das Thema.

»Was wissen Sie über Masson? Hatte er Familie?«

»Keine Ahnung. Davon ist mir nichts bekannt. Privat haben wir kaum gesprochen. Masson war eher ein verschlossener und schweigsamer Typ.«

»Und als Chef?«, fuhr LaBréa fort. »Wie verhielt er sich da?«

»Ganz okay. Er zahlte ordentlich und vor allem pünktlich. Wir können uns nicht beklagen.«

»Gab's mal irgendwelche Schwierigkeiten? Ärger mit Kunden, etwas in der Art?«

»Nein, nicht dass ich wüsste. Der Laden hier lief reibungslos. Viel Stammkundschaft. Sogar BMW-Fahrer bringen ihre Schlitten zu uns. Weil wir billiger sind als die Vertragswerkstätten.«

LaBréa nickte und zog fröstelnd die Schulter hoch.

»Verdammt kalt hier. Wie kann man bei den Temperaturen arbeiten?«

»Das ist heute 'ne Ausnahme«, stotterte Luc Vanel. »Der Heizlüfter ist ausgefallen. Erst morgen kommt der Monteur. Aber wir haben Termine, und gegenüber auf dem Parkplatz stehen noch vier Wagen, die bis morgen Abend fertig sein müssen.«

»Hm«, brummte LaBréa und stellte die nächste Frage: »Wo waren Sie beide in der letzten Nacht zwischen, sagen wir mal, Mitternacht und sechs Uhr früh?«

Alain Wagner überlegte nicht lange. »Ich war zu Hause, meine Frau kann das bestätigen. Aber die können Sie erst heute Abend fragen, wenn sie von der Arbeit kommt. Sie ist Verkäuferin. Um halb sechs heute früh bin ich aufgestanden, wie immer. Um sieben schließe ich die Werkstatt auf. Ich wohne nur drei Straßen weiter.«

»Und Sie?«, fragte Jean-Marc den zweiten Mechaniker.

»Ich? Ich war gestern Abend mit einem Kumpel im Kino. In der Spätvorstellung.«

»Wo und welcher Film?«, hakte der Paradiesvogel nach.

»Gaumont Montparnasse. Dieser Jesusfilm aus Amerika.«

Jean-Marc wusste gleich Bescheid. »*Die Versuchung Christi?* Von Mel Gibson?«

»Genau. Totaler Schrott, kann ich Ihnen sagen. Gehen Sie bloß nicht rein!«

»Und danach?«

»Danach sind wir einen trinken gegangen.«

»Wo?«

»Zuerst ins *Chez Sylvie*, in der Rue de La Fayette, im Neunten. Und dann waren wir noch im *Plein Soleil* am Boulevard de Clichy.«

»Wann waren Sie zu Hause?«

»Keine Ahnung. Ich hatte ziemlich was intus. So gegen halb drei, drei?«

»Kann das jemand bestätigen?«

Luc Vanel verzog sein Gesicht. »Leider nicht. Meine Freundin ist seit einer Woche bei ihren Eltern in der Normandie.«

Jean-Marc schrieb noch die Adressen der beiden Männer auf sowie Name und Adresse von Luc Vanels Kumpel, damit die Alibis überprüft werden konnten.

Nachdem sie die Werkstatt verlassen hatten, meinte LaBréa: »Ich gehe ein paar Schritte zu Fuß und nehme mir dann ein Taxi, Jean-Marc. Fragen Sie mal hier in der Nachbarschaft herum, ob jemand mehr über Pascal Masson weiß als seine beiden Angestellten. Und dann überprüfen Sie Vanels Kumpel und erkundigen sich in den genannten Kneipen, falls die schon geöffnet sind. Wir sehen uns dann zur Talkrunde.«

Paris, im Januar 2004

Alex, liebstes Bruderherz!

Danke für Deinen langen Brief, den ich vor drei Tagen erhalten habe. Ich nutze meine heutige Mittagspause, um Dir zu antworten.

Deine Zeilen haben mich tief berührt, und ich freue mich für Dich, dass Du anscheinend fest entschlossen bist, Maja noch in diesem Jahr zu heiraten. Meine ehemalige Schulfreundin wird meine Schwägerin – etwas Schöneres könnte ich mir nicht wünschen! Ich hoffe, dass Du mit Maja glücklich wirst und dass ihr Papa und Mama bald zu Großeltern macht.

Was das Stellenangebot in Dr. Simons Anwaltskanzlei angeht, so kann ich Dir nur zuraten, schon im Hinblick auf die Gründung einer Familie. Mama hat recht, wenn sie meint, dass Du dort größere Chancen und Karriereaussichten hast als bei ihr. Mamas Kanzlei hat doch kaum noch Mandanten, und hätte sie nicht das Notariat, stünde es ganz schlecht. Also lass Dir die Chance nicht entgehen! Du hast zwar spät zum Anwaltsberuf gefunden und Dich viel zu lange mit diesem langweiligen Technikstudium aufgehalten, das Dir überhaupt nicht lag.

Aber es ist auch ein Vorteil, über ein wenig mehr Lebenserfahrung zu verfügen, wenn man in den Anwaltsberuf einsteigt.

Mir geht es recht gut. Noch immer lebe ich sehr zurückgezogen. Meine Dienstzeiten sind oft unregelmäßig, und auch die Wochenenden müssen oft herhalten. Außerhalb der Arbeit ist es schwer, in dieser Stadt jemanden kennenzulernen. Und Du weißt, dass ich Beruf und Privatleben streng trenne. Manchmal treffe ich mich mit einer sehr netten Lehrerin. Sie wohnt bei mir im Haus und ist ebenfalls geschieden. Wir gehen hin und wieder zusammen ins Kino oder trinken eine Tasse Kaffee.

Deine Frage nach einem neuen Mann in meinem Leben kann ich rasch beantworten: Es gibt keinen. Nach der Scheidung von Louis habe ich wenig Lust auf eine neue Beziehung. Das kann sich natürlich ändern, aber im Moment fühle ich mich ganz wohl in meiner Haut.

Wann besuchst Du mich endlich einmal in Paris? Oder besser noch: Ihr beide besucht mich, Maja und Du! Wie wär's, wenn Ihr Eure Hochzeitsreise nach Paris plant? Denkt mal darüber nach. Ich könnte Euch meine Wohnung zur Verfügung stellen und mich in der Zeit bei meiner Nachbarin einquartieren, damit Ihr ungestört seid. Apropos Hochzeit: Gebt mir bitte rechtzeitig den Termin bekannt, denn ich muss hier frühzeitig meinen Urlaub beantragen, damit ich kommen kann.

Du fragst in Deinem Brief, ob ich noch regelmäßig Klavier spiele. Ja, das tue ich. Ein bis zwei Stunden täglich halte ich mir dafür frei. Nie werde ich mein erstes großes Konzert vergessen, damals, als ich siebzehn war. Du kamst am Schluss auf die Bühne und hast mir diesen wunderschönen Strauß gelber und weißer Rosen überreicht und warst mächtig stolz auf mich. Dieser Abend mit dem anschließenden Fest, das Papa mir zu Ehren gab, war einer der schönsten in meinem Leben.

Was wäre, wenn wir nicht alle unsere schönen Erinnerungen hätten? Das Leben wäre unendlich ärmer.

In diesem Sinne umarme ich Dich,

Deine E.

P. S. Bitte grüße Maja sehr herzlich von mir!
Ein Brief an sie ist demnächst unterwegs.

5. KAPITEL

Der Schnee knirschte unter seinen Füßen. Nur noch vereinzelt fielen Flocken vom Himmel. LaBréa durchquerte das Gewirr der kleinen Straßen an der Nordostseite der Gare de Lyon. Es war eine heruntergekommene Gegend. Hier gab es jede Menge Kleinkriminalität, Drogendelikte, Prostitution.

Es tat gut, ein paar Schritte zu gehen. Der Kopf wurde frei, eine wohltuende Leere füllte LaBréas Gehirn. Das würde einige Minuten andauern und war auch dringend nötig, bevor der ganze Wust einer komplizierten Mordermittlung sein gesamtes Denken und Fühlen wieder in Anspruch nahm.

An der Place Henri Frenay kaufte er sich an einem Imbissstand ein Stück Pizza mit Schinken und schwarzen Oliven. Das musste als Mittagessen genügen. Er würde keine Zeit haben, eines seiner Lieblingsrestaurants in der Umgebung seiner Dienststelle aufzusuchen.

Während er an einem der Stehtische das heiße, doch fad schmeckende Pizzastück aß, dachte er an Céline. Heute war Dienstag. Für Freitag hatte er seinen Flug gebucht, um sie in Barcelona zu besuchen. Und jetzt dieser Mord an Pascal Masson. Kein gewöhnlicher Mord, so viel schien klar zu sein. Vielmehr eine brutale Hinrichtung und ein makabres Arrangement, bei dem ein Ausschnitt aus dem *Boléro* von Ravel eine bedeutsame Rolle zu spielen schien. Mit all seiner Erfahrung nach beinahe zwanzig Jahren im Polizeidienst ahnte LaBréa, dass dieser Fall nicht innerhalb von zwei Tagen gelöst sein würde. Und das müsste er schon, wenn er Freitag früh um acht in den Flieger steigen wollte. Es war also zu befürchten, dass sein Besuch in Barcelona ins Wasser fiel.

Er wischte sich Mund und Hände mit der Papierserviette ab und warf den leeren Pappteller in die Mülltonne. Er ging die wenigen Schritte zum Boulevard Diderot und hielt ein Taxi an. Durch den dichten Mittagsverkehr fuhr ihn der Fahrer zum Quai des Orfèvres. Auf den großen Straßen und Boulevards hatte sich der Schnee inzwischen in graubraunen Matsch verwandelt.

Als er im Taxi saß, sah LaBréa plötzlich wieder das Gesicht seiner Mutter vor sich. Den rätselhaften Blick ihrer Augen, in denen gleichzeitig eine unendliche Traurigkeit zu liegen schien. Und er dachte an seine verstorbene Frau. Im kommenden Monat jährte sich zum ersten Mal der Tag, an dem Anne in ihrer Praxis in Marseille ermordet worden war. Warum hatte ein Mensch wie Anne vorzeitig von der Bühne des Lebens abtreten müssen? Warum war seine Mutter dazu verdammt, immer tiefer in die dunkle Welt ihrer Krankheit hinabzugleiten? Er wusste, dass es keine Antworten auf diese Fragen gab. Vor wenigen Tagen hatte seine Tochter Jenny plötzlich beim Abendbrot wissen wollen: »Warum müssen die Menschen eigentlich sterben, Papa?« Er hatte überlegt, wie er antworten sollte. Da weder er noch seine verstorbene Frau gläubig waren und Jenny auch nicht im christlichen Glauben erzogen hatten, fiel ihm eine einfache Erklärung schwer. Er hatte nicht antworten können, dass der liebe Gott das so eingerichtet hat. Dass die Menschen nach ihrem Tod, im Paradies mit dem ewigen Leben für ihren irdischen Tod entschädigt würden. Es wäre ihm schäbig vorgekommen, seiner Tochter eine Geschichte zu erzählen, an die er selbst nicht glaubte. Er wollte Jenny weder belügen noch mit irgendwelchen Floskeln abwimmeln. Schließlich sagte er: »Alles auf der Welt hat einen Anfang, eine Mitte und ein Ende. Ein Samenkorn geht auf. Daraus erwächst eine Blume, sie erblüht und verwelkt. So ist es mit allem. Wir Menschen reihen uns ein in diesen Kreislauf der Natur, die in dieser Hinsicht keine Ausnahmen kennt.« Jenny hatte einen Moment darüber nachgedacht und dann gemeint: »Aber Mama hatte gar keine richtige Mitte. Eigentlich hatte sie nur einen Anfang und ein Ende, oder, Papa?« Er widersprach. »Sie hatte schon eine Mitte, Chérie, aber die war kürzer als bei anderen Menschen.« – »Ja, aber warum?« – »Darauf gibt es keine Antwort, Jenny. Und das ist das

Schwerste im Leben, glaub mir – wenn es keine Antworten gibt.«

Der Taxifahrer hielt am Quai des Orfèvres Nummer sechsunddreißig.

LaBréa zahlte, stieg aus und betrat sein Dienstgebäude. Auch wenn es auf manche Dinge keine Antworten gab, im Mordfall Pascal Masson musste er sie unbedingt finden.

Im Erdgeschoss begegnete ihm sein Vorgesetzter, Direktor Roland Thibon. Er war erst seit dem Vortag wieder im Dienst. Nach einem schweren Autounfall wenige Wochen vor Weihnachten hatte er seine diversen Knochenbrüche ausgeheilt und auf einen längeren Aufenthalt in einer Rehaklinik verzichtet. Und das aus gutem Grund. In der Abteilung der Brigade Criminelle und in Kreisen der Ermittlungsrichter hielt sich hartnäckig das Gerücht, der Polizeipräfekt werde als Staatssekretär ins Innenministerium wechseln und somit sein Stuhl frei werden. Jeder wusste, dass Thibon diesen Posten schon lange anpeilte. Insofern wollte er rechtzeitig die Fäden ziehen und sich in Stellung bringen. Ein längerer Aufenthalt in einer Rehaklinik hätte seine Chancen, der nächste Pariser Polizeipräfekt zu werden, von vornherein auf null heruntergeschraubt. Da Roland Thibon in der falschen Partei war, glaubten ohnehin nur wenige Mitarbeiter am Quai des Orfèvres, dass er für den frei werdenden Posten infrage kam. Es wurden bereits

Wetten abgeschlossen, die meisten zu Ungunsten des Direktors.

»Ich hab's gerade gehört«, begann Thibon und rückte seine tadellos gebundene Krawatte zurecht, die farblich exakt zu seinem Pfeffer-und-Salz-Tweedanzug passte. »Ich muss sagen, LaBréa, die Fälle, mit denen wir uns zu beschäftigen haben, werden immer unappetitlicher.« Und als müsse er seine Worte unterstreichen, zog Thibon angewidert die Mundwinkel nach unten.

»Da gebe ich Ihnen recht, Monsieur«, erwiderte LaBréa.

»Schon eine Ahnung, was dahinterstecken könnte?«

»Bisher noch nicht. Wir untersuchen auch einen möglichen Zusammenhang mit dem Selbstmord in der Santé.«

»Die äußerst brutale Vorgehensweise beim Mord an diesem Werkstattbesitzer deutet meines Erachtens auf einen Racheakt hin, LaBréa.«

»Schon möglich, Monsieur. Wir stehen erst ganz am Anfang.«

Direktor Thibon nickte vage und fuhr dann mit bedeutungsschwangerer Stimme fort: »Wie sagte doch unser großer Dichter Jean Racine? *Meine Rache ist vergeblich, wenn er nicht weiß, dass ich es war, der ihn getötet hat.* Im Klartext heißt das: Der Mörder dieses Pascal Masson wird sein Opfer bewusst ausgewählt haben. Und der Ausschnitt aus dem *Boléro* von Ravel hat mit Sicherheit eine ganz bestimmte Bedeutung.«

»Diese Schlussfolgerung habe ich ebenfalls gezogen, Monsieur«, sagte LaBréa trocken und verkniff sich angesichts der banalen und wenig hilfreichen Äußerungen seines Vorgesetzten ein Grinsen.

»Umso besser. Sehen Sie zu, dass Sie den Kerl schnell fassen, LaBréa. Vielleicht ist es ja auch eine Frau – oder möglicherweise sind es sogar mehrere? Heutzutage weiß man ja nie.«

Jetzt bog Jean-Marc um die Ecke des Korridors. Er hatte sich seiner bunten Ballonmütze und der alten Flic-Pelerine entledigt, und LaBréa sah, dass die dunklen, gegelten Haare des Paradiesvogels mit einer hellblonden Strähne verziert waren. Das war gestern noch nicht der Fall gewesen.

Thibon, der sich bereits zum Gehen gewandt hatte, drehte sich noch einmal um.

»Übrigens, Lagarde«, sagte er zu Jean-Marc. »Ich glaube nicht, dass es dem Ansehen eines Leutnants der Brigade Criminelle zuträglich ist, tagaus, tagein in einer schrillen und, wie würden Sie es nennen?, ›flippigen‹ Aufmachung herumzulaufen. Ich bin zwar tolerant und bekanntermaßen alles andere als ein Spießer. Aber es gibt da ein russisches Sprichwort, ich weiß nicht, ob Sie es kennen.« Sein Blick streifte den Haarschopf des Leutnants. »*Ins Paradies wird man nicht an den Haaren gezogen*. Lassen Sie sich das einmal durch den Kopf gehen!«

»Jawohl, Monsieur le Directeur«, antwortete Jean-Marc und nahm so etwas wie Haltung an.

Roland Thibon schüttelte den Kopf und ging davon, wobei er sein linkes Bein leicht nachzog, eine Folgeerscheinung seines Unfalls.

Jean-Marc blickte LaBréa an und grinste. Als der Direktor außer Hörweite war, sagte er: »Ob Sie's glauben oder nicht, Chef, aber ins Paradies will ich gar nicht. Und ob der Direktor ein Spießer ist, darüber könnte man Wetten abschließen, finden Sie nicht?«

LaBréa schmunzelte. »Gehen Sie in die Kantine und besorgen Sie eine Thermoskanne Kaffee. In zehn Minuten steigt die Talkrunde.«

Mit raschen Schritten ging LaBréa in sein Büro. Bevor die Besprechung mit seinen Mitarbeitern begann, wollte er versuchen, Céline in Barcelona über ihr Handy zu erreichen.

Sie meldete sich sofort, und die Verbindung war gut. Céline befand sich gerade in ihrem Hotel. In einer halben Stunde hatte sie einen Interviewtermin bei einer katalanischen Radiostation. Sie klang gut gelaunt, und LaBréa brachte es nicht übers Herz, ihr zu sagen, dass es mit seinem Besuch zur Ausstellungseröffnung vermutlich nichts werden würde. Er hatte noch ein paar Tage Zeit, ihr die Wahrheit beizubringen. Und vielleicht geschah ja ein Wunder, und der Fall war schneller gelöst als gedacht.

»Und du? Wie geht's dir? Was macht Jenny?« Célines dunkle Stimme riss ihn aus seinen Gedanken.

»Jenny geht's prima. Sie will am späten Nachmittag ins Kino. Und ich …«, er zögerte kurz. »Na ja, der übliche Alltagstrott. Keine besonderen Vorkommnisse.« Er war erstaunt, wie glatt ihm diese Lüge über die Lippen kam.

»Also, Maurice, dann mach's gut. Ich freue mich auf dich. In jedem Fall versuche ich, dich Freitag am Flughafen abzuholen.«

»Gut. Dann schönen Tag noch, und toi, toi, toi! für das Interview. Wir telefonieren wieder.«

»Ich liebe dich, Maurice.«

»Ich dich auch.«

Sie legte auf.

LaBréa starrte einen Moment auf sein Handy, dann steckte er es in seine Hosentasche. Den schalen Geschmack, den er in seinem Mund spürte, spülte er mit einem Schluck Mineralwasser hinunter, das er sich aus einer angebrochenen Flasche einschenkte. Dann ging er ans Fenster und blickte auf die Seine. Ein Schleppkahn mit dem poetischen Namen *Venus II* tuckerte vorbei. Die Trikolore am Heck des Schiffes, deren Farben verblichen waren, hing traurig herunter.

Auf dem Quai des Grands Augustins standen die Autos im Stau. Mittagsverkehr.

Es hatte wieder zu schneien begonnen.

6. KAPITEL

Punkt vierzehn Uhr versammelte sich die Talkrunde in LaBréas Büro.

Franck begann und berichtete von seinen Recherchen beim Hauptquartier der Fremdenlegion in Marseille.

»Zunächst einmal eine kleine Information für diejenigen, die es noch nicht wissen sollten: Die Fremdenlegion besteht aus Berufssoldaten und ist voll in das französische Heer integriert. Sie untersteht demselben Oberbefehl, hat die gleiche materielle Ausstattung und erledigt im Prinzip auch die gleichen Aufgaben wie die Truppen der regulären Armee. Die Legionäre sind Freiwillige aller Nationalitäten, Rassen und Religionen. – Pascal Masson, geboren am neunzehnten Januar 1966 in Lille, hat am ersten März 1986 bei der Legion angeheuert. Da war er zwanzig Jahre alt. Er verließ die Fremdenlegion 1991.«

»Also hatte er sich für fünf Jahre verpflichtet«, rechnete Jean-Marc nach.

»Ja, das ist die Mindestdauer des Vertrages.«

»Wo war er stationiert?«, wollte LaBréa wissen.

Franck blätterte in seinen Notizen.

»Zunächst in Castelnaudary, im Süden des Landes. Und zwar von März bis Ende Juni 1986, als er seine viermonatige Grundausbildung absolvierte. Danach trat er in das Erste Infanterieregiment der Fremdenlegion ein, das in Nîmes stationiert ist. Dieses Regiment kämpfte dann Anfang 1991 im Irak-Kuwait-Krieg. Während dieses Krieges waren Truppen der Fremdenlegion in die Operation ›Desert Storm‹ eingebunden, und zwar in der Division Daguet. Masson wurde dorthin abkommandiert, kämpfte also in diesem Golfkrieg aufseiten der Sieger. Sein Vertrag bei der Fremdenlegion lief, wie gesagt, Ende Februar 1991 aus.«

»Was hat er danach gemacht?«

»Darüber konnten sie in Marseille keine Auskunft geben.«

LaBréa schenkte sich aus einer Thermosflasche Kaffee ein. »Hat er sich während seiner Dienstzeit irgendetwas zuschulden kommen lassen? Gab es mal ein Disziplinarverfahren?«

»Nichts dergleichen. Seine Personalakte bei der Legion ist absolut sauber. Er galt als guter Soldat, als sehr kameradschaftlich und hat es durch Beförderungen bis zum Caporal-Chef gebracht, das ist der höchste Mannschaftsdienstgrad.«

»Was ist mit Kriegsverbrechen, Folterungen, Übergriffen auf die Zivilbevölkerung?«

Jean-Marc schüttelte grinsend den Kopf.

»Falls Masson an solchen Dingen beteiligt gewesen sein sollte, Chef, steht das bestimmt nicht in seiner Personalakte.«

»Stimmt«, meinte Claudine. »Die Folterspezialisten im Algerienkrieg hatten auch eine einwandfreie Personalakte.«

»Keine Schlägereien mit seinen Kameraden, keine anderen Gewalttätigkeiten?«, fuhr LaBréa fort. »Immerhin wurde Masson zwischen 1999 und 2001 zweimal wegen Körperverletzung verurteilt.«

»Richtig«, sagte Jean-Marc. »Das erste Delikt beging er im Frühjahr 1999, sechs Wochen nachdem er die Werkstatt übernommen hatte. Doch er bekam eine Bewährungsstrafe. Nach vier Wochen Untersuchungshaft kam er wieder auf freien Fuß.«

»Interessant ist, dass er während seiner Dienstzeit eine spezielle Ausbildung machte«, fuhr Franck fort. »Und zwar als Automechaniker. Das erklärt, wieso er die Reparaturwerkstatt hier in Paris kaufte.«

»Ja, aber was hat er in der Zeit dazwischen gemacht?« LaBréa blickte seine Mitarbeiter der Reihe nach an. »Zwischen seinem Ausscheiden aus der Legion im März 1991 und dem Kauf der Werkstatt 1999? Jean-Marc, haben Sie Näheres herausgefunden? Hat er Verwandte, die uns weiterhelfen können?«

Der Paradiesvogel klappte sein Notizbuch auf.

»Zunächst habe ich im zentralen Melderegister nachgesehen. Pascal Masson war in Frankreich das letzte Mal 1986 polizeilich gemeldet, bevor er bei der Legion anheuerte. Und zwar in Lille, da hatte er seinen ersten Wohnsitz bei seiner Großmutter. Seine Mutter war bereits 1974 gestorben, der Vater hatte die Familie gleich nach der Geburt des Jungen verlassen, und Masson wuchs bei seiner Großmutter auf. Doch die lebt ebenfalls nicht mehr, sie verstarb Mitte der Neunzigerjahre. Ob Masson je zu seinem Vater Kontakt hatte, müsste erst noch recherchiert werden. Die nächste polizeiliche Anmeldung findet sich erst wieder im Juli 1999, Rue Chrétien de Troyes Nummer elf, im Zwölften Arrondissement. Die Adresse der Autowerkstatt und der darüberliegenden Wohnung.«

»Hm.« LaBréa lehnte sich zurück. »Daraus könnte man ableiten, dass er während dieser acht Jahre nicht in Frankreich gelebt hat.«

»Oder nicht angemeldet war«, warf Franck ein.

»Auf jeden Fall klafft in seinem Lebenslauf eine Lücke von acht Jahren«, bemerkte Claudine, »und es dürfte schwierig sein, sie zu schließen. Man müsste europaweit, vielleicht sogar weltweit nachforschen, wo Masson sich in dieser Zeit aufgehalten hat.«

»Und die Nachbarn, Jean-Marc? Hat ihn jemand gekannt?« LaBréa verschränkte die Arme hinter dem Kopf.

Der Leutnant verneinte.

»Fehlanzeige. In der Nachbarschaft erinnert man sich nur vage an ihn. Bevor er vor zwei Jahren ins Gefängnis kam, hat der Besitzer des Tabakladens an der Ecke ihn öfter gesehen. Aber das war auch schon alles.«

»Und Kunden der Werkstatt?«

»Die Kundenkartei habe ich mitgenommen. Heute Nachmittag fange ich an, die Namen durchzugehen.«

»Was war nach Massons Entlassung gestern Morgen? Hat ihn jemand vom Gefängnis abgeholt?«

»Das weiß niemand. Vielleicht wurde er in einem Privat-Pkw abgeholt, vielleicht nahm er ein Taxi. Valdez hat vorhin einige Taxiunternehmen angerufen. Bisher Fehlanzeige. Aber Valdez bleibt dran.«

»Er kann auch die Métro genommen haben«, meinte Claudine. »Die Stationen St. Jacques und Denfert-Rocherau sind nicht weit von der Santé entfernt.«

»Es sieht jedenfalls aus, als sei er nach seiner Entlassung möglichst schnell und unauffällig verschwunden.« LaBréa wandte sich erneut an Franck. »Noch zwei Fragen: Was hat es mit diesem ›Camerone‹ auf sich, diesem Gedenktag der Legion? Und auf dem Foto steht ein Datum: 30. April 1991. Sagt uns das irgendwas?«

Erneut blätterte Franck in seinen Unterlagen.

»Am 28. Februar 1991 wurde am Golf der Waffenstillstand geschlossen. Am 1. März desselben Jahres lief Massons Vertrag bei der Legion aus, also genau zum Ende des Irak-Kuwait-Krieges. Masson schied aus dem aktiven Dienst aus. Doch überall auf der Welt treffen sich jährlich am 30. April ehemalige Legionäre, die sich zu Kameradschaften zusammengeschlossen haben, zur Feier des ›Camerone‹. Sie gedenken der ›Schlacht von Camerone‹ vom 30. April 1863, in der sich zweiundsechzig Fremdenlegionäre gegen zweitausend mexikanische Soldaten zur Wehr setzten. Das Foto aus Massons Wohnung ist wohl bei einem solchen Kameradschaftstreffen entstanden. Wo das stattgefunden haben könnte, lässt sich allerdings nicht daraus erschließen.«

»Mailen Sie eine Kopie des Fotos ans Hauptquartier nach Marseille. Ich will wissen, wer die anderen Männer auf dem Bild sind. Einer von ihnen kann uns vielleicht sagen, wo Masson sich von März 1991 bis Juli 1999 aufgehalten hat.«

Das Telefon auf LaBréas Schreibtisch klingelte.

Gilles, ein Mitarbeiter der Spurensicherung, hatte erste Resultate. LaBréa drückte die Lautsprechertaste, sodass alle mithören konnten.

»Auf der Musikkassette haben wir keine Fingerabdrücke gefunden. Insgesamt halten sich die Abdrücke in der Wohnung des Opfers in Grenzen. Die meisten stammen vom Toten selbst.«

»Faserspuren? Sonstiges?«, wollte LaBréa wissen.

»Zwei Haare, etwa zwanzig Zentimeter lang, dunkelbraun. Sie könnten von einer Frau stammen. Wir haben genügend Wurzelsubstanz, um die DNS zu extrahieren.«

»Gut. Und weiter?«

»Wir fanden Faserspuren eines blauen Drillichstoffs, und zwar auf der Hose des Ermordeten, die auf dem Stuhl neben dem Bett lag. Das Material ist typisch für Arbeitsanzüge, Blaumänner, Latzhosen und so weiter.«

»Blaumänner?« LaBréa warf seinen Mitarbeitern einen raschen Blick zu. »So etwas tragen doch Automechaniker. Konnten Sie Öl- oder Schmutzpartikel isolieren?«

»Nein«, antwortete Gilles. »Aber das heißt nicht, dass das Kleidungsstück neu sein muss. Also, Commissaire, das wär's vorerst. Leider kann ich Ihnen nichts Besseres sagen.«

»Danke, Gilles.«

Jean-Marc meldete sich als Erster zu Wort.

»Ein Blaumann oder Drillichanzug … Da Masson laut Aussage seiner beiden Mitarbeiter schon lange nicht mehr selbst in der Werkstatt gearbeitet hatte, besaß er wahrscheinlich auch kein solches Kleidungsstück. In der Wohnung haben wir jedenfalls nichts dergleichen gefunden. Dieses Indiz weist also auf die beiden Mechaniker hin. Nach der Überprüfung ihrer Alibis wissen wir mehr.«

LaBréa nahm wieder am Konferenztisch Platz und schenkte sich eine weitere Tasse Kaffee ein. Er dachte nach.

»Zwei längere dunkelbraune Haare. Da gibt es verschiedene Möglichkeiten, und wir dürfen keine ausschließen. Haben Sie hinsichtlich dieser Frauensprayergruppe etwas herausfinden können, Claudine?«

»Über die Gruppe selbst nicht. Zumindest habe ich jedoch den Namen einer Frau, der im Zusammenhang mit diesen Aktionen immer wieder auftaucht: Christine Payan. Sie ist sechsundvierzig Jahre alt, Psychologin. In allen vier Fällen, wo die Sprayergruppe sich die Vergewaltiger vorgenommen hatte, war sie es, die die Opfer unmittelbar nach der Tat und auch noch Wochen danach psychologisch betreut hat. Diese Auskunft habe ich von den diversen Polizeikommissariaten, die diese Fälle bearbeitet haben.«

»Dann könnte sie das Verbindungsglied zu diesen militanten Weibern sein«, bemerkte Franck und strich sich die fettigen Haare zurück. Er sah noch müder und eingefallener aus als am Morgen, wirkte aber gleichzeitig irgendwie aufgekratzt.

Claudine nickte. »Schon möglich. Allerdings ist die Annahme, dass die Sprayergruppe etwas mit dem Mord an Masson zu tun haben könnte, bisher reine Spekulation.«

»Stimmt«, antwortete Franck. »Deswegen müssen wir dringend herausfinden, ob es irgendeine Verbindung zwischen Masson und dem Selbstmörder in der Santé gegeben hat. Ich schlage vor, dass ich mich dort gleich heute Nachmittag einmal umhöre.«

LaBréa blickte ihn kurz an, doch Franck senkte rasch den Blick. Natürlich war LaBréa klar, weshalb Franck so sehr auf einen erneuten Besuch in der Santé aus war. Die attraktive Gefängnisärztin. LaBréa beschloss, ihn gewähren zu lassen.

»Fahren Sie meinetwegen gleich hin, Franck. Claudine und ich suchen diese Christine Payan auf. Jean-Marc, Sie nehmen sich, unabhängig von der Überprüfung der Alibis, noch mal die beiden Mechaniker in der Autowerkstatt vor und beschlagnahmen deren Arbeitskleidung. Die Sachen kommen sofort ins Labor. Und dann setzen Sie sich mit den beiden Opfern in Verbindung, die Masson 1999 und 2001 tätlich angegriffen und schwer verletzt hat. Ich will wissen, was das für Leute sind und ob von dieser Seite eventuell ein Racheakt denkbar wäre. Nächste Talkrunde um neunzehn Uhr.«

Die Mitarbeiter verließen LaBréas Büro. Während Claudine ihren Mantel aus ihrem Büro holte, rief LaBréa Brigitte Foucart im Gerichtsmedizinischen Institut an.

»Wie sieht's aus, Brigitte?«, fragte er die Pathologin.

»Während ich mir diesen Pascal Masson vorgenommen habe, hat mein neuer Mitarbeiter, Dr. Delarque, die Autopsie an dem Häftling der Santé durchgeführt. Diesbezüglich gibt es keine Überraschungen, Maurice. Der Mann hat sich erhängt. Es wird sich ungefähr so abgespielt haben, wie ich heute Morgen bereits andeutete. Hinweise auf Fremdverschulden, zum Beispiel der Nachweis von Gift oder Betäubungsmitteln, gibt es nicht. Die Akte kann zugeklappt werden. – Was den Besitzer der Reparaturwerkstatt angeht, Folgendes: Abgesehen von der Kastration habe ich keine Hinweise auf Gewaltanwendung feststellen können. Keine Hämatome, Knochenbrüche oder Ähnliches. Der Mann ist also vor der Kastration nicht gefoltert worden. Die Abtrennung seiner Hoden und seines Penis wurde mit einem äußerst scharfen Gegenstand durchgeführt, einer Rasierklinge, einem sehr scharfen Messer oder einem Skalpell.«

LaBréa horchte auf. »Einem Skalpell? Meinst du, es könnte …«

Brigitte Foucart unterbrach ihn.

»Ich weiß, was du sagen willst. Nein, ich glaube nicht, dass hier jemand am Werk gewesen ist, der über medizinische Fachkenntnisse verfügt. Die Teile wurden nämlich ziemlich dilettantisch abgeschnitten. Das Schneidewerkzeug wurde mehrfach neu angesetzt, Hoden und Penis weisen mehrere Einschnitte auf. Das zeugt von einer laienhaften Vorgehensweise. Ein Chirurg oder ein Arzt wäre anders vorgegangen. Im Übrigen kann sich jeder Laie in einem entsprechenden Fachgeschäft problemlos ein Skalpell besorgen. Falls es ein Skalpell war, was ja nur eine von mehreren Möglichkeiten ist.«

»Verstehe. Die genaue Todesursache, Brigitte?«

»Er ist, wie ich bereits vermutet habe, verblutet. Durch einen raschen und hohen Blutverlust kann es zu einem Schockzustand kommen, der den Eintritt des Todes beschleunigt. Das Ganze ist ähnlich wie bei den Opfern des Bastille-Killers im Dezember: Die meisten der Frauen starben an einer Luftembolie als Folge dieses Schockzustands. Beim jetzigen Fall kommt noch hinzu, dass ich erhebliche Mengen Alkohol nachweisen konnte. Sein Kreislauf war also zusätzlich geschwächt. Der Mann muss über viele

Stunden sinnlos getrunken haben, bevor er kastriert wurde und der Tod eintrat.«

»Das hatten wir ja bereits heute Vormittag vermutet. Und der Todeszeitpunkt?«

»Berücksichtige ich die Ergebnisse der Analyse seines Mageninhalts, seine Körpertemperatur und den Grad der Totenstarre, so kann ich ziemlich sicher sagen, dass er in der vergangenen Nacht zwischen vier und fünf Uhr gestorben ist.«

LaBréa bedankte sich bei der Gerichtsmedizinerin und legte den Hörer auf. Einen Moment lang schloss er die Augen und ließ das mögliche Mordszenario in der Wohnung des Werkstattbesitzers an sich vorbeiziehen: Irgendwann in der Nacht kam Pascal Masson nach Hause. Er war stark alkoholisiert. Kam er allein, oder begleitete ihn sein Mörder – seine Mörderin? Wäre eine Frau fähig, auf diese Weise einen Mord zu begehen? Was geschah dann in der Wohnung? Legte er sich sofort schlafen, ohne sich seiner Kleider zu entledigen? Masson trug nur Hemd, Pullover und Socken, als er am Morgen gefunden wurde. Seine Cordhose, samt Boxershorts, die ihm der Mörder vermutlich ausgezogen hatte, war achtlos auf einen Stuhl geworfen worden. Die Schuhe, ein Paar ausgetretene Sneakers, hatte die Polizei unter dem Bett gefunden. Die dunkelbraunen Haare auf der Hose – wie kamen sie dort hin? Gehörten sie dem Mörder beziehungsweise der Mörderin? Oder hatte Masson während seiner feucht-fröhlichen Sause eine Frau kennengelernt? Eine Prostituierte? Das war nicht so unwahrscheinlich, denn Masson hatte zwei Jahre im Gefängnis gesessen und während dieser Zeit keinen Kontakt zu Frauen gehabt. Dennoch schüttelte LaBréa unschlüssig den Kopf. Zwanzig Zentimeter lange Haare mussten nicht zwangsläufig die Haare einer Frau sein. Viele Männer trugen lange Haare, einen Pferdeschwanz.

Angenommen, Masson war allein nach Hause gekommen. Verschaffte der Mörder sich Einlass in Massons Wohnung? Wenn ja, auf welche Art? Die Wohnungstür war angelehnt gewesen, als der Mechaniker seinen Chef am Morgen gefunden hatte. Es gab keinerlei Spuren gewaltsamen Eindringens. In jedem Fall musste der Täter sein Opfer überrascht haben, möglicherweise im Schlaf. Dann fesselte er Masson, zog ihm die Schuhe, die Cord- und die Unterhose aus und begann sein Werk, das in der Kastration des Opfers gipfelte. Wann kam die Musikkassette mit dem Ausschnitt aus dem *Boléro* ins Spiel? War das Musikstück dem Opfer vorgespielt worden? Als Erinnerung an etwas, als eine Art symbolischer Akt?

Als junger Mann hatte LaBréa Sergio Leones berühmten Film *Spiel mir das Lied vom Tod* gesehen. Jeder kannte die Filmmusik aus diesem Streifen. Sollte die Musikkassette auf dem Körper des kastrierten Exfremdenlegionärs eine ähnliche Botschaft überbringen, wie sie der Mann in Leones Western, den sie »Mundharmonika« nannten, dem Mörder seines Vaters zukommen ließ? Musikwissenschaftler nannten Ravels *Boléro* ein Meisterwerk der musikalischen Erotik, hatte Ermittlungsrichter Couperin am Vormittag erläutert. Erotik … Nach LaBréas Verständnis gab es zwischen Erotik und der brutalen Kastration eines Mannes nicht den geringsten Zusammenhang. Wo lag der Schlüssel zu diesem Mord? In einer extremen »erotischen Verirrung«, einer Vergewaltigung?

Falls der Mörder seinem Opfer den Ausschnitt aus dem *Boléro* vorgespielt hatte, musste er ein Abspielgerät mitgebracht haben, denn in Massons Wohnung war nichts dergleichen entdeckt worden.

Claudine klopfte an die Tür und unterbrach LaBréas Gedankengang. Während sie sich auf den Weg zur Tiefgarage des Justizpalastes machten, berichtete LaBréa seiner Mitarbeiterin von den Ergebnissen der beiden Autopsien.

Paris, im Januar 2004

Sehr verehrte, liebe Frau Plasnic,
lange habe ich nichts von mir hören lassen, dafür bitte ich um Nachsicht. Doch die Pflichten des Alltags, meine oftmals unregelmäßigen Dienstzeiten und das Einschleichen einer gewissen Nachlässigkeit im Umgang mit den Menschen, die mir teuer sind, führen erst heute dazu, dass ich Ihnen auf Ihr Schreiben zum Jahreswechsel antworte.

Über Ihre Zeilen habe ich mich sehr gefreut, wie stets, wenn ich spüre, dass Ihre Gedanken bei mir verweilen. Um es gleich vorwegzunehmen: Ihre Sorge, dass ich mein Spiel vernachlässigen könnte, ist völlig unbegründet.

Zwar beginne ich den Tag nicht mehr, wie in früheren Zeiten, mit technischen Übungen. Dazu ist mein Beruf zu anstrengend. Zudem wohne ich, wie Sie wissen, in einem großen Mietshaus, wodurch die Möglichkeiten, nach Herzenslust zu spielen, begrenzt sind. Die Bedingungen für eine angehende Pianistin waren früher in meinem Elternhaus natürlich idealer. Hier in Paris spiele ich zwar regelmäßig, aber nicht mehr in dem Maße wie damals. Und als »Pianistin« würde ich mich heute nicht mehr bezeichnen, denn mein beruflicher Werdegang hat sich schicksalsbedingt geändert. Den Plan, Konzertpianistin zu werden, habe ich schon vor vielen Jahren aufgeben müssen, was ich natürlich immer sehr bedauert habe. Dies umso mehr, als Sie, meine verehrte Lehrmeisterin, stets so viel Geduld mit mir hatten und mir in den Momenten der Mutlosigkeit Zuspruch gaben und mich motivierten. Dafür bin ich unendlich dankbar, auch wenn ich mein Ziel nicht erreicht habe und damit auch Ihren Ansprüchen nicht gerecht wurde. Aber so spielt das Schicksal! Es führt uns auf Wege, die wir nicht einschlagen wollen und die doch zwangsläufig unsere Straße des Lebens werden.

Seit einigen Wochen arbeite ich an Beethovens Apassionata. *Wie sehr fehlen mir auch hierbei Ihre Erfahrung und technische Versiertheit! Nach wie vor beherzige ich Ihren Rat, den Sie mir bereits in der ersten Unterrichtsstunde gaben: meine Hände vor dem Klavierspiel zehn Minuten in eine Schüssel mit warmem Sand zu legen. Hier in Paris benutze ich dazu Vogelsand. Den kann man für wenige Euro in jeder Tierhandlung kaufen. Die Arbeit an der Sonate schreitet gut voran, und ich feile akribisch an jeder Einzelheit.*

Seit heute liegt hier Schnee. Gleich als ich am Morgen meine Wohnung verließ, erinnerte ich mich an jenen Musikwettbewerb, an dem ich damals als Zwölfjährige teilgenommen habe. Wissen

Sie noch, wie der Wagen meines Vaters, der uns alle in die Hauptstadt bringen sollte, auf der Überlandstraße in den Graben rutschte und in einer Schneewehe stecken blieb? Erst zwei Stunden nach Beginn des Wettbewerbs kamen wir in der Musikhochschule an, und meine Chance war natürlich dahin. Der letzte Kandidat saß bereits am Flügel, dieser Junge mit den roten Haaren, der dann auch den ersten Preis gewonnen hat. Ich weiß noch, wie ich die ganze Zeit geheult habe und es auch Ihnen nicht gelang, mich zu trösten und mir klarzumachen, dass die Welt davon nicht unterging. Und im nächsten Jahr war ich ja die Gewinnerin, mit dem Chopin-Nocturne Opus 27 Nr. 2.

Mit großer Freude habe ich in Ihrem letzten Brief gelesen, dass Sie wieder eine neue Schülerin aufgenommen haben. Für ihren ersten öffentlichen Auftritt im Rahmen dieses Talentwettbewerbs für Siebenjährige drücke ich der kleinen Maria und natürlich auch Ihnen beide Daumen!

Jetzt komme ich zum Schluss. In der Hoffnung, in diesem Jahr für einige Wochen in die Heimat reisen zu können, und in der Hoffnung, Sie dann bei guter Gesundheit und in alter Freundschaft begrüßen zu dürfen, verbleibe ich mit all meinem Respekt und in tiefer Verehrung

Ihre ehemalige Meisterschülerin E. D.

7. KAPITEL

Ein graues Licht flirrte über der Stadt. Vereinzelt fielen noch Schneeflocken. Auf den Straßen war der Schnee inzwischen geschmolzen, nur auf den Brüstungen der Brücken und den Dächern der Häuser lag er wie eine feine Watteschicht.

Claudine saß am Steuer des Dienstwagens. In zügigem Tempo fuhr sie über die Seinequais. Noch hatte der Berufsverkehr nicht eingesetzt, sodass sie zehn Minuten später über die Pont de Bercy den Fluss überquerte und den Wagen kurz darauf vor dem Haus Nummer zwölf in der Rue Jean Anouilh zum Stehen brachte. Das Domizil der Psychologin Christine Payan war nur wenige Schritte von der Bibliothèque Nationale François Mitterand entfernt.

LaBréa drückte den Türsummer, und die schwere Holztür öffnete sich. Durch einen gefliesten Hausflur gelangte man in ein Treppenhaus. Weder gab es ein Tableau mit Namensschildern, noch verfügte das fünfgeschossige Gebäude über einen Fahrstuhl. Schweigend stiegen die beiden Beamten der Brigade Criminelle die Steintreppe hoch.

Die Wohnung lag im dritten Stock. Es gab ein Messingschild: *Psychotherapeutische Praxis C. Payan.*

Rechts daneben zwei Klingelknöpfe, einer für »Praxis«, der andere für »Payan privat«. LaBréa drückte auf Letzteren, und ein entfernter Klingelton war zu hören. Nach einer Weile ertönten schnelle Schritte, und eine junge Frau öffnete die Tür. LaBréa erkannte sie sofort, und er traute seinen Augen nicht. Es war die Studentin Marielou Delors, das Opfer des Vergewaltigers, der sich am Morgen in seiner Zelle in der Santé erhängt hatte.

Die junge Frau war ebenso überrascht wie LaBréa. Ehe sie etwas sagen konnte, kam LaBréa ihr zuvor: »Mademoiselle Delors, was machen Sie denn hier?«

Die Studentin strich sich die blonden strähnigen Haare aus der Stirn. Sie versuchte ein zaghaftes Lächeln, doch es misslang.

»Ich wohne vorübergehend bei Madame Payan«, erklärte sie. »In meiner Wohnung kann ich mich im Moment nicht aufhalten, da habe ich Angst, nach allem, was passiert ist. Außerdem bin ich seit dem Überfall bei Madame Payan in psychologischer Betreuung.«

»Aha«, erwiderte LaBréa und warf Claudine einen vielsagenden Blick zu. Beide dachten dasselbe. Wie in den anderen vier Vergewaltigungsfällen hatte Christine Payan auch diesmal die Betreuung des Vergewaltigungsopfers übernommen.

»Ist Madame Payan denn zu Hause«?, wollte Claudine wissen. »Wir müssen nämlich dringend mit ihr sprechen.«

Die Studentin zögerte.

»Ja, sie ist hier. Aber im Moment hat sie noch eine Patientin.« Sie warf einen Blick auf ihre Armbanduhr. »Aber in etwa zehn Minuten müsste sie fertig sein.«

»Dann warten wir so lange«, sagte LaBréa entschlossen und betrat den breiten Korridor. Rechts und links führten Türen zu den einzelnen Zimmern.

»Wie Sie wollen«, meinte Marielou Delors und schloss die Haustür hinter Claudine. »Am besten kommen Sie mit in die Küche. Ein Wartezimmer oder so gibt es hier nicht.«

In der Küche saß ein etwa siebzehnjähriger Junge mit blonden Rastalocken an dem großen Esstisch, blätterte in einer Computerzeitschrift und verspeiste ein Riesensandwich. Als die beiden Beamten den Raum betraten, hob er kurz den Kopf und murmelte etwas, das man als »Bonjour« interpretieren konnte. LaBréa und Claudine grüßten und nahmen ebenfalls am Tisch Platz.

»Darf ich Ihnen etwas anbieten?«, fragte die Studentin. »Einen Kaffee?«

LaBréa verneinte.

Der junge Mann schob jetzt seinen Stuhl zurück, warf Claudine und LaBréa einen flüchtigen Blick zu und verließ mit Zeitschrift und Sandwich wortlos die Küche. Seine hochaufgeschossene, schlaksige Gestalt steckte in verwaschenen Militärhosen und einem grauen Kapuzensweatshirt. Die weiß-lila Designerturnschuhe waren nagelneu und passten nicht so recht zum übrigen Outfit. LaBréa blickte die Studentin fragend an.

»Wer ist das, Mademoiselle?«

»Das ist Matthieu, der Sohn von Christine, ich meine Madame Payan. Er ist momentan ein bisschen im Stress, weil er ein paar Probleme in der Schule hat.«

Die Studentin strich sich die Haare aus der Stirn. Sie wirkte fahrig, blass und übernächtigt. An ihrer rechten Wange klebte der Schorf einer Wunde, die Julien Lancerau ihr beigebracht hatte, als er über sie herfiel. Auch die Würgemale waren noch deutlich zu sehen.

»Wie geht es Ihnen, Mademoiselle?«, fragte LaBréa.

Sofort fingen Marielou Delors Lippen an zu beben, nur mit Mühe hielt sie die Tränen zurück. »Ich habe Schlafstörungen, Albträume, Angstattacken und bin völlig arbeitsunfähig. Gestern hätte ich eine wichtige Prüfung gehabt. Ich bin nicht hingegangen. Das Trimester kann ich abschreiben.«

»Hat Ihre Anwältin Sie schon angerufen? Etwas Unvorhergesehenes ist passiert. Julien Lancerau hat sich heute Morgen in seiner Zelle erhängt.«

Die junge Frau starrte ihn einen Moment lang sprachlos an. Dann stotterte sie: »Erhängt? Heißt das, er ist …?«

Sie beendete ihren Satz nicht.

»Ja, er ist tot«, ergänzte Claudine. »Es wird keinen Prozess geben, die Akte wird geschlossen.«

Die Studentin schüttelte den Kopf. Der Ausdruck auf ihrem Gesicht war eine Mischung aus Ungläubigkeit und stillem Triumph.

In dem Moment waren auf dem Flur undeutliche Stimmen zu hören. Wenig später fiel die Haustür ins Schloss. Marielou Delors ging zur Küchentür.

»Ich sage ihr jetzt Bescheid, dass Sie da sind«, meinte sie und drückte die Klinke herunter.

»Danke«, erwiderte LaBréa, »aber das erledigen wir schon selbst.«

Christine Payan warf einen kritischen Blick auf LaBréas Dienstausweis und bat die beiden Beamten in ihr Sprechzimmer. Am Fenster befand sich ein Schreibtisch, bestehend aus zwei Metallböcken und einer Glasplatte. In der Mitte des Raumes eine Sitzecke mit einem Rattantisch und drei abgewetzten schwarzen Sesseln. An der linken Wand eine Reihe einfacher Metallcontainer, vermutlich für Unterlagen wie Patientenakten. Gegenüber ein Regal, ebenfalls aus Metall. Es war vollgestopft mit Büchern und Fachzeitschriften.

Claudine blickte sich ostentativ um. Die Psychologin bemerkte es und lächelte.

»Sie fragen sich bestimmt, wo die berühmte Couch ist?« Christine Payans Stimme klang ungewöhnlich tief. »Es gibt keine«, fuhr sie fort. »Schließlich bin ich keine Psychiaterin.«

»Das ist uns bekannt, Madame«, sagte LaBréa.

Die Psychologin nickte. »Die Menschen sitzen mir gegenüber, wenn sie zu mir kommen. Bitte!« Ihre Hand zeigte auf die beiden Sessel. Sie selbst nahm auf dem dritten Sessel Platz.

LaBréa öffnete seine Lederjacke und setzte sich. Christine Payan sah ihn fragend an. »Was führt Sie zu mir, Commissaire?«

LaBréa musterte sie eingehend. Die Psychologin war eine kleine, schlanke Frau mit hellbraunen, glatten Haaren und blassblauen Augen. Ihr Körper wirkte zerbrechlich, doch Haltung und Gesten der Frau zeugten von Willen und Energie. In ihren Augen lag die Kraft einer Persönlichkeit, die Menschen mitreißen, überzeugen, beeinflussen konnte. Eine Führungspersönlichkeit, dachte LaBréa spontan. Jemand, der in einer Gruppe natürliche Autorität genießt und die Chefrolle übernimmt.

Die Psychologin hielt LaBréas prüfendem Blick mühelos stand. Ihre Augen verrieten nicht, was sie dachte. Um ihren Mund lag ein spöttischer Zug. Ein Zeichen von Souveränität oder das Gegenteil davon? Unsicherheit? War diese Frau unsicher? Er hatte nicht den Eindruck.

LaBréa räusperte sich und berichtete in knappen Worten vom Selbstmord des Vergewaltigers Julien Lancerau.

»Und was habe ich damit zu tun?«, fragte Christine Payan mit gerunzelter Stirn, als er geendet hatte. »Das Einzige, was mir dazu einfällt: Jetzt ist dieser Mann wenigstens endgültig aus dem Verkehr gezogen.«

LaBréa beugte sich vor.

»Ich würde gern die Namen der Frauen wissen, die Lancerau nach der Vergewaltigung zu Hause aufgesucht und sein Geschlechtsteil mit Lack besprüht haben, Madame.«

Die Psychologin schüttelte den Kopf.

»Wie kommen Sie darauf, dass ich irgendwelche Namen kenne?«

LaBréa wurde ungehalten und schlug einen schärferen Ton an.

»Wir wissen, dass sämtliche Opfer der Männer, die mit Farbe besprüht worden sind, sich unmittelbar nach der Tat an Sie gewandt und bei Ihnen psychologischen Beistand gesucht haben.« Er drehte seinen Kopf zur Tür. »Inklusive des letzten Opfers, Marielou Delors, die ja sogar bei Ihnen wohnt!«

»Ja, vorübergehend.« Die Züge der Frau verhärteten sich. »Vielleicht ist Ihnen nicht bekannt, wie sich eine Frau nach einer Vergewaltigung fühlt? Zumal nach einer, wie Marielou Delors sie erlebt hat. Das Opfer stirbt einen seelischen Tod, wenn Sie verstehen, was ich meine. Und zwar nicht nur durch die Tat, sondern auch durch das, was danach geschieht. Die Vernehmung auf dem Polizeirevier, die Untersuchung im Krankenhaus. Der Prozess, sofern es einen gibt. Der Versuch der Verteidigung, das Opfer in den Dreck zu ziehen und …«

LaBréa unterbrach sie.

»Ich weiß, Madame, ich weiß. Mich müssen Sie in dieser Hinsicht nicht agitieren.«

»Ich will Sie nicht agitieren, du liebe Güte! Ich will Ihnen nur klarmachen, in welcher Verfassung die Frauen sind, wenn sie zu mir kommen. Und welches Trümmerfeld ich beiseiteräumen muss, damit sie nach solch einem traumatischen Erlebnis wieder einigermaßen lebensfähig werden. Wenn sie das überhaupt jemals werden.«

»Die Namen dieser Sprayerfrauen, Madame«, schaltete sich Claudine ein. »Nur das interessiert uns.«

Christine Payan verschränkte die Arme über der Brust. Diese Geste hatte etwas Trotziges, wie bei einem Kind.

»Selbst wenn ich sie wüsste, würde ich sie Ihnen nicht verraten.«

»Was diese Gruppe da seit geraumer Zeit veranstaltet, läuft unter dem Tatbestand *Körperverletzung*«, setzte Claudine nach.

»Schon möglich. Hat einer der Vergewaltiger diesbezüglich Anzeige erstattet?« Der Blick der Psychologin wanderte von Claudine zu LaBréa. »Nein? Na also«, fuhr sie fort, ohne eine Antwort abzuwarten. »Wo kein Kläger, da kein Richter.«

»Ganz so ist das nicht«, begann LaBréa und musterte erneut sein Gegenüber. »Heute Morgen, kurz nach dem Selbstmord von Julien Lancerau, ist nämlich die Leiche eines Mannes gefunden worden, dessen Geschlechtsteil man gleich ganz abgesäbelt hat.«

Er beobachtete Payans Reaktion, doch die fiel eher spärlich aus. Kein Entsetzen, keine Überraschung, auch keine gespielte. Nur der Blick ihrer blassen Augen, der unvermindert auf ihm ruhte und keine Regung preisgab.

»Man hat sich gar nicht erst mit einer Sprayeraktion aufgehalten, sondern ist gleich aufs Ganze gegangen und hat den Mann kastriert. Verstehen Sie, was ich damit sagen will, Madame?«

»Nein, Commissaire. Ganz und gar nicht. Was wollen Sie denn damit sagen?« Sie blickte ihn fragend an und tat ihm nicht den Gefallen, eine Schlussfolgerung zu ziehen. Es blieb LaBréa nichts anderes übrig, als dies selbst zu tun.

»Stellen Sie sich doch nicht dumm, Madame. Das Geschlechtsteil eines Mannes zu besprühen, der eine Frau vergewaltigt hat, ist ein symbolischer Akt der Kastration. Das müsste Ihnen als Psychologin doch klar sein. Vom symbolischen Akt zur tatsächlichen Handlung ist es oftmals nur ein kleiner Schritt.«

»War denn der Mann, der kastriert wurde, ebenfalls ein Vergewaltiger?«, wollte Christine Payan wissen.

»Das wissen wir nicht, Madame. Für uns ist es jedoch wichtig zu erfahren, ob es einen Zusammenhang gibt zwischen den Sprayeraktionen dieser militanten Frauen, die Sie ja anscheinend kennen und decken, und der tatsächlichen Kastration eines Mannes, der auf diese Weise ermordet wurde.«

Ein leises Lächeln huschte über die Lippen der Frau.

»Nun, es ist doch Ihre Aufgabe, herauszufinden, ob es da einen Zusammenhang gibt. Beweise haben Sie ja anscheinend keine, sonst hätten Sie sie genannt. Tut mir leid, ich kann Ihnen nicht weiterhelfen. Aber wenn Sie meine Meinung hören wollen: Die ›militanten Frauen‹, wie Sie die Gruppe nennen, die seit einiger Zeit für Schlagzeilen sorgt und potenzielle Vergewaltiger vermutlich das Fürchten lehrt, die haben sicher nichts mit dem Kastrationsmord zu tun, in dem Sie ermitteln.«

»Woher wissen Sie das so genau?«

»Sagen wir mal so: Vertrauen Sie einfach meiner Intuition und meinem Urteil, Commissaire. Schon allein von Berufs wegen verfüge ich über eine ausgezeichnete Menschenkenntnis, die mich sehr selten im Stich lässt.«

»Also wissen Sie, wer hinter diesen Sprayeraktionen steckt?«, hakte Claudine nach.

»Wenn die Sprayeraktionen ein verfolgungswürdiger Straftatbestand sind und Sie deswegen ermitteln, antworte ich Ihnen vielleicht auf diese Frage. Aber auch nur vielleicht.« Ihre Stimme klang ironisch und arrogant. LaBréa spürte, wie ihm die Zornesröte ins Gesicht stieg. Auch weil er wusste, dass sie recht hatte. Der Polizei waren die Hände gebunden. Erst wenn es einen handfesten Beweis gab, dass die Sprayeraktionen und der Kastrationsmord an Masson in einem Zusammenhang standen, konnte er Christine Payan unter Druck setzen.

Diese erhob sich jetzt, strich ihren Rock glatt und warf einen Blick auf ihre Armbanduhr. »Und jetzt entschuldigen Sie mich bitte. Ich habe heute Abend mein Seminar im Psychologischen Institut der Universität und muss mich noch vorbereiten.«

»Sind Sie dort als Dozentin tätig?«, wollte Claudine wissen.

»Ja. Eine Teilzeitstelle. Zwei Lehrveranstaltungen pro Trimester.«

Zwei Minuten später schloss Christine Payan die Wohnungstür hinter ihnen.

»An der beißen wir uns die Zähne aus«, sagte Claudine, als sie durchs schlecht beleuchtete Treppenhaus nach unten gingen.

»Abwarten.« LaBréa schloss seine Lederjacke. »Diese Frau weiß über die Sprayergeschichten genau Bescheid. Vielleicht ist sie selbst sogar die Initiatorin dieser Aktionen. Sie hat etwas Fanatisches an sich, finden Sie nicht, Claudine?«

Claudine fingerte ihre Lederhandschuhe aus den Taschen ihrer Daunenjacke und streifte sie über.

»Fanatisch würde ich nicht sagen, Chef.« Sie überlegte. »Eher etwas Resolutes. Sie ist überzeugt von dem, was sie macht. Vergessen wir nicht, was das ist: Sie betreut schwer traumatisierte Vergewaltigungsopfer.«

»Ja und?«, fragte LaBréa unwirsch.

»Das heißt, sie versucht, das ganze seelische Chaos in Ordnung zu bringen, das diese Kerle hinterlassen. Da wird man zwangsläufig hart in seinem Urteil, glaube ich, und vermutlich auch militant und parteiisch.« Sie warf LaBréa einen raschen Seitenblick zu. »Als Frau sehe ich das wahrscheinlich anders als Sie«, fügte sie hinzu.

»Schon gut, mag sein«, lenkte LaBréa ein. »Trotzdem: Irgendwie finde ich sie undurchsichtig.«

Es war siebzehn Uhr dreißig, als sie das Haus verließen. Die Dämmerung war bereits hereingebrochen, und die Luft roch erneut nach Schnee. Es war kälter geworden; der gefrorene Schneematsch auf der Straße knirschte unter ihren Füßen. Um ein Haar wäre Claudine ausgerutscht.

Ein Motorrad bog um die Ecke, ein dunkles, altes Modell. Zwei Gestalten saßen darauf. Vor dem Eingang des Hauses, in dem die Psychologin wohnte, bremste der Fahrer so hart, dass die schwere Maschine seitwärts ausbrach. Doch der Fahrer konnte sie abfangen und brachte sie zum Stehen. Mit einem letzten satten Brummen erlosch der Motor.

LaBréa und Claudine waren stehen geblieben. Die beiden Gestalten stiegen ab, der Fahrer ließ die Maschine sanft auf ihren seitlichen Ständer sinken. Dann entledigten sich beide ihrer Helme. Obgleich sie dicke lederne Schutzkleidung trugen und sehr kurz geschnittene Haare hatten, erkannte LaBréa, dass es sich um zwei Frauen handelte. Die Fahrerin war groß, beinahe bullig, mit groben Gesichtszügen. In ihrem linken Ohr steckte ein kleiner Ohrring. Die Beifahrerin mochte in ihrem Alter sein – etwa Mitte zwanzig. Sie wirkte jedoch wesentlich zierlicher und in ihren Bewegungen nicht so kantig wie die andere. Die schweren Doc-Martens-Stiefel, die beide trugen und deren Stahlkappen im trüben Licht der Straßenbeleuchtung aufblitzten, passten zum übrigen Outfit.

Die Frauen warfen LaBréa und Claudine einen flüchtigen Blick zu, den man als abwehrend bis feindselig einstufen konnte, und steuerten auf den Eingang des Hauses zu.

»Na, wenn das kein Zufall ist!« Claudine lächelte. »Ich wette hundert zu eins, dass die beiden zu Christine Payan wollen.«

»Hm.« LaBréas Blick war noch auf die Tür gerichtet, die soeben ins Schloss gefallen war. »Sieht aus wie die Vorhut eines Rollkommandos. Noch zwei oder drei von dieser Sorte, und jeder Mann kann sein Testament machen, wenn er einer solchen Truppe in die Hände fällt.« Er wandte sich zu Claudine. »Wieso schneiden sich Frauen bloß die Haare so kurz?«, fragte er. »Und dieses ganze männliche Gehabe – wozu?«

Claudine lachte.

»Tja, Chef, das kann ich Ihnen auch nicht beantworten. Da müssten Sie diese KVs schon selbst fragen.«

»KVs? Was meinen Sie damit?«

»*Kesse Väter.* Lesbische Frauen, die eine weibliche Rolle bewusst ablehnen und sich eher männlich gebärden. So würde ich jedenfalls diese beiden einstufen.«

»Da gebe ich Ihnen recht. Aber woher kennen Sie solche Ausdrücke? *KVs* – hab ich noch nie gehört!«

»Ich lebe ja nicht hinter dem Mond, Chef.«

LaBréa sah sie belustigt an.

»Ach, Sie meinen damit wohl, dass *ich* hinter dem Mond lebe?«

»Das haben *Sie* gesagt.« Claudine strich sich die Haare aus der Stirn. »Aber man kann ja auch nicht alles wissen«, fügte sie diplomatisch hinzu.

LaBréa steuerte auf das geparkte Motorrad zu.

»Scheint ja ein uraltes Modell zu sein«, sagte er kopfschüttelnd. »Aber es glänzt wie frisch geputzt.«

Claudine nickte und meinte mit Kennerblick: »Eine BMW R 35. Ein Oldtimer, besser gesagt: ein Klassiker. Wurde Mitte der Fünfzigerjahre gebaut. Deutsche Wertarbeit, wie es so schön heißt. So eine Maschine kostet einiges. Ersatzteile sind schwierig zu beschaffen. Wer so ein Ding fährt, ist erstens ein passionierter Biker und muss zweitens in der Lage sein, selbst daran herumzubasteln.«

LaBréa war perplex.

»Sagen Sie mal, Claudine, woher …?«

Seine Mitarbeiterin unterbrach ihn.

»Woher ich das alles weiß? Mein Mann ist Motorradfan und sammelt alte Harley-Davidsons. Sozusagen sein Hobby. Bei uns zu Hause liegen stapelweise Fachzeitschriften und Bildbände über alte Motorräder. In den letzten Jahren habe ich mich notgedrungen ein wenig mit dieser Materie beschäftigt. Habe ich Ihnen mal erzählt, dass wir vor fünf Jahren unsere Hochzeitsreise mit einer seiner Harleys gemacht haben? Zwei Wochen algerische Sahara.«

»Nein, das haben Sie mir nie erzählt. Der Traum von Freiheit und Abenteuer?«

»Wie man's nimmt. Auf jeden Fall war es relativ exotisch. Heiße Tage in staubiger Hitze, kalte Nächte unter freiem Himmel mit Skorpionen im Schlafsack und heulenden Hyänen als Untermalung. Und ständig jede Menge Sand im Getriebe, und das meine ich wörtlich.«

Sie holte Notizbuch und Kugelschreiber aus ihrer Daunenjacke und schrieb sich die Nummer des Motorrads auf.

»Bis zur Talkrunde um sieben weiß ich, wer der Halter dieses Schmuckstücks ist.«

Kurz nach achtzehn Uhr. LaBréa saß hinter seinem Schreibtisch und wählte die Nummer von Véronique Andrieu. Nachdem sie mehrere Jahre als Profilerin in den USA tätig gewesen war, arbeitete sie seit geraumer Zeit als Psychologin in Paris. Im Dezember hatte sie LaBréa und seinem Team bei der dramatischen Jagd auf den Schlitzer von der Bastille wertvolle Hinweise gegeben, sodass dieser endlich dingfest gemacht werden konnte.

Nach dreimaligem Klingeln hob Véronique am anderen Ende den Hörer ab.

»Hallo, Maurice! Wie schön, dass du dich mal wieder meldest.« Sie zögerte einen Moment. »Aber doch hoffentlich nicht, weil …?«

LaBréa unterbrach sie und lachte.

»Nein, nein, keine Angst, es ist kein neuer Serienmörder aufgetaucht. Ich hätte nur gern eine Auskunft von dir. Kennst du eine Kollegin namens Christine Payan? Eine Psychologin, Praxis und Privatadresse Rue Jean Anouilh?«

Die Antwort kam umgehend.

»Nein. Der Name sagt mir nichts. Was ist mit ihr?«

»Nichts Besonderes. Ich wüsste nur gern mehr über sie. Sie betreut vorwiegend Gewaltopfer. Frauen, die vergewaltigt und misshandelt wurden, auch geschlagene Ehefrauen, vermute ich.«

»Dann hat sie meinen allergrößten Respekt, Maurice. Das ist eine echte Drecksarbeit. Die macht man nicht, um viel Geld zu verdienen, was man ja in meinem Job zweifellos kann, wenn ich an die vielen Patienten aus besseren Kreisen denke, die sich ihre zwei bis drei wöchentlichen Sitzungen beim Psychologen einiges kosten lassen. Wer mit misshandelten und missbrauchten Kindern oder Frauen arbeitet, ist äußerst engagiert und parteiisch und tut es um der Sache willen. Aber nochmals, Maurice, worum geht es eigentlich?«

»Um diese Sprayeraktionen gegen Vergewaltiger, mit denen eine Gruppe von Frauen Rache übt. Du hast doch bestimmt darüber gelesen.«

»Natürlich. Und als Frau muss ich dir sagen, dass ich diese Aktionen richtig toll finde.«

»Tatsächlich? Und was würdest du sagen, wenn aus Spaß Ernst würde?«

»Was meinst du damit?«

»Wenn aus einer symbolischen Kastration mittels Kunstharzlack eine echte Kastration würde, mit allem Drum und Dran, inklusive Todesfolge?«

Am anderen Ende der Leitung entstand ein Schweigen. Dann sagte Véronique leise: »Um Gottes willen, Maurice, ist dieser Fall eingetreten?«

»Ja. Wir wissen noch nicht, ob es einen Zusammenhang mit den sogenannten Sprayerfrauen und dem Mord durch Kastration an einem Mann gibt, der letzte Nacht stattfand. Aber wir gehen dieser Spur nach.«

»Und diese Christine Payan soll damit zu tun haben?«

»Auf jeden Fall scheint sie in Kontakt mit diesen Sprayerfrauen zu stehen. Ich will einfach wissen, wer sie ist.«

»Ich kann mich ja mal im Kollegenkreis umhören. Wie alt ist sie denn?«

»Sechsundvierzig.«

»Ist Payan ihr Mädchenname?«

»Keine Ahnung, ob sie verheiratet ist oder war. Auf jeden Fall hat sie einen halbwüchsigen Sohn. Außerdem unterrichtet sie als Dozentin am Psychologischen Institut der Uni.«

»Das könnte helfen. In der Uni habe ich sehr gute Kontakte. Vielleicht kann mir da jemand Auskunft über sie geben. Aber versprich dir nicht zu viel davon.«

»Wichtig wäre zu wissen, wie sie dort eingeschätzt wird. Was man von ihrer Arbeit hält und so weiter.«

»Verstehe. Du hörst von mir, Maurice.«

»Danke, Véronique. Bis bald!«

8. KAPITEL

Fünf Minuten bevor die Talkrunde begann, rief Jenny ihren Vater übers Handy an.

»Hallo, Chérie? Wo bist du denn?«, fragte LaBréa. »Ist eure Kinovorstellung zu Ende?«

Im Hintergrund waren laute Verkehrsgeräusche zu hören. Autos hupten, die Sirene eines Krankenwagens ertönte. LaBréa konnte seine Tochter nur schwer verstehen, als sie antwortete: »Ja, wir sind jetzt auf der Rue St. Antoine, vor der Videothek ›Vedette‹. Wir wollen uns eine DVD ausleihen und bei uns zu Hause angucken. Dürfen wir?«

Bei der Erwähnung des Namens »Vedette« kamen in LaBréa dunkle Erinnerungen hoch.

Hier hatte er vor einem halben Jahr die Besitzerin der Videothek, Francesca Dauchet, wegen Mordes an dem Filmproduzenten Jacques Molin verhaftet. Seitdem hatte er den Laden nicht mehr betreten, der nun von Francesca Dauchets Sohn weitergeführt wurde.

»Was für einen Film wollt ihr euch denn ausleihen?«, erkundigte sich LaBréa ein wenig misstrauisch. »Und wer ist eigentlich ›wir‹?«

»Na ja, Alissa, ich, Yannick und Pierre-Michel. Und

den Film müssen wir uns erst noch aussuchen. Pierre-Michel kennt sich super mit Filmen aus.«

»Aber bloß nicht irgend so einen Mist, Jenny! Fragt doch mal, ob es *Auf Wiedersehen, Kinder* als DVD gibt. Du hast doch damals in Marseille in der Schule gefehlt, als eure Klasse sich den Film im Kino ansah. Das soll ein sehr guter Film sein.«

»Ja, wir fragen, ob sie den haben.« Es klang nicht sehr überzeugend. »Also, Papa, ich bin dann mit den anderen bei uns zu Hause. Wann kommst du denn?«

»Sicher spät. Warte nicht auf mich, und schick die anderen gleich nach Ende des Films nach Hause!«

»Mach ich. Wir holen uns jetzt noch 'ne Pizza bei Bruno.«

LaBréa hatte kaum das Gespräch beendet, als seine Mitarbeiter das Büro betraten.

Franck war kaum wiederzuerkennen. Er hatte sich rasiert, seine Haut glänzte frisch, und er roch nach einem aufdringlichen Aftershave. Seine verschmutzten Jeans hatte er gegen eine Bundfaltenflanellhose getauscht. Unter einem dunkelblauen Pullover mit V-Ausschnitt trug er ein grün gestreiftes Button-down-Hemd.

LaBréa konnte sein Erstaunen kaum verbergen. Jean-Marc bemerkte dies und flötete mit künstlich hoher Stimme: »Ja, ja, die Liebe, die Liebe ist's allein …«

Franck gab ihm einen unsanften Stoß in die Rippen und knurrte etwas, das LaBréa nicht verstand. Claudine, die als Letzte den Raum betrat, grinste vielsagend und wedelte sich mit der Hand den Duft in die Nase, den Franck so verschwenderisch verströmte.

Jeder dachte sich seinen Teil, und LaBréa forderte Franck sogleich auf, von seinem Besuch in der Santé zu berichten.

»Also, zuerst ...«, begann Franck, doch er kam nicht weiter, weil der Paradiesvogel ihm ins Wort fiel.

»Zuerst bist du nach Hause gefahren und hast dich feingemacht.«

»Halt's Maul, Jean-Marc! Wer im Glashaus sitzt, soll nicht mit Steinen werfen. Du selbst läufst wie ein Zirkuspferd rum ...«

LaBréa verkniff sich ein Schmunzeln und schnitt ihm das Wort ab.

»Schluss jetzt! Tragt eure modischen Differenzen nach Dienstschluss aus, wenn ich bitten darf. Zur Sache, Franck.«

Franck hatte sämtliche diensthabenden Wärter in der Santé befragt, ein weiteres Gespräch mit dem Gefängnisdirektor geführt und die Akten des erhängten Julien Lancerau sowie des ermordeten Pascal Masson eingehend studiert. Aus den Akten ergab sich keine Verbindung zwischen beiden Männern. Die Befragung der Wärter hatte auch nichts gebracht. Masson und Lancerau waren in Zellen in verschiedenen Trakten der Strafanstalt untergebracht gewesen. Das ergab sich schon aus der Tatsache, dass Masson eine rechtskräftig verhängte Strafe absaß, während Lancerau seit einer Woche als Untersuchungshäftling einsaß. Eine Befragung der Mitgefangenen der beiden hatte ebenfalls nichts ergeben. Massons Mithäftlinge kannten Lancerau nicht, und in der Abteilung der U-Häftlinge war Masson unbekannt. Es hatte zwar einen gemeinsamen Fernsehabend während Lanceraus U-Haftzeit gegeben, doch diesem Abend war Masson ferngeblieben. Auch beim täglichen Hofgang hatte niemand beobachten können, dass Lancerau und Masson sich kannten.

»Also eine Pleite auf der ganzen Linie«, schloss Franck seinen Bericht.

Jean-Marc räusperte sich ostentativ. »Auf der ganzen Linie, tatsächlich?«, meinte er. »Dann konntest du also bei der schönen Ärztin nicht landen, oder?«

LaBréa schnaufte genervt.

»Lassen Sie doch endlich die Anspielungen, Jean-Marc. Woher wissen Sie eigentlich von der, wie Sie sagen, ›schönen Ärztin‹? Sie waren doch heute Morgen in der Santé gar nicht dabei.«

»Aber Franck hat's gleich anschließend im ganzen Haus herumposaunt. Bis zum wachhabenden Brigadier vor dem Haupteingang weiß jeder, dass er sich in die Gefängnisärztin verknallt hat. Jetzt sieht man es ihm auch meilenweit an! Vor allem riecht man es ...« Er drehte sich naserümpfend weg.

Franck grinste und zupfte am Kragen seines Hemdes.

»Nur kein Neid, Jean-Marc. Und wenn es dich beruhigt: Morgen Abend gehe ich mit ihr essen.«

Die Tür war aufgegangen, und Direktor Thibon betrat LaBréas Büro. Er hatte Francks letzte Worte noch gehört. »Mit wem gehen Sie essen, Hauptmann?«

Franck winkte rasch ab, und LaBréa bemerkte, dass eine leichte Röte sein Gesicht überzog. »Ach nichts, Monsieur le Directeur, unwichtig.«

Der Direktor musterte ihn und schüttelte erstaunt den Kopf. »Was ist denn mit Ihnen passiert, Hauptmann? Sie sind ja plötzlich …« Er beendete seinen Satz nicht. »Nun«, wandte er sich an LaBréa. »Was gibt's Neues?«

»Noch nicht viel, Monsieur. Der Autopsiebericht von Pascal Masson ist Ihnen ja zugegangen. Darüber hinaus hat sich noch nichts Konkretes ergeben. Wir arbeiten auf Hochtouren, aber wir müssen Geduld haben, wenn wir der Wahrheit näherkommen wollen.«

Thibon steckte lässig seine rechte Hand in die Hosentasche und schickte einen bedeutungsvollen Blick in die Runde.

»›*Hier auf Erden ist jegliches Ding zum Teil wahr, zum Teil falsch.*‹ Ein Zitat von Blaise Pascal, meine Herrschaften. Mit anderen Worten: Lassen Sie sich nicht von einer vordergründigen Wahrheit blenden. Suchen Sie die Wahrheit dahinter.«

LaBréa, der Thibons Worte für ausgemachten Blödsinn hielt, nickte dennoch eifrig.

»Natürlich, Monsieur. Wir gehen jeder Spur nach und allen Dingen auf den Grund.«

»Hoffentlich!« Der schmale Mund des Direktors verzog sich zu einem säuerlichen Lächeln.

»Halten Sie mich auf dem Laufenden, LaBréa.« Er blickte auf seine Armbanduhr, eine teure Breitling. »O nein, schon so spät!«, sagte er mit besorgter Stimme. »Heute Abend ist der englische Premierminister im Élysée. Der Innenminister hat mich und meine Frau ausdrücklich gebeten, beim Galadiner dabei zu sein. Und ich muss noch nach Hause und mich umziehen!« Thibon rauschte aus dem Raum.

Claudine fing prustend an zu lachen, die anderen fielen ein.

»O mein Gott«, rief sie aus. »Wie halte ich das nur aus, wenn er eines Tages tatsächlich den Posten des Präfekten übernimmt und uns nicht mehr zum Lachen bringt?«

Gleich darauf brachte LaBréa das Gespräch wieder auf das Wesentliche: »Noch eine letzte Frage, Franck: Haben Sie die Gefängnisärztin nach Masson befragt? Hat sie vielleicht irgendwelche Anhaltspunkte, dass Masson und Lancerau sich gekannt haben könnten?«

»Nein, Chef. Natürlich kannte Dr. Clément den Häftling Masson. Er war zwei-, dreimal während seiner Haftzeit auf der Krankenstation. Einmal mit einer schweren Bronchitis. Mehr konnte sie zu Masson nicht sagen. Und Lancerau kannte sie nur dem Namen nach.«

Es klopfte an die Tür, und Brigadier Valdez betrat das Büro. Er wandte sich an Franck.

»Ein Fax für dich, Franck. Aus Marseille.«

Er übergab dem Hauptmann ein Schreiben und verließ den Raum.

Franck warf einen Blick auf den Briefkopf.

»Die Stellungnahme des Hauptquartiers der Fremdenlegion zu dem Foto in Massons Wohnung.«

»Lesen Sie vor«, forderte LaBréa ihn auf.

»Moment.« Franck suchte aus seinen Unterlagen das Foto der Legionäre heraus und legte es in die Mitte des Tisches.

»Also«, begann er: »›*Sehr geehrte* …‹ und so weiter … ›*Foto erhalten … Stellungnahme wie folgt: Nach Vergleich mit unseren Akten und Computerdaten teilen wir Ihnen verbindlich mit, dass es sich bei den dargestellten Personen auf dem von Ihnen übersandten Foto – bis auf eine Ausnahme – um folgende aktive und ehemalige Angehörige der Legion handelt. Von links nach rechts:*

1. *Cyril Bouclon, Franzose, Legionär 2. Klasse, Dienstzeit 1985 bis 1995.*
2. *Klaus Hofstetter, Österreicher, Caporal-Chef, dient seit 1990, zurzeit in Guayana stationiert.*
3. *Pascal Masson, Franzose, Caporal-Chef, Dienstzeit 1986 bis 1991.*
4. *Frans Kerkhove, Belgier, Caporal, Dienstzeit 1990 bis 1999.*
5. *Person ist unbekannt. Trägt keine Legionärsuniform.*

6. *Jimmy Bakerfield, Kanadier, Legionär 1. Klasse, Dienstzeit 1989 bis 1994.*

Die hier genannten Legionäre Nummer 1, 2, 3, 4 und 6 dienten 1991 in der Division Daguet, die im Irak-Kuwait-Krieg eingesetzt war. Sie alle waren damals Angehörige des Zweiten Infanterieregiments der Fremdenlegion.

Mit freundlichen Grüßen …‹ und so weiter … *›Für weitere Fragen stehen wir Ihnen gern zur Verfügung.‹*«

Während Franck das Schreiben aus Marseille vorgelesen hatte, hatte LaBréa das Foto der sechs Männer betrachtet.

»Der Mann in der kakifarbenen Fliegerkombination, Fünfter von links, ist also kein Angehöriger der Legion«, stellte er fest. »Jetzt sind wir auf jeden Fall ein Stück weiter. Einer von Massons Kameraden, Nummer eins in der Reihe, ist Franzose. Finden Sie heraus, wo sich dieser Mann heute aufhält, Franck. Und kontaktieren Sie diesen Österreicher, Nummer zwei auf dem Foto, links neben Masson, den einzig noch Aktiven dieser Gruppe. Vielleicht kann einer der beiden uns sagen, was Masson nach Ablauf seines Legionärsvertrages gemacht hat und wohin er gegangen ist.«

Franck nickte. »Es handelt sich also bei den Männern auf dem Foto, wie wir schon vermutet haben, um ehemalige Kameraden von Masson. Bis auf diesen einen. Das wird irgendein Freund oder Verwandter von einem der anderen Männer sein.«

»Gut, warten wir ab, was Ihre Recherchen ergeben, Franck.«

Jean-Marc hatte sich noch einmal die beiden Mechaniker in Massons Werkstatt vorgenommen, deren Arbeitskleidung ins Labor gebracht und die Alibis überprüft. Er hatte nichts Neues in Erfahrung gebracht. Auch die Durchforstung der Kundenkartei hatte keine brauchbare Spur ergeben. Niemand von den Kunden der Werkstatt war vorbestraft.

»Außerdem ist diese Kundenkartei erst von den beiden Mechanikern angelegt worden, nachdem Masson ihnen die Werkstatt anvertraut hatte. Die Leute, die in der Kartei stehen, kennen Masson höchst wahrscheinlich selbst gar nicht, da er ja im Gefängnis war. Aber ich habe noch nicht alle erreicht. Genauso wenig wie die beiden Männer, die Masson seinerzeit krankenhausreif geschlagen hat.«

»Bleiben Sie dran, Jean-Marc«, sagte LaBréa und wandte sich an Claudine.

»Und, wer ist der Halter des Oldtimer-Motorrads?«

»Wie bereits vermutet, ist es eine Halterin. Hortense Vignal.«

Franck verzog den Mund. »Hortense?! Was ist das denn für ein komischer Name?«

Claudine ging nicht darauf ein. »Geboren 1980 in Paris, Zwanzigstes Arrondissement.«

»Ist das die Frau, die die Maschine gefahren hat?«, wollte LaBréa wissen.

»Ja. Die Kollegen haben mir eine Kopie ihres Führerscheins samt Foto zukommen lassen. Man erkennt sie sofort. Polizeilich gemeldet im Zehnten Arrondissement, Rue Boulanger Nummer neun. Keine Vorstrafen.«

»Beruf?«

»Sie werden es nicht glauben, Chef, aber ich habe es ja schon fast geahnt: Kfz-Mechanikerin.«

»Tatsächlich? Aber sie hat nicht zufällig mal in Massons Werkstatt gearbeitet?«

»Der Gedanke ist mir auch sofort gekommen, und ich habe Jean-Marc angerufen, der gerade Massons Angestellte vernommen hat. Aber Fehlanzeige, Hortense Vignal ist dort nicht bekannt.«

»Sie kann dort gearbeitet haben, bevor die beiden von Masson eingestellt worden sind.«

»Möglich. Soll ich morgen mal mit der Frau reden, Chef?«

»Nein, das halte ich im Moment für wenig sinnvoll. Wir haben ja nichts in der Hand. Und so, wie ich diese Dame einschätze, würde sie uns sowieso keine Auskunft geben. Die betrachtet die Polizei grundsätzlich als Feind und knallt uns die Tür vor der Nase zu.«

Die Talkrunde war beendet.

Nachdem die Mitarbeiter LaBréas Büro verlassen hatten, rief er den Ermittlungsrichter an, um ihn über den bisherigen Stand der Erkenntnisse zu informieren. Joseph Couperin wollte gerade sein Büro verlassen und schien in Eile zu sein.

»Eine Theaterpremiere im *Vieux Colombier,* LaBréa. Eine Komödie von Ayckburn. Genau das Richtige heute, um die tristen und schmutzigen Momente unseres Berufes zu vergessen. Ich freue mich darauf, mal wieder nach Herzenslust zu lachen!«

»Dann viel Vergnügen, Monsieur le Juge. Ich mache ebenfalls für heute Feierabend. Sie hören morgen wieder von mir.« LaBréa legte den Hörer auf.

Als er ans Fenster ging, sah er, dass es wieder zu schneien begonnen hatte. Im dichten Flockenwirbel wirkten die Lichter der Stadt wie gedimmt. Er dachte an Céline und griff spontan nach seinem Handy, um sie in Barcelona anzurufen. Doch ihr Gerät war abgestellt. Nicht einmal die Mailbox schaltete sich ein. LaBréa würde es später von zu Hause aus noch einmal versuchen. Er zog seine Lederjacke an, schlug den Kragen hoch und freute sich auf den Nachhauseweg durch die klare, kalte Winterluft.

Straßen und Bürgersteige waren erneut von einer Schneeschicht bedeckt. Der darunterliegende gefrorene Schneematsch verwandelte die Gehsteige und Fahrbahnen in gefährlich glatte Flächen.

LaBréa musste sich vorsehen, dass er nicht ins Rutschen geriet. Er war hungrig und entschloss sich spontan, in der Weinbar *Le Rouge Gorge* in der Rue St. Paul noch ein Glas zu trinken und einen Happen zu essen.

Im Lokal saßen nur wenige Gäste. Die Wirtin begrüßte ihn mit Handschlag und bot ihm einen Platz am Fenster an. Normalerweise servierte man hier abends kein warmes Essen. Doch LaBréa hatte Glück.

»Ich habe noch etwas von unserem heutigen Mittagstisch«, bot sie LaBréa an.

»Was ist es denn?«

»Kaninchenrücken in Weißweinsauce mit Backpflaumen. Dazu Mangoldgemüse.«

»Klingt wunderbar«, sagte LaBréa und spürte, wie ihm das Wasser im Mund zusammenlief. Seit dem Stück Pizza mittags am Stehimbiss hatte er nichts mehr gegessen.

»Dazu einen Sancerre? Oder lieber einen Blanc de Tourraine?«

»Den Blanc de Tourraine.«

Die Wirtin verschwand hinter dem Tresen. Wenig später brachte sie LaBréa den bestellten Weißwein und ging in die Küche.

LaBréa blickte aus dem Fenster. Im Schritttempo fuhr ein Auto vorbei. Die Schneeflocken tanzten im Scheinwerferlicht. LaBréa trank den ersten Schluck Wein und dachte über die Ereignisse des Tages nach. Zwei Todesfälle und eine Unmenge Arbeit, die vor ihm und seinen Mitarbeitern lag. Im Mordfall Masson keine heiße Spur. Im Gegenteil. Die Spur des Ermordeten schien sich irgendwann in den Neunzigerjahren verloren zu haben. Immerhin gab es die Namen der anderen Männer auf dem Camerone-Foto. Dort konnte man ansetzen, um mehr über Pascal Masson in Erfahrung zu bringen. Vielleicht musste man auch noch einmal die Biografie des erhängten Julien Lancerau unter die Lupe nehmen. Oder sollte es tatsächlich nur purer Zufall sein, dass Lancerau und Masson im selben Gefängnis eingesessen hatten und im Abstand von wenigen Stunden zu Tode kamen? Masson war höchstwahrscheinlich einem Racheakt zum Opfer gefallen, ebenso wie die mit Farbe besprühten Vergewaltiger. LaBréa dachte an die beiden Motorradlesben. Konnte man ihnen eine solche Tat zutrauen? Wenn ja, wo lag das Motiv? Irgendwo in Massons Vergangenheit?

Abrupt wurde LaBréa aus seinen Gedanken gerissen, als jemand von außen kräftig gegen die Scheibe klopfte. Er sah ein lachendes Gesicht, eine schicke Pelzmütze und lange blonde Haare.

Jocelyn Borel.

Noch ehe er reagieren konnte, verschwand das Gesicht. Gleich darauf betrat LaBréas Jugendliebe das Lokal.

»Maurice!« Mit einer weit ausladenden Bewegung streckte sie ihre Arme aus, als wollte sie einen lange verlorenen Sohn begrüßen. »Mein Gott, was für ein

Zufall! Ich komme gerade von meiner Kosmetikerin, ihr Salon ist an der nächsten Ecke. So oft habe ich bei dir angerufen, aber du hast dich nie gemeldet.« Sie zog einen Schmollmund und blickte ihn vorwurfsvoll an.

»Jocelyn, schön, dich zu sehen«, murmelte LaBréa. Er zögerte kurz, dann lud er sie ein, Platz zu nehmen. »Möchtest du ein Glas mit mir trinken?«

»Sehr gern. Und einen Riesenhunger hab ich. Gibt's hier auch was zu essen?«

In diesem Moment erschien die Wirtin mit einem dampfenden Teller.

»Oh, das sieht ja himmlisch aus, und wie das duftet!« Jocelyn strahlte. »Für mich bitte dasselbe! Was ist das, Kalbsfilet?«

»Nein, Kaninchenrücken. Sie haben Glück. Es ist gerade noch eine Portion da.«

»Und bringen Sie mir auch ein Glas von diesem Wein, Madame.« Jocelyn streifte ihre Handschuhe ab und zog ihr pelzgefüttertes Cape aus. LaBréa beeilte sich, ihr dabei zu helfen. Mit geübtem Blick erfasste er ihre Gestalt und musste zugeben, dass Jocelyn in ihrem engen schwarzen Cashmerepulli und dem dazu passenden Rock, den Lammfellstiefeln und der Pelzkappe hinreißend aussah. Wie eine russische Gräfin aus *Anna Karenina* oder *Doktor Schiwago,* dachte LaBréa spontan. Einen Moment durchflutete ihn die Erinnerung an ihre Ferienliaison, damals, als sie jung waren. Heiße Liebesnächte am Strand der Côte d'Azur, die Unbeschwertheit eines Sommers …

Als ahnte Jocelyn Borel seine Gedanken, blickte sie ihm tief in die Augen.

»Ach Maurice, du hättest wenigstens einmal zurückrufen können. Ich kam mir schon ganz komisch vor, immer auf deinen Anrufbeantworter zu sprechen.«

»Du hast recht«, gab er zu. »Und ich entschuldige mich dafür. Aber ich stecke seit Monaten in viel Arbeit und weiß kaum, wo mir der Kopf steht.«

»Dann brauchst du ja umso dringender einen entspannenden Abend! Komm doch mal zu mir zum Essen.«

LaBréa nickte vage und bereute seine Idee, einen Abstecher in dieses Lokal gemacht zu haben.

Als Jocelyns Essen serviert wurde, aßen sie eine Weile schweigend, wobei Jocelyn nicht versäumte, immer wieder LaBréas Blick zu suchen und ihm das Lächeln ihres sinnlichen Mundes zu schenken.

Dann tauschten sie ein paar Belanglosigkeiten aus. Jocelyn erzählte von ihrer Arbeit in der Schule (sie war Lehrerin am Lycée Charlemagne, Jennys Schule), was LaBréa nicht sonderlich interessierte. Jocelyn wiederum wollte wissen, wie LaBréa sich inzwischen in Paris eingelebt hatte und wie es ihm privat ging. Ihre Fragen zielten eindeutig darauf ab, herauszufinden, ob es eine Frau in LaBréas Leben gab. Er hielt sich jedoch bedeckt, und Jocelyn war am Ende genauso schlau wie zuvor.

Eine gute halbe Stunde später verließen sie das Lokal. LaBréa begleitete Jocelyn zum Taxistand. Sie umarmte ihn zum Abschied und presste ihre Wange an sein Gesicht. LaBréa spürte ihre weichen Formen und roch den Duft ihrer Haut. Erstaunt stellte er fest, dass ihn das plötzlich erregte. Er ließ sich nichts anmerken und winkte Jocelyn nach, als das Taxi im dichten Schneetreiben davonkroch.

Mit zwiespältigen Gefühlen begab er sich auf den Heimweg. Jocelyns direkte, zielgerichtete Art stieß ihn im Grunde genommen ab. Er wollte nicht in ihre Falle tappen, wollte nicht zu ihrer Beute werden. Dennoch hatte sein Körper sich heftig zu ihr hingezogen gefühlt.

Er beschloss, diesem Gedanken sofort einen Riegel vorzuschieben und diesem Gefühl auf keinen Fall nachzugeben. Jocelyn würde sich weiterhin mit seinem Anrufbeantworter zufriedengeben müssen. Basta.

Nur noch wenige Meter bis zu seiner Haustür. LaBréa schüttelte den Schnee von Haaren und Jacke. Als er durch den ersten Hof ging, vorbei an Célines Wohnung, empfand er so etwas wie ein schlechtes Gewissen. Er liebte Céline und war dennoch für Jocelyn Borels Reize empfänglich gewesen … Diese Gedanken verflogen sogleich, als er seine Wohnungstür aufschloss.

»Was ist denn hier los?!«

Aus der Küche erklang lautes Gekreische, untermalt von einem knallenden Geräusch, als fielen Schüsse.

»Los, schnell, Alissa, mach den Deckel drauf!«, hörte er Jennys gellende Stimme. Gleich darauf steckte sie ihren Kopf durch die Küchentür und sah ihren Vater.

»O Mann!«, sagte sie mit hektischer Stimme. »Du kommst echt im allerungünstigsten Moment.«

»Das scheint mir auch so.«

Mit raschen Schritten durchquerte LaBréa das Wohnzimmer und sah, was sich in der Küche abspielte. Jennys Freundin Alissa stand am Herd und hielt einen Deckel auf den großen Aluminiumtopf, in dem normalerweise Spaghetti und andere Pasta gekocht wurden. Ihr Gesicht war rot angelaufen. Aus dem Topf kamen knallende Geräusche.

Der steinerne Küchenboden, das Spülbecken und sämtliche Küchenmöbel waren mit Popcorn bedeckt. Zwei Jungen in Jennys Alter hielten jeder einen Teller in der Hand und sammelten das Popcorn ein. Sie warfen LaBréa ein hastiges »Bonsoir« zu und arbeiteten fieberhaft weiter. Jenny hatte Handfeger und Kehrblech aus dem Schränkchen unter der Spüle geholt und fegte das zusammen, was auf den Fußboden gefallen war.

LaBréa konnte nicht anders, er musste lauthals lachen. Die beiden Jungs und Alissa sahen ihn erstaunt und zugleich erleichtert an, während Jenny regelrecht erbost zu sein schien.

»Was gibt's denn da zu lachen? Wir haben eben nicht gewusst, dass man den Deckel auf den Topf setzen muss, wenn das Zeug anfängt zu platzen! Jeder macht mal Fehler.«

»Wer ist denn auf die wunderbare Idee gekommen, Popcorn zu machen? Du, Jenny?« LaBréa lachte erneut.

»Nee. Das war Yannick. Ist ja auch egal. Jedenfalls ist nicht alles futsch. Im Topf ist noch genug übrig. Wenn du willst, kannst du auch was abhaben, Papa. Aber nur, wenn du aufhörst, so blöd zu lachen.«

Zehn Minuten später war die Küche aufgeräumt und das restliche Popcorn gerecht durch fünf geteilt, was für jeden eine winzige Portion bedeutete. Jenny hatte viel zu viel Zucker darübergestreut, doch welche Rolle spielte das noch? LaBréa und die jungen Leute saßen friedlich im Wohnzimmer und verspeisten das selbst gemachte Popcorn. Pierre-Michel, ein hübscher Junge mit rabenschwarzen Augen und einem charmanten Lächeln, konnte sich allerdings die Bemerkung nicht verkneifen, dass das Popcorn, das man im Kino kaufen konnte, wesentlich besser und irgendwie auch frischer schmeckte.

»Apropos Kino und Filme«, sagte LaBréa. »Habt ihr euch *Auf Wiedersehen, Kinder* angesehen?«

»Nein, den Film hatten sie bei ›Vedette‹ nicht«, erwiderte Jenny und warf den anderen einen warnenden Blick zu. Daraus schloss LaBréa, dass sie gar nicht erst danach gefragt hatten. »Pierre-Michel hat stattdessen so einen japanischen Kung-Fu-Film ausgesucht, aber den fanden wir dann doch blöd und haben ihn gar nicht zu Ende geguckt.«

LaBréa blickte auf die Uhr. Es war kurz vor zehn.

»Wissen eure Eltern, wo ihr seid?«, fragte er Alissa und die Jungen. Die drei nickten.

»Papa, darf Alissa heute Nacht hierbleiben? Sie müsste nur noch ihre Mutter anrufen.«

»Meinetwegen.«

»Dürfen wir auch hierbleiben?«, kiekste Yannick, der sich offenkundig im Stimmbruch befand, und warf Pierre-Michel einen verschmitzten Blick zu. LaBréa sah, wie dieser errötete.

»Kommt nicht infrage!«, erklang es unisono aus den Mündern der beiden Mädchen.

»Okay«, sagte LaBréa. »Alissa, du rufst jetzt deine Mutter an, und für euch Jungs bestelle ich ein Taxi.« Er wandte sich an Jenny. »Wo ist eigentlich Obelix?« Der Kater hatte sich die ganze Zeit nicht blicken lassen.

»Der hat sich wahrscheinlich irgendwo versteckt, als es in der Küche zu knallen anfing«, meinte Jenny. »Aber gefressen hat er vorhin schon.«

Als Jenny und Alissa im Bett lagen, versuchte LaBréa erneut, Céline in Barcelona zu erreichen. Erst nach mehrmaligem Klingeln meldete sie sich. Im Hintergrund waren lautes Lachen und Stimmengewirr zu hören. Céline saß mit ihrem spanischen Galeristen und dessen Freunden in einer Bar. Die Verbindung war schlecht, und nach kurzer Zeit beendeten sie das Gespräch.

Warum hatte er nur das Gefühl, dass sie sich wunderbar zu amüsieren schien und ihn überhaupt nicht vermisste?

Kurz darauf ging LaBréa zu Bett. Im Einschlafen dachte er an Célines Gesicht, wollte ihre Lippen spüren, ihre Hände auf seinem Körper. Doch ohne dass er es verhindern konnte, schob sich ein anderes Bild davor. Jocelyn Borel beugte sich über ihn, ihre langen, blonden Haare streiften verführerisch seine Wangen und ihr sinnlicher Mund öffnete sich für ihn … Dann fiel er in einen tiefen, traumlosen Schlaf.

Paris, im Januar 2004

Meine liebe Maja,
es ist lange nach Mitternacht, und ich greife noch zur Feder, um Dir zu schreiben. Dein letzter Brief liegt nun schon drei Wochen zurück. Und kein Wort stand darin, dass Du und Alex schon bald heiraten wollt! Erst durch Alex habe ich von Euren Plänen erfahren. All meine guten Wünsche sind bei Euch, und ich hoffe sehr, dass wir uns anlässlich Eurer Vermählung endlich einmal wiedersehen.

Mir geht es so weit gut. Natürlich fühle ich mich oft einsam, aber dann tröstet mich die Musik. Eine Liebe ist nicht in Sicht. Hin und wieder ruft Louis mich an. Wir sind ja in aller Freundschaft auseinandergegangen.

Deine Teilnahme an den Olympischen Spielen in Seoul war etwas ganz Besonderes, auch wenn Du keine Medaille erringen konntest. Aber Du warst die Jüngste im Kader unseres Landes. Noch heute bin ich stolz auf Dich, Maja.

Vor einigen Tagen habe ich ein sehr schönes Gedicht gelesen. Geschrieben hat es die deutsche Dichterin Hilde Domin. Ich will Dir die Zeilen nicht vorenthalten:

Haus ohne Fenster

Der Schmerz sargt uns ein
in einem Haus ohne Fenster.
Die Sonne, die die Blumen öffnet,
zeigt seine Kanten
nur deutlicher.
Es ist ein Würfel aus Schweigen
in der Nacht.

Der Trost,
der keine Fenster findet und keine Türen
und hineinwill,
trägt erbittert das Reisig zusammen.
Er will ein Wunder erzwingen
und zündet es an,
das Haus aus Schmerz.

Schreib mir, was Du von diesem Gedicht hältst und ob es Dich ebenso berührt wie mich.

Allerliebste Grüße aus einem winterlichen, verschneiten Paris. Ich umarme Dich ganz fest und bin immer
Deine beste Freundin E.

9. KAPITEL

Gegen Morgen war ein scharfer Wind aufgekommen. In heftigen Böen stob er auf das verschneite Glasdach der Atelierwohnung.

LaBréa sah auf den Wecker. Sechs Uhr dreißig. Zu früh, um aufzustehen, zu spät, um noch einmal einzuschlafen. Er lauschte den knackenden Geräuschen des Daches, das sich gegen die Gewalt des Windes zu wehren schien. Kann das Glas springen?, fragte sich LaBréa. Welche Schneelast hält dieses Material aus?

Er verschränkte die Arme hinter dem Kopf und starrte in die Dunkelheit. Die Erinnerung an das zufällige Zusammentreffen mit Jocelyn Borel am gestrigen Abend durchströmte ihn wie eine warme, prickelnde Flut. Wie er es auch drehen und wenden mochte: Er begehrte sie. Erstaunt stellte er fest, dass dieser Gedanke kein schlechtes Gewissen in ihm hervorrief, wie gestern noch. Die Sehnsucht nach Sex mit Jocelyn schien nicht mehr im Widerspruch zu seiner Liebe zu Céline zu stehen. Oder war dies nur eine bequeme Ausrede, eine Rechtfertigung, um jegliche moralischen Bedenken über Bord zu werfen? Die Antwort auf diese Frage blieb LaBréa sich vorerst schuldig, denn sein Handy klingelte. Es lag, wie immer, wenn LaBréa zu Hause war, eingeschaltet auf seinem Nachttisch.

Er knipste das Licht an und sah Franck Zechiras Namen auf dem Display. Um diese Zeit konnte das nichts Gutes bedeuten.

»Ja, was gibt's, Franck?«

Francks Worte kamen stoßweise, als müsste er sie gegen seinen Willen ausspucken.

»Anruf vom Kommissariat des Zehnten Arrondissements. Männliche Leiche. Rue du Château d'Eau Nummer sechs. Ein altes Fabrikgelände. Das Opfer liegt draußen im Schnee. Kastriert.«

LaBréa stockte der Atem. Abrupt richtete er sich im Bett auf. »Gibt es sonst noch Parallelen zum Mord an Masson?«

»Scheint so, nach dem, was der Kollege sagte. In zehn Minuten hole ich Sie ab, Chef. Dr. Foucart ist informiert, Claudine und den Paradiesvogel rufe ich gleich an.«

»Gut. Ich stehe dann vor der Haustür.«

LaBréa sprang aus dem Bett und wäre um ein Haar über Kater Obelix gestolpert, der wie aus dem Nichts im Schlafzimmer aufgetaucht war und LaBréa erwartungsvoll ansah.

»Nichts da«, sagte LaBréa. »Warte gefälligst, bis die Mädchen aufstehen, dann bekommst du dein Fressen.« Er eilte ins Badezimmer. Hastig fuhr er sich mit dem Rasierapparat einige Male übers Gesicht. Für eine gründliche Rasur reichte die Zeit nicht. Er schüttete sich eine Handvoll kaltes Wasser ins Gesicht, putzte flüchtig die Zähne und klatschte einige Tropfen Aftershave auf seine Wangen.

Im Wohnzimmer warf er einen Blick durch die großen Glasfenster in den Garten. Der Wind schüttelte die Zwergzypresse, und LaBréa fröstelte bei dem Anblick.

Er zog seinen dicksten Rollkragenpullover, eine Cordhose und derbe Stiefel an. Zum Frühstück blieb keine Zeit.

Er durchquerte das Wohnzimmer und klopfte an die Tür seiner Tochter. »Herein!«, tönte eine muntere Stimme.

Die beiden Mädchen waren bereits wach, saßen im Bett und lasen gemeinsam den neuesten *Asterix*-Band, der erst vor wenigen Tagen erschienen war.

»Ich muss dringend weg, Jenny. Macht euch Frühstück und gebt Obelix zu fressen. Ich melde mich im Lauf des Vormittags auf deinem Handy. Wie lange hast du heute Schule?«

»Bis fünf. Ich komme dann gleich nach Hause.«

»Gut. Also, bis dann.«

Vor dem Haus schaufelte Monsieur Hugo, der pensionierte Postbeamte und Concierge, den Schnee vom Bürgersteig. LaBréa tauschte ein paar belanglose Worte mit ihm, dann kam auch schon Franck. LaBréa stieg in den Renault und bat Franck, an der nächsten Croissanterie zu halten, damit er während der Fahrt einen Kaffee und etwas zu essen zu sich nehmen konnte.

Während LaBréa wenig später den heißen Kaffee schlürfte und das noch ofenwarme Hörnchen verschlang, konzentrierte sich Franck aufs Autofahren. Die Straßen waren glatt, erst wenige Streufahrzeuge fuhren durch die Stadt. Wenigstens schneite es nicht mehr.

Die Nummer sechs in der Rue du Château d'Eau, im Herzen des Zehnten Arrondissements gelegen, entpuppte sich als leer stehendes Fabrikgebäude. Die meisten Fensterscheiben der Straßenfront waren eingeschlagen. Graffiti-Schmierereien zierten die Backsteinwände. Durch eine breite Einfahrt, deren Torflügel nicht mehr existierten, gelangte man auf ein weitläufiges Gelände. Darauf befanden sich weitere Gebäude, ebenfalls verlassen und von Vandalismus gezeichnet. Überall war Gerümpel zu sehen, Stapel von alten Brettern, Plastikabfälle, zwei ausgeschlachtete Fahrräder, alte Müllcontainer und verbeulte Öltonnen. Gleich hinter der Toreinfahrt parkten einige Polizeifahrzeuge und zivile Dienstwagen. Claudine und Jean-Marc, die beide nicht weit von der Rue du Château d'Eau entfernt wohnten, waren bereits da und suchten das Gelände ab. Drei uniformierte Beamte, vermutlich Polizisten des Kommissariats, taten es ihnen gleich. LaBréa entdeckte auch den Wagen der Gerichtsmedizinerin sowie den Leichenwagen des Pathologischen Instituts. Die Kollegen der Spurensicherung waren noch nicht eingetroffen, ebenso wenig der Polizeifotograf.

Franck stellte den Wagen neben den anderen ab. Ein eisiger Wind fegte LaBréa entgegen, als er den gut geheizten Dienst-Renault verließ. Er schlug den Kragen seiner Lederjacke hoch und streifte die dicken Goretexhandschuhe über, die er vorsichtshalber eingesteckt hatte. Es war noch dunkel, erst in etwa einer halben Stunde würde die Sonne aufgehen.

Der Fundort der Leiche befand sich wenige Meter von einem der alten Backsteingebäude entfernt. Starke Scheinwerfer, durch einen Generator betrieben, waren aufgestellt worden. Brigitte Foucart stand neben der Leiche, hatte sich jedoch noch nicht an die Arbeit gemacht. Man wartete auf den Fotografen, damit er als Erstes seine Bilder schoss.

»Wer hat ihn gefunden?«, fragte LaBréa einen der uniformierten Beamten.

»Wir bekamen einen anonymen Anruf. Männliche Stimme mit leicht maghrebinischem Akzent. Der Mann sagte, er hätte seinen Hund ausgeführt. Der war dann plötzlich hier auf dem Gelände verschwunden und schlug wie verrückt neben der Leiche an. Der Anruf kam aus einer Telefonzelle an der nächsten Ecke.«

Die Leiche bot einen schrecklichen Anblick. Bis auf ein kurzärmeliges T-Shirt war sie nackt. Hände und Füße waren mit einer Nylonschnur gefesselt, die jeweils etwa in zehn Zentimeter Abstand zu Hand- und Fußgelenken durchtrennt worden war. Die Reste der Fesseln mussten sich dort befinden, wo man den

Mann angebunden hatte. Der Unterkörper war entblößt und blutverschmiert. Hoden und Penis des Toten waren abgeschnitten worden und lagen auf dem Bauch des Mannes. Daneben eine Musikkassette. LaBréa ahnte, was sie enthielt.

Jetzt betrachtete LaBréa das Gesicht des Toten. Der Mund war mit einer dicken Schicht Leukoplast verklebt, die hellgrünen Augen waren weit aufgerissen. In den lockigen dunklen Haaren glitzerten Spuren von Schnee.

LaBréa stutzte. »Ist das nicht einer der Männer, die auf dem Camerone-Foto abgebildet sind?«

Franck, der ebenso wie die anderen Kollegen hinzugekommen war, beugte sich über den Leichnam und nickte. »Ja, und zwar der unbekannte Zivilist mit der kakifarbenen Fliegerkombination.«

Jean-Marc und Claudine pflichteten ihm bei.

»Dasselbe Szenario wie bei Masson«, bemerkte Brigitte Foucart und schüttelte angewidert den Kopf. »Nur dass der Fundort der Leiche nicht identisch mit dem Tatort ist. Siehst du?« Sie deutete auf eine Schleifspur, deutlich sichtbar im Schnee. Sie führte direkt in das Gebäude. LaBréa trat näher heran.

»Blutspuren, Chef«, bemerkte Jean-Marc. »Der Mörder hat den Mann irgendwo im Gebäude erledigt und dann auf den Hof geschafft.«

LaBréa sah sich suchend um. »Haben Sie schon irgendwelche Reifenspuren entdeckt? Von Autos, vielleicht einem Motorrad?«

»Nein«, sagte Claudine. »Als wir herkamen, sahen wir sofort die Fußspuren eines Mannes. Sie stammen von einer dicken Profilsohle und führen von der Straße bis zur Leiche und zurück. Genau wie die Pfotenabdrücke des Hundes. Daneben gibt es weitere Abdrücke, die undefinierbar und plump wirken. Sie sehen aus, als hätte jemand seine Füße umwickelt oder die Schuhe auf andere Weise geschützt. Vielleicht mit Überziehschuhen, wie man sie in Chemielabors oder auf Intensivstationen benutzt.«

»Und das Auffallende ist«, fügte Jean-Marc ergänzend hinzu, »dass diese Abdrücke, die meines Erachtens vom Mörder stammen, nur in eine Richtung führen: nämlich vom Gebäude und dem Liegeplatz der Leiche quer über den Hof Richtung Straße. Es gibt keine Spuren in umgekehrter Richtung.«

LaBréa schritt das Terrain ab und überzeugte sich selbst. Dann drehte er sich abrupt zu seinen Mitarbeitern um.

»Das hängt moglicherweise mit dem Schneefall letzte Nacht zusammen. Weiß jemand von Ihnen, wann es heute Nacht aufgehört hat zu schneien? Denn sämtliche Fußabdrücke können erst *danach* entstanden sein.«

»So gegen elf.« Jean-Marc war sich ganz sicher, weil er um diese Zeit nach Hause gekommen war. »Ich rufe mal Méteo-France an, ob es danach noch einmal geschneit hat.« Zwei Minuten später konnte er das verneinen.

»Das heißt also nichts anderes«, schloss LaBréa daraus, »als dass der Mörder vor dreiundzwanzig Uhr gekommen sein muss und seine Fußspuren zuschneiten. Und er verließ diesen Ort, nachdem es aufgehört hatte zu schneien. Auf irgendeine Art machte er seine Fußabdrücke unkenntlich. Die Frage ist auch, ob der Mörder zusammen mit seinem Opfer hierherkam, oder ob er den Mann im Gebäudeinneren überraschte.«

»Ich würde sagen, Letzteres«, meinte Franck. »Der Täter hat das Opfer gezielt aufgesucht, genau wie er das bei Masson getan hat. Er muss gewusst haben, dass er den Mann hier finden würde.«

Ein Kombi fuhr in den Hof. Die Männer der Spurensicherung und der Fotograf trafen ein.

»Kommen Sie«, sagte LaBréa zu seinen Mitarbeitern. »Wir sehen uns da drinnen einmal um, während die Kollegen und Dr. Foucart hier draußen ihre Arbeit erledigen.«

Sie folgten der angetrockneten Blutspur und betraten im fahlen Licht der aufgehenden Sonne eine weitläufige Fabrikhalle. Altertümliche Maschinen standen in der Mitte des Raumes sowie jede Menge Gerümpel, Schutt, Eisenteile.

»Eine alte Spinnerei«, stellte Jean-Marc fest und ließ den Strahl seiner Taschenlampe tanzen. Riesige, verstaubte Garnspulen waren zu sehen. »Sieht aus wie eine Kammgarnspinnerei. Es muss allerdings Jahrzehnte her sein, dass diese Maschinen in Betrieb waren.« Er schob seine Pelzmütze aus der Stirn, ein fuchsfarbenes Modell, das in schreiendem Kontrast zu Jean-Marcs feuerroter Flauschjacke stand. Eine blau karierte Flanelljeans und grüne Pelzstiefeletten vervollständigten das flippige Outfit.

Ihre Schritte hallten auf dem Steinfußboden, als sie den Raum durchquerten. Die Blutspur, die jetzt deutlicher wurde, führte zu einer Eisentür an der linken Stirnseite. Von dort aus gelangte man über eine Steintreppe in den ersten Stock. Ein langer Korridor war zu sehen, von dem mehrere Türen abgingen, ebenfalls aus Metall.

Die erste war verschlossen. Hinter der zweiten Tür gab es einen alten Wasch- und Toilettenraum. Die Toilettenschüssel war völlig verschmutzt, offenbar funktionierte die Wasserspülung nicht. Es roch nach Kot und Urin, modriger Luft und nach einem Hauch Eau de Javel, als hätte jemand versucht, dem Gestank eine erträglichere Note zu geben. Neben dem Waschbecken aus altem Speckstein hing ein Handtuch am Haken. Auf einer Holzkonsole daneben lagen ein Stück Seife, eine Zahnbürste, Rasierschaum und ein altertümlicher Nassrasierer. Das Handtuch wies zahlreiche dunkle Flecken auf.

»Blut«, stellte LaBréa fest. Der Strahl seiner Taschenlampe wanderte zum Waschbecken. »Vielleicht finden die Kollegen auch hier Blutspuren. Auf den ersten Blick kann ich nichts entdecken.«

Sie gingen den Korridor weiter entlang. Nach etwa zehn Metern kamen sie zu einem dritten Raum, dessen Tür offen stand.

Es war ein großer Raum mit einem Kanonenöfchen, rohen Backsteinwänden und schweren Eisenträgern unter der Decke. Neben dem Ofen ein Stapel Briketts. In der Mitte ein Tisch, auf dem die Reste einer Mahlzeit standen. Der Schluck Rotwein in einem angeschlagenen Wasserglas ähnelte in seiner Farbe dem angetrockneten Blut auf dem grauen Zementboden. Alles deutete darauf hin, dass hier eine einzelne Person lebte oder gelebt hatte. Unter dem Fenster, das zum Nachbargrundstück führte, stand ein verrostetes Eisenbett mit einer Schaumstoffmatratze. An den vier Bettpfosten entdeckte LaBréa die durchtrennten Enden der Fesseln. Das schmutzigweiße Laken und die Matratze waren durchtränkt von geronnenem Blut. Eine helle Militärhose, wie sie bei Wüsteneinsätzen üblich ist, feste Arbeitsschuhe, Socken und eine Unterhose lagen in einer Ecke neben dem Bett. Auf dem Fenstersims stand eine leere Wodkaflasche, eine Billigmarke.

»Der Tatort«, sagte Franck. Er deutete auf Hose und Schuhe. »Das sind anscheinend die Klamotten, die der Mörder dem Opfer ausgezogen hat.«

Claudine ging zum Ofen und legte prüfend die Hand auf das Abzugsrohr. »Kalt. Eiskalt. Hier ist in den letzten Stunden nicht geheizt worden.«

»War der Mann ein Hausbesetzer?«, fragte LaBréa.

»Ein Illegaler?« Er winkte seinen Mitarbeitern. »An die Arbeit, wir stellen alles auf den Kopf.« Er knipste die Stehlampe an, die neben dem Bett stand. »Gott sei Dank, es gibt Strom. Franck, besorgen Sie zusätzliche Scheinwerfer. Wir brauchen hier oben auch sofort die Leute von der Spurensicherung. Die sollen sich aufteilen oder ein zweites Team anfordern.«

Das blutrote Licht der Morgendämmerung kämpfte sich durch die schmutzigen Fensterscheiben. Bevor LaBréa dünne Gummihandschuhe überstreifte, rief er Ermittlungsrichter Couperin an. Dieser befand sich auf dem Weg in sein Büro und wollte sofort dazukommen. Direktor Thibon war telefonisch weder auf seinem Handy noch über seinen Büro- und Privatanschluss zu erreichen.

Eine halbe Stunde später traf der Ermittlungsrichter ein. Während Franck, Jean-Marc und Claudine mit der Durchsuchung des Tatortes fortfuhren, nahm LaBréa die Musikkassette, um sie zusammen mit Couperin in dessen Wagen abzuhören. Sie enthielt das, was LaBréa bereits geahnt hatte: den gleichen Ausschnitt aus Ravels *Boléro* wie die Kassette, die bei Masson gefunden worden war. Nach Ende des Stücks sagte zunächst keiner der beiden Männer ein Wort. Couperin brach dann als Erster das Schweigen.

»Tja, Commissaire, was soll ich dazu sagen? Ich befürchte, dass dies nicht das letzte Opfer sein wird. Wie viele Männer sind auf dem Camerone-Foto zu sehen?«

»Sechs«, antwortete LaBréa.

»Zwei davon hat der Mörder bereits erwischt, und zwar innerhalb von achtundvierzig Stunden! Das ist doch kein Zufall, dass dieser Unbekannte und Masson gemeinsam auf diesem Foto abgebildet sind und auf die gleiche Weise umgebracht wurden. Möglicherweise hat der Mörder die anderen vier ebenfalls im Visier. Sehen Sie zu, dass Sie mit denen Kontakt aufnehmen. Das Foto scheint mir der Schlüssel zu den Morden und zum Motiv zu sein.«

Die Durchsuchung des Tatortes hatte keine Erkenntnis über die Identität des Ermordeten gebracht. Weder dort noch bei der Leiche im Hof waren Ausweispapiere, Kreditkarten oder Ähnliches gefunden worden. Der Tote hatte keinen Namen, keine Nationalität, keinen Lebenslauf. Nur zwei Gesichter, die unterschiedlicher kaum sein konnten: ein lachendes auf einem Foto, das vor vielen Jahren irgendwo anlässlich einer Camerone-Feier aufgenommen worden war, und ein durch Kälte und Totenstarre erstarrtes Antlitz als Momentaufnahme seines grausamen Todes.

In der ärmlichen Behausung wurde kein Notizbuch gefunden, keine Uhr, keine Zeitung, keine wie immer gearteten Rechnungen oder sonstige Unterlagen, kein Festnetztelefon und kein Handy. Sofern der Tote Letzteres besessen haben sollte, konnte der Mörder es auch mitgenommen und damit eine weitere Spur verwischt haben.

Jean-Marc hatte in einer halb kaputten Zigarrenkiste Geld gefunden. Es waren siebenhundertachtzig Euro, kein kleiner Betrag für jemanden, der in einer solchen Umgebung hauste. War der Mann vielleicht Drogendealer gewesen? Es gab keinen Hinweis darauf.

Brigitte Foucart hatte die Leiche in Augenschein genommen und teilte LaBréa ihre erste Einschätzung mit.

»Der Mann ist seit etwa neun bis zehn Stunden tot. Die Totenstarre ist voll ausgebildet. Der Temperaturabfall in der Leiche ist erheblich. Wenn der Mann gleich nach dem Exitus in den Hof geschafft wurde, erklärt sich das durch die niedrigen Außentemperaturen. Sie beeinflussen das Absinken der Körpertemperatur und die Blutgerinnung gleichermaßen.«

LaBréa blickte auf seine Uhr und rechnete zurück. »Jetzt ist es kurz vor halb neun. Der Mann muss demnach zwischen dreiundzwanzig Uhr dreißig und null Uhr dreißig letzte Nacht gestorben sein. Gegen dreiundzwanzig Uhr hatte es aufgehört zu schneien. Da war der Mörder schon hier; er muss vor dreiundzwanzig Uhr ins Gebäude gelangt sein. Dies unterstützt deine Schätzung des möglichen Todeszeitpunktes, Brigitte.«

Die Gerichtsmedizinerin nickte. »Die Wegdrückbarkeit der Totenflecken ist unvollständig. Sie sind hellrot, das kann ebenfalls mit der Außentemperatur, aber auch mit dem hohen Blutverlust infolge der Kastration zusammenhängen. Meinen genauen Bericht bekommst du im Lauf des Tages, Maurice. Und sieh zu, dass du diesen Geisteskranken bald schnappst, denn ein solches Schlachtfest möchte ich mir kein weiteres Mal antun.«

Der Leichnam wurde abtransportiert.

Claudine streifte die Gummihandschuhe ab. Ihre Finger waren blaugefroren. Rasch zog sie ihre Wollhandschuhe an.

»Übrigens, Chef, ich weiß nicht, ob Sie die Gegend hier gut kennen. Aber es ist doch interessant, dass diese Oldtimer-Bikerin, Hortense Vignal, nur zwei Straßen entfernt wohnt. In der Rue Boulanger. Ein Fußweg von zwei Minuten bis hierher. Komischer Zufall, finden Sie nicht?«

»Tatsächlich? Dann ändere ich meine Meinung von gestern. Wir beide werden der Dame jetzt vorsichtshalber einen Besuch abstatten. Da wir ohnehin die Leute hier im Viertel befragen müssen, ob jemand den Toten gekannt hat, haben wir einen wunderbaren Vorwand. – Blondel?«, rief LaBréa dem Fotografen zu. »Haben Sie Polaroidfotos von dem Toten gemacht, damit wir sie den Nachbarn und Anwohnern zeigen können?«

»Selbstverständlich, Commissaire. Für jeden von Ihnen mehrere Aufnahmen.« Er überreichte LaBréa und seinen Mitarbeitern die Polaroids.

»Danke. – Also, Franck und Jean-Marc, nehmen Sie sich systematisch das Viertel vor. Cafés, Kneipen, die Geschäfte, Handwerksbetriebe, Privathaushalte. Fordern Sie aus der Abteilung zwei Mann Verstärkung an. Claudine und ich gehen in die Rue Boulanger. Die Talkrunde steigt um vierzehn Uhr. Ich lasse Sandwiches aus der Kantine kommen. Zeit für eine Mittagspause bleibt heute nicht.«

10. KAPITEL

Das Viertel zwischen Boulevard de Strasbourg und Boulevard de Magenta pulsierte, aber die Zusammensetzung der Bevölkerung hatte sich in den letzten Jahren dramatisch verändert. Junge Schwarze standen in Gruppen an den Métroausgängen. Drogendealer, Zuhälter. Sie sprachen Passanten an, folgten ihnen einige Schritte, wandten sich neuen potenziellen Kunden zu. Die Afrikaner hatten seit geraumer Zeit ihr Revier immer weiter ausgedehnt. Barbès erstreckte sich jetzt praktisch bis zur Grenze des Dritten Arrondissements. In heruntergekommenen Läden wurde Billigkleidung gleich aus den Kartons heraus verkauft: Jeans, Freizeit- und Sportkleidung, Lederwaren. Auffällig waren die vielen kleinen Friseursalons. Dort standen die Menschen oft bis auf die Straße Schlange, um sich von kundiger Hand Dreadlocks flechten zu lassen. Selbst Kleinkinder trugen bereits diese Haartracht. LaBréa wusste, die meisten Einwohner dieses Viertels waren illegale Einwanderer.

Trotz regelmäßiger Razzien hatte das Viertel sich der Aufsicht des Staates und der Polizei weitgehend entzogen. Viele, die hier wohnten, hatten keine Aufenthaltsgenehmigung und waren schon seit Jahren untergetaucht. Ideal für Leute, die etwas zu verbergen hatten. Ideal auch für Menschenhändler und skrupellose Ausbeuter, die sich die Not ihrer illegal eingeschleusten afrikanischen Landsleute zunutze machten.

Das Haus Nummer neun in der Rue Boulanger war ein schlichter zweistöckiger Bau. Im Erdgeschoss befand sich der Schnellimbiss *Zeda Café*. An der Haustür gab es weder Namens- noch Klingelschilder. Im ersten Hof lag eine Änderungsschneiderei. In dem kleinen Raum arbeiteten zwei Afrikaner an Nähmaschinen. Eine junge Frau in bunter afrikanischer Tracht stand an einem Dampfbügelautomaten, einem älteren Modell, und plättete eine Hose. Der Patron, ein stämmiger Mann mit grauen Schläfen, blutunterlaufenen Augen und großporiger Haut, las die Sportzeitung *L'Equipe*. Als LaBréa und Claudine die Schneiderei betraten, schlug ihnen stickige Luft entgegen. Der Patron legte sofort die Zeitung beiseite und fragte, was die Herrschaften wünschten.

LaBréa zog das Foto des toten Unbekannten aus der Tasche.

»Kennen Sie diesen Mann, Monsieur?«

Der Patron nahm das Polaroid in die Hand, betrachtete es eingehend und schüttelte den Kopf. »Nein«, sagte er, »den habe ich nie gesehen. Was ist mit ihm, wurde er umgebracht?« Seine Augen weiteten sich vor Schreck, doch LaBréa sah, dass das nur gespielt war. In diesem Viertel waren Mord und andere Gewalttätigkeiten an der Tagesordnung, die Leute wirkten abgebrüht.

LaBréa antwortete nicht. Er ging zu den Männern an den Nähmaschinen und der Frau am Bügelbrett und zeigte ihnen ebenfalls das Foto. Sie sahen nur flüchtig hin und schüttelten den Kopf. LaBréa ahnte, dass sie kein Wort Französisch sprachen. Selbst wenn sie den Mann gekannt hätten, hätten sie es verschwiegen.

Er fragte nach der Wohnung von Hortense Vignal und beschrieb die Frau. Der Patron grinste.

»Ah, Monsieur le Commissaire, die Motorradbräute! Ja, verstehe. Gehen Sie in den zweiten Hof, dann links die metallene Wendeltreppe außen hoch. Die Damen wohnen im ersten Stock.« Sein Französisch war akzentfrei. Obwohl LaBréa nicht gesagt hatte, dass sie von der Polizei waren, hatte der Mann sie gleich richtig eingeschätzt. Die Menschen in diesem Viertel hatten ein feines Gespür für die Hüter des Gesetzes.

Vor dem Quergebäude im zweiten Hof standen unter einer hölzernen Überdachung zwei Motorräder: das Oldtimer-Modell von letzter Nacht und eine moderne Maschine in glänzendem Metallicrot.

Die Wendeltreppe einige Meter weiter links führte bis zum Dachgeschoss. Sie war vereist und gefährlich glatt. Vorsichtig stiegen Claudine und LaBréa in den ersten Stock. Dort stießen sie auf eine Metalltür und einen Klingelknopf ohne Namensschild. Claudine klingelte. Nach einer Weile hörte man schwere Schritte. Die Tür wurde geöffnet. Eine etwa dreiundzwanzigjährige Frau mit blonder Igelfrisur, grün gefärbter Haarsträhne, gepiercten Augenbrauen und einer filterlosen Zigarette in der Hand musterte die beiden von oben bis unten. Sie trug ein schwarzes Sweatshirt mit dem Schriftzug »*Die Hölle, das sind die anderen*«, Jeans und Doc Martens mit Stahlkappen.

»Ja?«, fragte sie. »Was wollen Sie?« Ihr misstrauischer Blick wanderte von Claudine zu LaBréa und zurück.

»Polizei.« LaBréa zeigte seinen Dienstausweis. »Hier in der Nähe ist heute früh die Leiche eines Mannes gefunden worden. Mord. Wir haben ein paar Routinefragen.«

Die Frau zögerte. Jetzt war von hinten eine kräftige Stimme zu hören. »Justine, was ist denn los, wer ist da?«

Schritte näherten sich der Tür. Kurz darauf erschien Hortense Vignal. Unverkennbar ihre groben Gesichtszüge, der kleine Ohrring, ihr feindseliger Blick, ihr Outfit bestehend aus Motorradlederhose und Doc-Martens-Stiefeln. Sie trug ein weißes Unterhemd. LaBréa stellte fest, dass sie kaum Busen hatte und dass ihre Oberarmmuskeln die eines Bodybuilders waren.

»Die Bullen«, sagte die Igelfrisur. »Irgendein Typ ist ermordet worden.«

»Können wir reinkommen?«, fragte Claudine und trat einen Schritt nach vorn. Hortense Vignal versperrte ihr den Zutritt.

»Wieso? Wir haben nichts damit zu tun. Außerdem muss ich gleich weg.«

»Es dauert nicht lange«, meinte LaBréa. »Wir wollen Ihnen nur ein Foto zeigen. Wer wohnt außer Ihnen noch hier?«

»Das geht Sie einen Scheißdreck an. Wir kennen keinen Typen, der ermordet wurde. Ohne entsprechenden Durchsuchungsbefehl kommt hier keiner rein.« Sie knallte die Tür zu. Die Schritte der beiden Frauen entfernten sich.

Claudine konnte sich kaum ein Grinsen verkneifen.

»Tja, da beißen wir wohl auf Granit, Chef. Sehen wir uns wenigstens die Motorräder mal näher an.«

Sie stiegen die Treppe hinunter.

Kaum waren sie unten angekommen, klingelte LaBréas Handy. Es war Brigadier Valdez, der vom Quai des Orfèvres anrief.

»Commissaire, eben kam ein Anruf vom Kommissariat des Zwanzigsten Arrondissements. Diese Sprayerweiber haben wieder zugeschlagen.«

»Was?« LaBréa war wie elektrisiert.

»Gestern Mittag wurde eine junge Frau in ihrer Wohnung Boulevard Menilmontant vergewaltigt. Und zwar von ihrem Exehemann Paul Ducros. Die Frau hat sich vor drei Monaten scheiden lassen. Der Kerl hatte sie misshandelt und geschlagen. Er zog nach der Scheidung aus der gemeinsamen Wohnung aus und mietete ein Einzimmerappartement einige Straßen weiter. Aber er hat seiner Exfrau ständig aufgelauert und sie bedroht.«

»Hat die Frau nicht die Polizei verständigt?«

Valdez druckste herum. »Doch, hat sie. Aber die Kollegen haben die Sache wohl nicht so ernst genommen. Kurz und gut, gestern Mittag verschaffte sich der Kerl Einlass in ihre Wohnung und fiel über sie her. Die Frau ging anschließend gleich ins Krankenhaus Tenon und ließ einen Scheidenabstrich machen. Dann kam sie zur Polizei und zeigte ihren Mann an. Heute früh gegen sechs erschien dann der Exehemann auf demselben Kommissariat und zeigte seinerseits seine Frau an. Sie hätte diese Sprayerweiber auf ihn gehetzt, behauptete er. Die hätten sein edelstes Teil mit Farbe besprüht. Die Frauen, alle vermummt, wären gegen fünf Uhr zu mehreren bei ihm aufgetaucht.«

»Die Vergewaltigung am Tag zuvor hat er vermutlich abgestritten«, meinte LaBréa.

»Natürlich, Chef. Der ist auf dem Kommissariat wohl total großspurig aufgetreten. Er sprach von Strafanzeige und Schadenersatz. Zum Beweis zeigte er den Kollegen die entsprechende Körperstelle. Lila Kunstharzlack, wie bei den anderen. Ich dachte, ich informiere Sie gleich darüber, falls es einen Zusammenhang mit den beiden Kastrationen gibt. Von Leutnant Lagarde habe ich gehört, dass heute Nacht ein zweiter Mord geschehen ist.«

»Danke, Brigadier.« LaBréa stellte sein Handy ab und informierte Claudine.

»Sollen wir den Mann vorladen?«

LaBréa zögerte.

»Vielleicht später, Claudine.«

Mit raschen Schritten ging Claudine auf die beiden Motorräder zu. LaBréa folgte ihr.

»Wir brauchen irgendeinen Beweis«, sagte sie entschlossen. »Dann können wir die Frauen da oben in die Mangel nehmen.«

Die metallicrote Maschine war eine Yamaha und sah nagelneu aus. Rechts und links neben dem Sozius waren Hartplastikcontainer montiert. Als Stauraum für Gepäck und anderes. Claudine ließ den rechten Container aufschnappen, er war nicht verschlossen. Sie fand einen Stadtplan, ein paar alte Lappen und eine Tasche mit Reparaturwerkzeug.

Der linke Gepäckcontainer, ebenfalls nicht verschlossen, enthielt lediglich ein Stück vertrocknetes Baguette. Suchend blickte Claudine sich um und entdeckte in einer Ecke einen alten Metallschrank. Dort fand sie diverses Werkzeug und eine Spraydose.

»Na bitte, wer sagt's denn?« Claudine entfernte die Kappe der Dose, und richtete die Düse auf die Bretterwand. Sie drückte auf den Zerstäuber, und es entstand ein grelllila Farbfleck.

In dem Moment war die laute Stimme von Hortense Vignal zu hören.

»He!, was machen Sie denn da? Pfoten weg von unseren Maschinen! Scheißbullen.«

In voller Motorradmontur, den Sturzhelm unter den Arm geklemmt, stürmte die Frau auf die beiden Polizisten zu. Sie riss Claudine die Sprayflasche aus der Hand.

LaBréa beschloss, die Bikerin hart anzufassen. Mit einer raschen Bewegung drückte er sie gegen die Wand, riss ihre Arme hoch und hielt sie fest. Der Sturzhelm flog in hohem Bogen auf die Erde. Mit routinierten Bewegungen suchte Claudine die Frau nach Waffen ab. In der rechten Tasche der Lederhose entdeckte sie ein Opinel-Klappmesser.

Hortense Vignal versuchte sich zu wehren, doch LaBréa hielt sie eisern fest.

»Lassen Sie mich los!« Ihr Gesicht war rot angelaufen.

»So, Mademoiselle«, sagte LaBréa, ohne seinen Griff zu lockern. »Jetzt werden wir uns mal in Ruhe unterhalten. Sie können sich vorstellen, weswegen.« Er deutete auf die Sprayflasche, die die Frau immer noch wie eine Beute umklammert hielt. »Ich lasse Ihnen die Wahl. Wir können oben in Ihrer Wohnung mit Ihnen reden, oder wir erledigen das bei uns im Büro, am Quai des Orfèvres. Letzteres ist ein größerer Aufwand, vor allem für Sie. Erkennungsdienstliche Behandlung, Fingerabdrücke und die Möglichkeit, dass wir Sie achtundvierzig Stunden dabehalten können.« Mit einem Ruck ließ er die Frau los.

Schwer atmend und breitbeinig stand Hortense Vignal da und warf LaBréa einen vernichtenden Blick zu. Claudine nahm ihr die Sprayflasche ab und legte sie zusammen mit dem Opinel-Messer in einen Plastikbeutel, den sie aus der Manteltasche zog.

Hortense Vignal strich mit ihrer großen Hand über ihre kurz geschnittenen Haare. Sie hatte sich entschieden. Mit einer knappen Kopfbewegung deutete sie auf die Wendeltreppe.

Die Wohnung entpuppte sich als geräumige Fabriketage. Zwei quadratische Zimmer gingen ineinander über. Es sah ordentlich und sauber aus. Der erste Raum war als Wohnzimmer eingerichtet, mit einer großen, offenen Küche. Die Einrichtung war einfach, aber funktionell. Ein paar Polstermöbel, ein langer Esstisch aus dunklem Holz, Klappstühle. An den Wänden mehrere Bücherregale. Sie waren gut gefüllt. In einem der Regale stand eine CD-Anlage samt Boxen. Über der Couch prangte ein Plakat an der Wand. Es zeigte eine schwarze Faust auf weißem Grund. Die Faust hielt ein Schlachtermesser in der Hand. Darunter der Schriftzug »*Entwaffnet Vergewaltiger!*«.

Auf dem Küchenherd dampfte ein Topf. Die Frau, die vorhin die Tür geöffnet hatte und von Hortense Vignal Justine genannt worden war, schnippelte Gemüse und bereitete offensichtlich das Mittagessen zu.

Ein Kachelofen an der rechten Seite des Wohnzimmers spendete wohlige Wärme.

Der zweite Raum schien das Schlafzimmer zu sein. LaBréa entdeckte zwei Eisenbetten und ein großes hölzernes Hochbett. Dort erhob sich gerade die verschlafene Gestalt der Frau, die gestern Abend zusammen mit Hortense Vignal vor dem Haus der Psychologin vorgefahren war. Vom zweiten Raum führte eine kleine Tür ab, vermutlich zum Bad, falls es so etwas hier gab.

»Also, Mademoiselle«, wandte sich LaBréa an Hortense Vignal. »Ich wiederhole meine Frage von vorhin: Wer wohnt außer Ihnen noch hier?«

Hortense Vignal ließ sich auf die Couch fallen.

»Eigentlich muss ich Ihnen darauf keine Antwort geben. Aber meinetwegen: Wir sind zu viert. Ich, Justine, Renée und Gerda. Gerda kommt aus der Schweiz und studiert hier an der Uni. Im Moment besucht sie ihre Eltern in Bern.«

Ohne Umschweife kam LaBréa zur Sache.

»Wem gehört die Yamaha unten im Hof?«

Justine ließ das Küchenmesser sinken, zögerte kurz und tauschte einen schnellen Blick mit Hortense Vignal. »Mir«, sagte sie schließlich.

»Gut. Da wir nun wissen, dass Sie zu den berüchtigten Sprayerfrauen gehören, die in einem Akt symbolischer Kastration Selbstjustiz und Rache an Vergewaltigern üben, will ich Ihnen mal eine Geschichte erzählen.« In knappen Worten schilderte er das Geschehen der letzten vierundzwanzig Stunden, erwähnte jedoch weder den Fund der Musikkassetten noch den Namen Masson. Dafür sparte er nicht mit Details und beschrieb ausführlich das blutige Gemetzel, das der Mörder mit den beiden Männern veranstaltet hatte. Zum Schluss legte er das Foto des Unbekannten auf den Tisch. »Das ist der Mann, der heute Morgen gefunden wurde. Auf dem Fabrikgelände in der Rue du Château d'Eau. Gleich hier um die Ecke. Kennen Sie ihn?«

Hortense nahm das Polaroid in die Hand und schüttelte gleich darauf den Kopf. »Nein«, sagte sie. »Nie gesehen.«

»Und Sie, Mademoiselle?« LaBréa nahm das Foto und zeigte es der Frau namens Justine.

»Den kenne ich nicht«, sagte sie voller Überzeugung, als sie das Bild betrachtete.

»Was machen Sie beruflich?«, wollte LaBréa wissen.

»Ich studiere. Philosophie.« Sie tippte mit dem Zeigefinger auf den Schriftzug ihres T-Shirts. »Sartre«, sagte sie ein wenig von oben herab. »Sein berühmter Satz aus dem Stück *Bei geschlossenen Türen,* falls Sie es nicht wissen sollten.«

»Wir wissen es«, erwiderte Claudine trocken. »Aber nicht immer sind die anderen die Hölle, Mademoiselle.«

»Ach ja?«, fragte Hortense Vignal und schob provozierend das Kinn vor. Dann fing sie an zu grinsen.

»O Mann«, sagte sie. »Das ist ja der Hammer! Da hat jemand diesen beiden Typen also tatsächlich ihre Dinger abgesäbelt!«

»Wo waren Sie heute Nacht zwischen halb elf und ein Uhr, Mademoiselle Vignal?« LaBréas Stimme klang schneidend.

Sofort verschwand das Grinsen aus dem Gesicht der Frau. Sie beugte sich vor und tippte sich an die Stirn. »Sagen Sie mal, Sie ticken wohl nicht richtig?! Mit so was haben wir nichts zu tun. Keine von uns, damit das klar ist! Im Übrigen war ich den ganzen Abend hier. Zusammen mit Justine und Renée. Wir sind ziemlich zeitig ins Bett gegangen.«

»Um ausgeschlafen zu sein?«, hakte Claudine nach. »Weil Sie einem gewissen Paul Ducros, Exehemann einer Frau, die gestern vergewaltigt wurde, heute früh einen Besuch abstatten wollten und das auch getan haben?«

Hortense Vignal fingerte eine Zigarette aus einer Packung, die auf dem Tisch lag, und zündete sie an. »Denken Sie, was Sie wollen«, sagte sie und stieß den ersten Rauch aus. »Mit der Kastration Ihrer beiden Mordopfer jedenfalls haben wir nichts zu tun. Nicht mal mit 'ner Kneifzange würde ich den Schwanz von irgendwelchen Typen anfassen. Geschweige denn abschneiden.« Sie lachte kurz auf. »Aber ich finde es toll, dass das jemand gemacht hat.«

LaBréa deutete auf das Plakat an der Wand. »Und auf diese Weise die sinnige Botschaft, die dieses Plakat übermittelt, in die Tat umgesetzt hat. ›*Entwaffnet Vergewaltiger!*‹ Das ist eindeutig, oder nicht, Mademoiselle? Frei übersetzt heißt das doch: Schwanz ab!«

»Hören Sie, Mann, das ist ein altes Plakat aus der Frauenbewegung der Siebzigerjahre. Da gab's 'ne Menge militanter Sprüche. Wenn die alle in die Tat umgesetzt worden wären …« Sie beendete den Satz nicht.

LaBréas Handy klingelte. Er hörte sekundenlang zu und sagte dann: »Kann ich dich in einer Viertelstunde zurückrufen, Véronique? Okay, bis dann.«

Erneut wandte er sich an Hortense Vignal. »Sie sind Kfz-Mechanikerin, Mademoiselle?«

Die Frau drückte ihre Zigarette in den Aschenbecher und stieß einen kurzen Pfiff aus. »Sie sind ja von der schnellen Truppe. Ja, Volltreffer.«

»Wo arbeiten Sie?«

»Zurzeit gar nicht. Meine Werkstatt hat dichtgemacht. Insolvenz. Der Patron schuldet mir noch zwei Monatsgehälter. Ich suche mir in aller Ruhe was Neues.«

»Welche Werkstatt war das?«

»Wieso interessiert Sie das?«

»Welche Werkstatt, Mademoiselle!«

»Ein kleiner Laden im Neunten Arrondissement. Rue de Provence. Der Patron heißt Paul Bocuse. Nicht verwandt oder verschwägert mit dem berühmten Küchenchef.« Es sollte witzig klingen.

»Haben Sie mal in der Werkstatt eines gewissen Pascal Masson gearbeitet?« LaBréa beobachtete die

Reaktion der Frau. Sie zeigte keinerlei Verunsicherung, als sie antwortete.

»Nein, wieso? Der Name sagt mir nichts.«

»Gut. Holen Sie bitte Ihre Mitbewohnerin, die da drüben noch im Bett liegt. Renée, wenn ich nicht irre? Ich möchte ihr das Polaroid zeigen.«

Drei Minuten später tauchte die verschlafene Gestalt der dritten Frau auf. Sie betrachtete das Foto nur kurz und schüttelte dann langsam den Kopf. »Nee, kenne ich nicht. Wer soll das sein? Ist er tot, oder warum ist der Mund so verklebt?«

»Stell dir vor, irgendjemand hat ihm den Schwanz abgeschnitten«, sagte Hortense Vignal, und es klang geradezu genussvoll.

»Was machen Sie beruflich, Mademoiselle?«, fragte Claudine. »Studieren Sie auch?«

»Allerdings.« Die junge Frau gähnte ungeniert.

»Und was, wenn ich fragen darf?«, setzte LaBréa nach.

»Medizin.«

LaBréa tauschte einen schnellen Blick mit Claudine.

»Noch eine letzte Frage«, sagte LaBréa gedehnt und deutete auf Hortense Vignal und die Medizinstudentin Renée. »Woher kennen Sie eigentlich Christine Payan, die Psychologin? Gestern Abend haben Sie sie doch besucht, nicht wahr?«

Hortense Vignals Augen blickten vollkommen ausdruckslos. »Vor zwei Jahren hatte ich mal ein Seminar bei ihr belegt. Als ich noch Psychologie studierte.

Aber der Seelenzustand anderer Leute war nicht mein Ding. Deshalb habe ich umgesattelt und repariere jetzt lieber Autos und Motorräder als die kaputte Psyche irgendwelcher durchgeknallter Zeitgenossen.« Erneut grinste sie. »Zufrieden? Oder wollen Sie auch noch wissen, worüber wir gesprochen haben, als wir Christine gestern besuchten?«

LaBréa antwortete nicht. Er winkte Claudine. Hier konnten sie vorerst nichts mehr ausrichten. Claudine schrieb noch die Familiennamen der drei anderen Frauen auf. Dann verließen die beiden Beamten die Wohngemeinschaft.

»Diese Renée Mairol studierte Medizin. Hat Dr. Foucart nicht gesagt, die Mordwaffe könnte ein Skalpell gewesen sein?«, meinte Claudine, als sie die vereiste Wendeltreppe hinunterstiegen.

»Ja, das hat sie. Ich frage mich nur, welche Verbindung es zwischen den beiden kastrierten Männern und den Frauen dieser WG geben könnte? Dazu fällt mir im Moment nichts ein.«

»Klar scheint aber zu sein, dass die Sprayergruppe vergangene Nacht wieder zugeschlagen hat. Genau wie der Mörder.«

»Ja eben, Claudine! Wieso sollten sie den einen besprühen und den anderen brutal kastrieren? Das erscheint mir unlogisch.«

11. KAPITEL

Auf dem Weg zum Wagen, der in der Rue Boulanger vor einem heruntergekommenen Telefonshop geparkt war, rief LaBréa Véronique Andrieu zurück.

»Ich habe mich mal in Unikreisen wegen dieser Christine Payan umgehört«, sagte sie. »Den Leiter des Psychologischen Instituts kenne ich noch aus meiner Studienzeit. Christine Payan bietet offensichtlich Lehrveranstaltungen mit dem Schwerpunkt ›Traumatisierte Gewaltopfer‹ an. Ihre Seminare sind sehr gut besucht, übrigens nicht nur von Frauen, wie man vielleicht vermuten könnte. In den letzten Jahren hat sie viele Artikel in entsprechenden Fachzeitschriften veröffentlicht. In den Achtzigerjahren arbeitete sie mal im Pariser Frauenhaus. In den Neunzigerjahren war sie mehrere Jahre im Ausland.«

»Wo?«, wollte LaBréa wissen.

»In Afrika, in den USA, in Osteuropa. Vor einigen Jahren hat sie ein Buch geschrieben, *Alltägliche Gewalt – Vergewaltigung in der Ehe*. Sie gilt als militante Feministin, womit sie heutzutage beinahe so etwas wie ein Fossil ist, was ihrer Beliebtheit bei den Studenten allerdings keinen Abbruch tut.«

»Sie hat ja einen Sohn. Ist sie verheiratet?«

»Ja, und zwar mit einem prominenten Wissenschaftler. Professor David Payan, bis vor Kurzem Biochemiker am Institut Pasteur. Seit einem halben Jahr hat er einen Forschungsauftrag in den USA. Er gilt als heißer Anwärter auf den Nobelpreis.«

»Ich danke dir für deine Mühe, Véronique.«

»Gern geschehen. Hoffentlich nützen dir die Informationen etwas.«

»Das weiß ich noch nicht. Jedenfalls bestätigen sie das, was ich bereits vermutet habe: Christine Payan hat militante Standpunkte, die sie offensichtlich auch in ihrer Arbeit vertritt.«

Kaum war das Gespräch beendet, klingelte LaBréas Handy erneut. Jean-Marc hatte bei seinen Recherchen rund um die Rue du Château d'Eau, dem letzten Tatort, einen Volltreffer gelandet. Der Wirt einer Kneipe kannte den unbekannten Toten aus der Fabriketage.

»Wie heißt diese Kneipe?« LaBréa war wie elektrisiert. »Bistro *La Renaissance*? Liegt das gleich neben dem Theater? Gut, Claudine und ich sind ganz in der Nähe. Wir kommen sofort.«

Das Theater *La Renaissance* war LaBréa noch von früher bekannt. Als junger Inspektor war er einige Male mit Véronique Andrieu dort gewesen. Auf dem Programm standen damals Lustspiele von Feydeau und Goldoni, politisches Kabarett und Sketche. Seitdem schien sich das Repertoire nicht wesentlich verändert zu haben. Die Plakatierung der Schaukästen kündigte ein Zweipersonenstück an, eine Komödie.

Das Bistro nebenan war gleichzeitig Café, Kneipe und Theaterrestaurant. Jetzt, am späten Vormittag, war nur wenig Betrieb. Zwei Techniker der EDF standen am Tresen und tranken ein Bier, das eine junge Kellnerin ihnen gezapft hatte.

In der hinteren Ecke des Lokals saß Jean-Marc mit dem Wirt, einem schwergewichtigen Mann mit Backenbart und Halbglatze.

»Monsieur Fuentes«, stellte Jean-Marc ihn vor. LaBréa und Claudine nahmen am Tisch Platz.

»Ich habe Monsieur Fuentes die Fotos gezeigt. Er hat den Mann aus der Rue du Château d'Eau vorgestern Abend gesehen, Chef. Und dieser war nicht allein!« Der Paradiesvogel zog das Camerone-Foto und das Polaroid des Unbekannten aus der Tasche und legte beides auf den Tisch. »Bitte, Monsieur Fuentes, erzählen Sie.«

Der Wirt schnaufte, beugte sich schwerfällig nach vorn und deutete auf den Unbekannten in der Fliegerkombination, Fünfter von links, dann auf das Polaroid des Leichnams. »Dieser Mann war am Montag, also vorgestern, hier im Lokal, und zwar zusammen mit dem da.« Er zeigte auf Pascal Masson. »Der mit den hellen Haaren. Auf dem Foto hier sehen beide natürlich viel jünger aus, aber ich bin hundertprozentig sicher, dass es diese beiden waren.«

»Kannten Sie sie? Haben Sie sie vorher schon einmal gesehen?«

»Den großen Blonden kannte ich nicht. Aber der andere, der war vorher schon ein paarmal hier.«

»Wann war das?«

»In den letzten Monaten.«

»Können Sie das etwas genauer sagen? Wann war er zum ersten Mal hier? Vor drei Monaten, sechs, oder acht?«

Der Wirt legte seine Stirn in Falten und überlegte.

»Das muss im letzten Sommer gewesen sein, dass er mir auffiel. Er saß nämlich an einem der Tische draußen und trank Wodka pur. Ich wunderte mich und dachte, wie verträgt das einer bei der Hitze? Danach ist er mindestens noch ein Dutzend Mal hier gewesen.«

»Kennen Sie seinen Namen? Seine Adresse?«

Der Wirt schüttelte den Kopf und gab dem jungen Mädchen hinter dem Tresen einen Wink. »Einen großen Crême«, rief er und wandte sich dann an LaBréa und dessen Mitarbeiter. »Für Sie auch einen Kaffee, meine Herrschaften? Geht selbstverständlich aufs Haus.« Während Claudine und LaBréa verneinten, nahm Jean-Marc das Angebot gern an.

»Nein.« Der Wirt knüpfte an das Gespräch an. »Keine Ahnung, wie der Mann heißt. Mir ist nur aufgefallen, dass er einen starken Akzent hatte.«

»Was für einen Akzent?«, fragte LaBréa.

Der Wirt zuckte mit den Schultern. »Ich weiß nicht. Für mich klang das wie Russisch. So sprechen Russen oder Polen. Vor ein paar Jahren gab's hier 'ne Menge davon. Von daher ist mir der Akzent noch sehr gut im Ohr. Inzwischen ist das ganze Viertel leider Gottes vorwiegend von Schwarzen bevölkert. Sie wissen, was ich meine.« Er zog verächtlich die Nase hoch. Das junge Mädchen brachte die beiden Kaffees. »Danke, Minou«, brummte der Wirt und löffelte sogleich den Schaum aus der Tasse.

»Moment, Mademoiselle«, sagte LaBréa und berührte kurz den Arm der Kellnerin. »Haben Sie diese beiden Männer hier auf dem Foto schon einmal gesehen?«

Aufmerksam betrachtete Minou das Camerone-Foto. »Ja, den da!«, erwiderte sie und zeigte auf den Unbekannten in der Fliegermontur. »Der war ab und zu hier im Lokal und hat was getrunken.«

»Was trank er denn?«, wollte Claudine wissen.

»Wodka.« Das Mädchen nickte entschieden. »Das fand ich ungewöhnlich, dass er schon morgens so harte Sachen trank.«

»Wissen Sie, wie er heißt?«

»Nein.«

»Kam er mal in Begleitung hierher?«

»Nein, er kam immer allein. Und er sprach so komisch. Wie ein Ausländer.«

»Und diesen Mann hier, den mit den blonden Haaren und der Uniform«, Jean-Marc deutete auf Pascal Masson, »haben Sie den schon mal gesehen? Vielleicht früher, vor ungefähr zwei Jahren?«

»Nein.« Das Mädchen war sich ganz sicher. »Den kenne ich nicht. Vor zwei Jahren habe ich außerdem noch gar nicht hier gearbeitet.«

»Und vorgestern Abend, als die beiden hier waren, hatte Minou ihren freien Tag«, mischte sich der Wirt ein.

»Danke, Mademoiselle, im Moment haben wir keine weiteren Fragen.« Das Mädchen ging zum Tresen zurück.

»Jetzt erzählen Sie uns mal genau, wann die beiden vorgestern Abend gekommen und wie lange sie geblieben sind, was sie getrunken haben und so weiter.« LaBréa lehnte sich zurück und verschränkte die Arme über der Brust. Jean-Marc zückte sein Notizbuch.

»Also«, der Wirt trank den letzten Schluck aus der Kaffeetasse und wischte sich den Schaum vom Mund. »Die beiden kamen zusammen rein, das war so gegen halb sechs, würde ich sagen. Sie hatten wohl woanders schon reichlich getankt, denn der mit den blonden Haaren wankte ganz schön und lachte ein paarmal ziemlich laut. Der andere, der mit dem russischen Akzent, wirkte dagegen noch ziemlich nüchtern. Kurz und gut, sie saßen da drüben an der Wand und bestellten gleich zwei Flaschen Wodka. Und zwar nicht den billigsten, Commissaire! Sondern die Flasche zu neunzig Euro.«

»In welcher Sprache sprachen denn die beiden miteinander?«

»Das war eben das Komische: Miteinander redeten sie nicht Französisch, sondern Russisch. Ich bin ziemlich sicher, dass das Russisch war. Oder vielleicht Polnisch, das klingt ja ähnlich. Aber als der Blonde die Bestellung aufgegeben hat, habe ich nichts von einem Akzent bemerkt. Er sprach einwandfreies Französisch.«

»Waren die beiden mit jemandem verabredet? Kam noch jemand hinzu an dem Abend?«

»Nein, sie waren allein und gingen auch allein weg.«

»Wann war das?«

»So genau weiß ich das nicht mehr. Es war noch nicht sehr spät. Vielleicht halb neun, neun? Auf jeden Fall waren die Wodkaflaschen fast leer. Es reichte nur noch für ein winziges Gläschen, das ich mir dann selbst genehmigt habe.« Der Wirt grinste wohlgefällig.

»Haben Sie bemerkt, ob jemand die Männer beobachtet hat, ihnen gefolgt ist, als sie das Café verließen?«

»Nein, da ist mir nichts aufgefallen.«

»Haben Sie ein Taxi für die beiden bestellt?«

»Nein. Aber durch die Scheibe habe ich gesehen, dass sie am Boulevard St. Martin am Straßenrand standen und offenbar ein Taxi heranwinken wollten. Aber dann war ich abgelenkt, und als ich wieder hinsah, waren die beiden weg.«

»Ist Ihnen sonst noch etwas aufgefallen?«

»Nein, leider nicht. Sie verhielten sich unauffällig. Bis auf die Tatsache, dass sie 'ne Menge getrunken haben. Irgendwie hatte ich den Eindruck, als hätten sie was zu feiern. Sie prosteten sich nämlich immer wieder zu und tranken ex. Mir konnte das nur recht sein, ich bin Geschäftsmann. Solange die Leute nicht in meinem Lokal randalieren, können sie trinken, so viel sie wollen.«

LaBréa erhob sich. »Danke, Monsieur Fuentes. Ihre Aussage wird protokolliert, und Sie müssen sie dann bitte später unterschreiben.«

»Was ist denn mit den beiden?« Die Stimme des Wirts klang neugierig. »Der Inspektor hier sagte, der mit dem russischen Akzent sei ermordet worden? Glauben Sie, es war der Blonde, mit dem er vorgestern hier war?«

»Nein, das glauben wir nicht«, erwiderte LaBréa. »Wir sind uns sogar sehr sicher, dass es der Blonde *nicht* gewesen ist. Mehr kann ich Ihnen leider zum jetzigen Zeitpunkt nicht sagen, Monsieur. Danke jedenfalls für Ihre Unterstützung.«

»Gern geschehen, Commissaire. Ich gehöre zu den Alteingesessenen dieses Viertels. Schon meine Eltern und Großeltern lebten in dieser Gegend. Hier hat sich manches verändert, und das nicht zum Besten! Eine häufigere Anwesenheit der Polizei würde ich persönlich sehr begrüßen. Meine Frau traut sich nach Einbruch der Dämmerung nicht mehr auf die Straße. Und Minou, meine Angestellte, steigt nach achtzehn Uhr nicht mehr in die Métro, wenn sie nach Hause ins Zwölfte Arrondissement fährt. Da muss ich ihr ein

Taxi bestellen, so sieht das heute aus! Die Schwarzen haben die Stadt überschwemmt. Was heißt die Stadt? Das ganze Land! Sehen Sie sich doch nur mal unsere Fußballnationalmannschaft an. Höchstens drei Spieler mit weißer Hautfarbe. Ansonsten lauter Schwarze. Wie das Team aus Kamerun oder das aus dem Senegal.« Er machte eine wegwerfende Handbewegung.

LaBréa erwiderte nichts. Aus Erfahrung wusste er, dass gegen offen zur Schau gestellten oder latenten Rassismus Argumente nicht halfen. Irgendwie konnte er die Leute auch verstehen, die in den sozialen Brennpunkten der Stadt wohnten. Jugendliches Bandenwesen und eine immer weiter ansteigende Gewaltbereitschaft verschreckten die bürgerlichen und kleinbürgerlichen Bevölkerungsschichten und vertrieb sie aus ihren angestammten Wohnvierteln. Im Bereich sozialer Integration von Zuwanderern und in der Arbeitsmarktpolitik hatte die Regierung seit vielen Jahren versagt. Es war nur eine Frage der Zeit, wann in den Vorstädten wieder eine Welle der Gewalt ins Rollen kam und auf innerstädtische Bereiche übergriff.

LaBréa, Jean-Marc und Claudine verließen das Bistro *La Renaissance*. Sie waren einen großen Schritt weitergekommen. Nun konnten sie beweisen, dass Pascal Masson nach seiner Entlassung tatsächlich eine Zechtour unternommen hatte. Und zwar nicht allein, sondern in Begleitung eines noch nicht identifizierten Mannes, der vierundzwanzig Stunden später auf dieselbe Weise ermordet worden war wie Masson. Dieser unbekannte Mann hatte offensichtlich gewusst, dass Masson am Montag, dem neunzehnten Januar, aus dem Gefängnis entlassen werden würde. Die Zechtour der beiden hatte sich vermutlich nicht auf das Bistro *La Renaissance* beschränkt, sondern war in anderen Lokalen begonnen und dann auch fortgesetzt worden. Irgendwann in der Nacht kam Pascal Masson nach Hause und lief seinem Mörder in die Arme. Vierundzwanzig Stunden später hatte sich der Mörder auch den Unbekannten vorgenommen. Im Hinblick auf dieses zweite Opfer stand fest, dass dieser mit starkem, angeblich russischem Akzent sprach und dass Masson mit ihm in einer Sprache gesprochen hatte, die der Wirt ebenfalls als Russisch einstufte. War es wirklich Russisch? Welche Sprachen ähnelten dem Russischen? Polnisch, Bulgarisch, Tschechisch? Diese Frage würde von einem Experten beantwortet werden müssen. Interessant war, dass Masson diese fremde Sprache beherrscht hatte. War er nach seiner Entlassung in einem osteuropäischen Land gewesen? In Russland? Hatte er dort den Unbekannten kennengelernt? In jedem Fall musste er ihn am dreißigsten April 1991, dem Tag, an dem das Camerone-Foto geschossen worden war, bereits gekannt haben. Acht Wochen zuvor, am ersten März 1991, war Pascal Masson aus der Fremdenlegion entlassen worden.

LaBréa dachte fieberhaft nach. Was war noch mal 1991 in Russland und anderen osteuropäischen Staaten los gewesen? Die kommunistischen Systeme brachen zusammen, der eiserne Vorhang war plötzlich offen. Dort konnten Leute untertauchen, sich das Chaos der politischen Umwälzungen zunutze machen. Hatte sich Masson in einem dieser Länder aufgehalten? Wenn ja, warum? Doch wie war es dann möglich, dass auf dem Foto auch Legionäre zu sehen waren, die zum Teil noch länger dienten als er und 1991 unmöglich in einem der ehemals kommunistischen Länder gewesen sein konnten, um das Camerone zu feiern? Viele Fragen, auf die es vorerst keine Antworten gab.

»Wo ist eigentlich Franck?«, fragte LaBréa den Paradiesvogel.

»Der schwirrt hier noch irgendwo in der Gegend herum. Soll ich ihn mal kontaktieren, Chef?«

»Nein danke, das kann Claudine übernehmen.« LaBréa wandte sich an seine Mitarbeiterin. »Fragen Sie Franck, ob er schon Kontakt mit den beiden Legionären auf dem Foto aufgenommen hat. Falls nicht, übernehmen Sie das bitte, Claudine. Wir brauchen dringend einen Hinweis darauf, wo dieses Camerone-Foto aufgenommen wurde. – Und Sie, Jean-Marc, treiben irgendwo einen Experten für osteuropäische Sprachen auf.«

»Am besten rufe ich das Institut für Slawistik der Uni an«, erwiderte Jean-Marc.

»Ja, das ist eine gute Idee. Und dann setzen Sie sich noch mal verstärkt mit den Taxizentralen in Verbindung. Wir müssen wissen, ob Masson und der Unbekannte auf ihrer Zechtour vorgestern Nacht mit Taxis gefahren sind. Ich nehme den Renault und fahre noch einmal zu dieser Psychologin. Véronique Andrieu sagte mir vorhin am Telefon, Christine Payan wäre Anfang der Neunzigerjahre in Osteuropa gewesen. Ich würde gern wissen, welches Land sie bereist hat und aus welchem Grund.«

Während Claudine und der Paradiesvogel mit Jean-Marcs Peugeot zum Quai des Orfèvres fuhren, ging LaBréa durch die Rue Boulanger zurück zum Wagen, den Claudine wenige Meter vom Haus Nummer neun entfernt geparkt hatte, als sie Hortense Vignal und ihren Mitbewohnerinnen einen Besuch abstatteten.

LaBréas Schritte knirschten auf dem gefrorenen Schnee. Die Luft war kalt. Der scharfe Wind fing sich in Fensternischen und Torbögen. Sein leiser Singsang schwoll an und ab, eine sich wiederholende, eintönige Melodie. Auf der linken Seite, vor dem Friseursalon »Babaka«, stand eine Gruppe junger schwarzer Mädchen. Sie kuschelten sich in ihre Daunenjacken und Wollmäntel, lachten und warteten darauf, dass der Salon sich leerte, damit sie sich ihre Dreadlocks neu flechten lassen konnten. Ansonsten war die Straße menschenleer. In den Billigkleiderläden brannten nackte Glühbirnen, die Scheiben waren beschlagen. Einige

Meter weiter, vor einem heruntergekommenen Hotel mit dem verheißungsvollen Namen *Hotel Impérial,* rutschte ein Hund über das glatte Pflaster des Bürgersteigs und fiepte jämmerlich. Eine Promenadenmischung mit kurzem Fell. Niemand würde sich dieser Kreatur erbarmen, die am ganzen Körper zitterte und sich offenbar verlaufen hatte.

Inzwischen war es beinahe dreizehn Uhr. LaBréa warf einen raschen Blick in den zweiten Hof des Gebäudes Nummer neun. Die beiden Motorräder der Frauen waren verschwunden.

Siedend heiß fiel LaBréa jetzt ein, dass er dringend Céline in Barcelona anrufen sollte. Seit dem Fund der zweiten Leiche am Morgen war endgültig klar, dass er seinen geplanten Flug am Freitag annullieren musste. Doch er hatte das Gespräch mit Céline angesichts der Ereignisse einfach vor sich hergeschoben. Vergessen, verdrängt, was auch immer. Erneut dachte er an Jocelyn Borel. Er hörte ihr Lachen, sah die geschwungenen Linien ihrer Lippen, die ihn herauszufordern schienen, roch den Duft ihres Parfüms. Seit dem Morgen ging das so, und er konnte sich nicht dagegen wehren.

Er erreichte den Wagen, setzte sich hinters Steuer und zog sein Handy aus der Tasche seiner Lederjacke. Er drückte die Zahl eins, unter der Célines Handynummer gespeichert war. Vermutlich saß sie jetzt irgendwo beim Mittagessen. Nach viermaligem Klingeln hörte er ihre Stimme.

»Hallo, ich bin's, meine Liebe«, sagte er. »Störe ich dich gerade?«

»Nein, nein«, ertönte es vom anderen Ende der Leitung. »Juan und ich sitzen zwar gerade beim Essen, aber du störst nicht.« Juan war Célines Galerist in Barcelona. »Wir sitzen sogar draußen. Du kannst dich schon mal darauf einstellen, Maurice: Hier ist das Wetter herrlich. Beinahe frühlingshafte Temperaturen!« Ihre Stimme klang geradezu überschäumend gut gelaunt.

»Wie schön«, meinte LaBréa und wusste nicht, wie er Céline beibringen sollte, dass er nicht kommen konnte. Sie würde schrecklich enttäuscht sein. Er gab sich einen Ruck: »Céline, es tut mir sehr leid, aber ich werde am Freitag nicht kommen können. Ich habe zwei Mordfälle am Hals, und wir tappen bisher noch völlig im Dunkeln. Dasselbe Muster, vermutlich derselbe Täter.«

»Ach ja?« Célines Stimme hatte blitzartig die Euphorie verloren, die er eben noch herauszuhören geglaubt hatte. »Zwei Mordfälle auf einmal? Beide heute Morgen? Da hat sich der Mörder aber ins Zeug gelegt!« Es klang ein wenig sarkastisch.

»Na ja, das erste Opfer haben wir bereits gestern Morgen gefunden. Aber ich dachte …«

Céline unterbrach ihn.

»Was dachtest du? Es wäre besser, mir erst im allerletzten Moment beizubringen, dass du nicht kommst?«

»Natürlich nicht! Ich wollte abwarten, wie sich die Sache entwickelt und nicht unnötig die Pferde scheu machen.«

»Ach, Maurice, was soll ich dazu jetzt sagen?« Céline schwieg einen Moment, und LaBréa hörte das Rauschen in der Leitung. »Eigentlich weißt du doch aus Erfahrung«, fuhr sie fort, »dass eine Mordsache sich nicht innerhalb von drei Tagen erledigt. Mir wäre es lieber gewesen, wenn du mir schon gestern reinen Wein eingeschenkt hättest.«

LaBréa sagte nichts. Céline hatte recht. Gestern hatte er sie bewusst belogen. Und zwar einzig und allein, weil er zu feige gewesen war, das musste er sich eingestehen.

»Bist du noch dran, Maurice?« Célines Stimme klang plötzlich wie von weit her.

»Ja, ich bin noch dran«, erwiderte er.

»Schade, ich hatte mich so auf deinen Besuch gefreut«, sagte Céline leise, und er hörte den Vorwurf in ihrer Stimme.

»Tut mir leid, aber ich kann doch nichts dafür!« LaBréa erhob seine Stimme. Er spürte, wie er auf Angriff schaltete. »Als ob ich mir diese beiden Mordfälle ausgesucht hätte!«

»Darum geht es gar nicht. Natürlich kannst du nicht nach Barcelona fliegen, wenn du zwei Mordfälle aufzuklären hast. Aber du hättest mir *gestern* sagen sollen, dass du bereits einen Fall hast. Ich habe dich doch sogar noch gefragt, ob irgendetwas los ist. Das hast du ausdrücklich verneint, obwohl das Gegenteil der Fall war. Du hast gekniffen, Maurice. Und ich frage mich, warum.«

»Was soll das heißen? Willst du mir irgendetwas unterstellen?«

Céline lachte kurz auf. »Was heißt hier ›unterstellen‹? Ich stelle lediglich fest. Wir klären das am besten, wenn ich zurück bin. Das wird Sonntagabend sein, ich habe ja mein Rückflugticket. Also, bis dann, Maurice. Mach's gut, und viel Erfolg bei deinen Ermittlungen.«

Ehe LaBréa noch etwas sagen konnte, hatte Céline das Gespräch beendet.

Wütend schlug er mit der Hand aufs Lenkrad. Das hatte ihm gerade noch gefehlt – Ärger mit Céline! Die erste Krise zwischen ihnen.

Natürlich stimmte es, dass die beiden Mordfälle ihn davon abhielten, nach Barcelona zu fliegen. Natürlich konnte er nichts dafür, wenn zwei Männer ermordet wurden und die Ermittlungen in seinen Händen lagen.

Aber … jenseits all dessen gab es etwas, das er klar als Betrug an Céline erkannte. Es hatte nichts mit den beiden Mordfällen zu tun und der Tatsache, dass er ihr gestern nichts von dem Mord an Pascal Masson erzählt hatte. Es hatte einzig und allein mit Jocelyn Borel zu tun und der Tatsache, dass er diese Frau begehrte.

Bevor LaBréa losfuhr, rief er noch rasch seine Tochter an. Jenny befand sich im Speisesaal der Schule und aß zu Mittag.

»Na, was gibt es heute bei euch?«, wollte LaBréa wissen.

»Ach, den üblichen Fraß, Papa. Schweineschnitzel mit viel Fett und total geschmacklosem Kartoffelbrei. Aber man gewöhnt sich ja an alles. Heute Abend hole ich uns was Leckeres beim chinesischen Traiteur. Ravioli mit Krabbenfüllung. Wann kommst du denn?«

»Das weiß ich noch nicht. Es kann spät werden.«

»Wie immer«, maulte Jenny. »Morgen hat Alissa übrigens Geburtstag. Den will sie richtig feiern. Alissas Vater ist aus Afghanistan da und hat ein paar Tage Urlaub. Ich kann dann in der Brûlerie übernachten, hat Madame Dalzon gesagt. Bist du einverstanden?«

»Ja, natürlich. Hast du denn schon ein Geschenk für Alissa?«

»Nein, hab ich nicht. Ich wollte dich fragen, wenn du nach Hause kommst.«

»Wir reden spätestens morgen früh darüber, Chérie. Uns fällt bestimmt etwas ein.«

Er schaltete sein Handy ab und startete den Motor seines Wagens.

12. KAPITEL

Kurz vor vierzehn Uhr parkte LaBréa den Renault in der Tiefgarage des Justizpalastes. Sein Besuch in der Rue Jean Anouilh war umsonst gewesen. Christine Payan hatte das Haus verlassen. Wiederum hatte die Studentin Marielou Delors die Tür geöffnet und LaBréa mitgeteilt, dass die Psychologin den ganzen Tag unterwegs sei und sie nicht wisse, wann diese nach Hause käme. LaBréas Frage nach Christine Payans Handynummer beantwortete Marielou Delors nur mit einem Achselzucken. Angeblich kannte sie die Nummer nicht, was LaBréa ihr jedoch nicht abnahm. Er gab der Studentin seine Karte mit der Bitte, Christine Payan solle ihn möglichst bald zurückrufen.

Pünktlich um vierzehn Uhr begann die Talkrunde. Brigadier Valdez hatte in der Kantine für Mittagsverpflegung gesorgt. Auf dem Konferenztisch in LaBréas Büro standen eine Platte mit Sandwiches, eine Thermoskanne mit Kaffee und mehrere Flaschen Mineralwasser.

Franck hatte in Geschäften, Friseursalons und diversen Cafés gefragt, ob jemand den Toten aus der Rue Boulanger kannte. Allerdings ohne Ergebnis.

Daraufhin war er rasch noch einmal ins Gefängnis La Santé gefahren und hatte den Wärtern am Empfangscounter das Polaroid des Unbekannten gezeigt. Und siehe da, einer der wachhabenden Beamten erkannte in ihm den Mann, der Pascal Masson regelmäßig im Gefängnis besucht hatte. Er war alle vier bis sechs Wochen gekommen, und zwar ab dem Zeitpunkt, als Masson seine Strafe antrat. Unter dem Namen *Stéphane Blanc* hatte er sich ins Besucherbuch eingetragen.

»Als er einen französischen Personalausweis vorlegte, wunderte sich der Beamte, denn Stéphane Blanc sprach mit sehr starkem Akzent. Die Nummer des Ausweises wurde routinemäßig notiert.« Franck blätterte in seinem Notizbuch. »Blancs Meldeadresse lautete: Rue de la Lanette Nummer vierzehn, im Zwölften Arrondissement. Ich habe natürlich gleich beim Zentralregister nachgeforscht. Unter dieser Adresse ist kein Stéphane Blanc gemeldet. Im Übrigen war der Personalausweis gefälscht.«

»Stéphane Blanc ist ein so verbreiteter französischer Name, dass es ihn allein in Paris dutzende Male geben dürfte«, meinte Jean-Marc. »Den hat er sich zur Tarnung zugelegt. Wahrscheinlich gerade *weil* der Mann kein Franzose war.«

Es klopfte an der Tür. Gilles, der Mitarbeiter der Spurensicherung, betrat LaBréas Büro. Er hatte erste Resultate hinsichtlich der Fingerabdrücke aus der alten Spinnerei.

»In dieser Fabriketage haben wir eine Menge Abdrücke nachweisen können. Sie stammen von mindestens zehn Personen. Sehr viele Abdrücke können dem Toten zugeordnet werden.«

»Damit bestätigt sich die Vermutung, dass das Opfer tatsächlich dort gewohnt hat«, warf LaBréa ein.

»Ja. Die Blutspuren im Waschraum, auf dem Handtuch, auf dem Flur, unten im Hof und auf Matratze und Bettlaken sind von ein- und derselben Person, und zwar vom Opfer. Vermutlich hat der Mörder sich die blutverschmierten Hände gewaschen, die er vielleicht mit Gummihandschuhen geschützt hatte, oder das Tatwerkzeug abgespült. Messer, Skalpell, Rasierklinge, was auch immer es gewesen sein mag.«

»Haben Sie die Fingerabdrücke ins System eingegeben?«

»Ja natürlich. Der Tote ist sauber. Es liegen keine Vorstrafen vor. Genauso wenig wie ein Haftbefehl. Auch bei den anderen Fingerabdrücken gab es keinen Treffer.«

»Irgendwelche Faserspuren?«, fragte Jean-Marc.

»Ja. Auf dem blutverschmierten Handtuch im Waschraum. Es sind dieselben Spuren wie bei Pascal Masson: Fasern eines blauen Drillichstoffes.«

»Was ist mit der Musikkassette mit dem Ausschnitt aus dem *Boléro*?«, fuhr LaBréa fort.

»Keine Fingerabdrücke. Wie bei der anderen Kassette. Aber wir versuchen jetzt herauszufinden, um welche Aufnahmen es sich bei der Kassettenüberspielung handelt. Vielleicht bringt uns das weiter. Es wäre doch interessant zu wissen, von welchem Orchester diese Aufnahmen stammen, wann und wo sie entstanden sind.«

»Kann man denn so etwas feststellen?« LaBréa war erstaunt.

»Selbstverständlich. In den Musikarchiven der großen Platten- beziehungsweise CD-Konzerne sind sämtliche Aufnahmen vorhanden, die je von Ravels *Boléro* auf Schallplatte oder CD in den Handel kamen. Da kann man exakte Vergleichsanalysen machen. Keine Aufnahme ist wie die andere. Das Ganze wird allerdings eine ganze Weile dauern.«

»Gut, danke, Gilles.« Der Techniker nickte kurz in die Runde und verließ den Raum.

Claudine war es in der Zwischenzeit gelungen, die Einheit des österreichischen Fremdenlegionärs Klaus Hofstetter in Kourou, Französisch-Guayana, zu kontaktieren. Doch mit Hofstätter selbst hatte Claudine nicht sprechen können. Sein vorgesetzter Offizier gab an, Hofstetter befände sich zusammen mit einigen Kameraden für einige Tage in einem Dschungelcamp zum Survivaltraining und könne nicht kontaktiert werden. Erst Ende der Woche würde er in die Kaserne nach Kourou zurückkehren.

»Das ist Pech«, stellte LaBréa fest. »Wir müssen uns also ein paar Tage gedulden.«

»Ich habe diesen Offizier natürlich auch gefragt, ob er wüsste, wo Hofstetter sich beim Camerone am

30. April 1991 aufgehalten hat. Der Mann musste passen. Er dient seit 1997 in der Legion und hat Hofstetter erst im letzten Jahr in Kourou kennengelernt.«

»Was ist mit dem anderen, diesem Franzosen?«

»Cyril Bouclon? Auch hier haben wir leider Pech, Chef. Bouclon ging nach dem Ende seiner Dienstzeit bei der Legion 1995 nach Auriac, wo er als Tischler arbeitete. 1998 kam er bei einem Autounfall ums Leben. Er war verheiratet und hatte eine Tochter.«

»Haben Sie mit seiner Frau gesprochen, Claudine?«

»Ja. Sie ist ihrem Mann 1996 zum ersten Mal begegnet und kennt keine Einzelheiten aus seiner Zeit als Legionär. Den Namen Masson hat sie nie gehört, und mit dem Begriff ›Camerone‹ weiß sie nichts anzufangen.«

»Also auch hier eine Sackgasse. Nehmen Sie sich bitte die anderen Personen vor, die auf dem Foto abgebildet sind, Claudine.«

»Das mache ich gleich heute Nachmittag, Chef. Es bleiben noch Frans Kerkhove, der Belgier, Jimmy Bakerfield aus Kanada, und natürlich der Österreicher, wenn er aus dem Dschungelcamp zurück ist.«

LaBréa nickte. Er war unzufrieden mit den bisherigen Ergebnissen. Die Ermittlungsarbeit trat auf der Stelle. Zeugen wie Cyril Bouclon oder der Österreicher waren entweder tot oder nicht zu erreichen. Das unbekannte Opfer aus der Rue du Château d'Eau hatte zwar plötzlich eine Identität bekommen, die sich jedoch sogleich als falsch herausgestellt und in eine erneute Sackgasse geführt hatte. Es schien wie verhext. Zwei brutale Morde an zwei Männern, die sich seit Langem gekannt hatten, und alle Spuren verliefen im Sand. Kein Motiv, keine Tatwaffe, aber ein- und derselbe Mörder.

»Was haben Sie hinsichtlich eines Sprachwissenschaftlers und der Taxizentralen erreicht?«, fragte LaBréa den Paradiesvogel.

»Der Leiter des Instituts für Slawistik der Universität, Professor Mitrow, war sehr kooperativ. Er hat angeboten, sich mit uns zu treffen, wenn wir das wünschen. Die slawischen Sprachen werden in drei Gruppen aufgeteilt: westslawische, ostslawische und südslawische Sprachen. Einige Sprachen sind bereits ausgestorben.«

»Wie viele sind es insgesamt, die heute noch gesprochen werden?«

»Etwa zwanzig. Russisch, Ukrainisch, Sorbisch, Polnisch, Tschechisch, Serbisch, Bulgarisch und so weiter. Der Professor meinte, viele slawische Sprachen klängen für den, der sie nicht selbst spräche und nur einige Wortfetzen aufschnappe, ähnlich und würden meist fälschlicherweise als Russisch identifiziert. Hinzu kommt: Wenn die Menschen dieser verschiedenen Volksgruppen Französisch sprechen, ist ihr Akzent sehr ähnlich. Er ist hart, mit rollendem ›R‹ und wird in Frankreich meist sogleich als osteuropäischer Akzent erkannt.«

»Verstehe.« LaBréa fuhr mit der Hand über sein unrasiertes Kinn. »Es kommen also zwanzig verschiedene Sprachen in Betracht, in denen sich Masson und sein unbekannter Kumpel unterhalten haben könnten. Wirklich weiter bringt uns das nicht. Von daher sehe ich auch keinen Grund, sich mit diesem Slawistikprofessor zu treffen.«

Er nahm ein Schinkensandwich und goss aus der Thermoskanne Kaffee in eine Tasse. Das Sandwich war ausnahmsweise einmal knusprig und frisch, und LaBréa biss mit großem Appetit hinein.

»Und die Taxizentralen?«, fuhr er mit vollem Mund fort.

»Ich habe bei drei großen Unternehmen angerufen, bisher Fehlanzeige. Aber einige Fahrer fahren nur Nachtschicht und können erst heute Abend befragt werden. Vielleicht haben wir da mehr Glück. Kollegin Lecarpe von der Abteilung zwei ist mit an der Sache dran.«

»Gut.« LaBréa nahm einen Schluck Kaffee. Sein Handy klingelte. Es meldete sich der Wirt des Bistros *Renaissance*, Monsieur Fuentes.

»Commissaire, ich habe was ganz Interessantes erfahren, das könnte vielleicht wichtig für Sie sein. Heute Mittag hat ein Mann bei uns gegessen. Und wie das so ist, habe ich den Gästen gegenüber ganz beiläufig den Mord an dem Russen oder Polen aus der Rue du Château d'Eau erwähnt. Das hat dieser Gast gehört, und ich erfuhr, dass der Mann Sozialarbeiter hier im Viertel ist. Er sagte, bis letztes Jahr hätten in der alten Spinnerei rund ein Dutzend Hausbesetzer gelebt. Illegale aus Afrika und dem Irak.«

»Wie heißt der Mann?«

»Abdul Abudan. Wohnt Rue Taylor Nummer sieben, gleich bei mir um die Ecke.« Er gab LaBréa auch die Telefonnummer.

»Haben Sie irgendwelche Einzelheiten erzählt? Erwähnt, dass Sie ein Foto des Toten gesehen haben?«

»Natürlich nicht, Commissaire!« Die Stimme des Wirts klang entrüstet. »Ich respektiere die Ermittlungsarbeit der Polizei. Von daher konnte ich mir denken, dass Sie diesen Mann selbst befragen wollen. Deshalb rufe ich Sie ja auch an.«

»Das war sehr klug von Ihnen, Monsieur Fuentes. Danke für Ihren Anruf.« LaBréa schaltete das Handy ab und unterrichtete seine Mitarbeiter von dem Gespräch.

»Soll ich den Mann mal anrufen?«, fragte Jean-Marc.

»Nein. Franck und ich fahren da gleich hin. Wenn wir ihn nicht zu Hause antreffen, können wir ihn immer noch anrufen. Nächste Talkrunde um achtzehn Uhr dreißig.«

Franck lenkte den Wagen in hohem Tempo über die Pont au Change und bog in den Quai de Gevres ein. LaBréa warf ihm einen verstohlenen Seitenblick zu. Auch heute hatte Franck sich sorgfältig gekleidet.

Zur sandfarbenen Cordhose trug er einen braunen Rollkragenpullover und eine sportliche Tweedjacke. Der Geruch seines penetranten Aftershaves erfüllte den Innenraum des Wagens. LaBréa öffnete das Fenster einen Spalt. Kalte Zugluft drängte herein, und nach wenigen Augenblicken schloss er die Scheibe wieder.

Der Polizeifunk war eingeschaltet. Überall im Stadtgebiet gab es aufgrund der Straßenverhältnisse Unfälle. Eine dichte Wolkendecke lag über der Stadt. Es sah aus, als würde es in den nächsten Stunden erneut schneien.

Die Rue Taylor im Zehnten Arrondissement lag genau zwischen dem zweiten Tatort in der Rue du Château d'Eau und der Rue Boulanger, dem Wohnort von Hortense Vignal und ihren Wohngenossinnen.

Die Hausnummer sieben befand sich kurz vor dem Bogendurchgang, der die Rue Taylor von der Rue Boulanger trennt. Es gab keine Klingelknöpfe, nur einen Türcode. Glücklicherweise stand die Haustür jedoch offen, und LaBréa und Franck betraten einen düsteren Flur. Eine steile Treppe führte nach oben. Im ersten Stock links entdeckten sie das Türschild mit dem Namen »Abudan«. Es gab keine Klingel, und Franck klopfte kräftig gegen die Tür. Sofort war lautstarkes Bellen zu hören. Gleich darauf sprang ein Hund gegen die Tür.

»Ganz ruhig, Cocu«, sagte eine männliche Stimme. Die Tür wurde geöffnet. Ein Mann mit kurz geschnittenen, dunklen Locken und einer randlosen Brille blickte die Besucher an. »Ja bitte? Was wollen Sie?« Der Hund bellte wie wild und wollte auf LaBréa losspringen. Der Mann hielt ihn am Halsband fest.

»Ruhig, Cocu.« Er lächelte. »Keine Angst, der tut nichts. Er will nur spielen.«

»Monsieur Abdul Abudan?«, fragte Franck und zeigte seinen Ausweis. »Brigade Criminelle. Wir würden Ihnen gern ein paar Fragen stellen.«

Der Mann nickte, als habe er den Besuch der Polizei erwartet.

»Kommen Sie rein. Es geht sicher um den Mord in der alten Spinnerei.« Er schob den Hund ins nächstgelegene Zimmer, wo er weiterbellte und an der Tür kratzte. Er bat die beiden Beamten in die Küche. Dort saß eine junge Frau auf einem Stuhl und stillte einen Säugling.

»Meine Frau«, stellte Abdul Abudan sie vor. Dann beugte er sich zu ihr. »Könntest du uns bitte einen Moment allein lassen?« Die Frau nickte, lächelte, und LaBréa sah eine Reihe makelloser weißer Zähne. Sie nahm den Säugling, der jetzt unwillig greinte, und verließ die Küche.

»Was wissen Sie über den Mord in der Spinnerei?« LaBréa nahm auf einem der Stühle Platz. Auf dem Tisch standen benutzte Teller und leere Kaffeetassen. Offenbar hatte die Familie gerade zu Mittag gegessen.

»Nur das, was man sich hier im Viertel erzählt. Dass im Hof ein Toter lag.«

Unvermindert war vom Flur her das Hundegebell zu hören.

LaBréa fiel ein, dass der Tote in der Spinnerei von einem Mann gefunden worden war, der am Morgen seinen Hund ausführte. Er sah Abdul Abudan eindringlich an.

»Sie waren nicht zufällig derjenige, der den Toten heute früh gefunden und anonym die Polizei alarmiert hat?«

Abudan sah LaBréa erstaunt an. »Wie kommen Sie denn darauf? Erstens habe ich den Toten nicht gefunden, und zweitens: Warum sollte ich die Polizei *anonym* anrufen?« Er lachte.

»Uns ist bekannt, dass Sie als Sozialarbeiter hier im Viertel arbeiten und bis letztes Jahr Kontakt mit einer Gruppe Hausbesetzer gehabt haben. Was waren das für Leute?«

»Illegale von der Elfenbeinküste und aus dem Irak. Sie haben ein halbes Jahr in den Räumen über der Maschinenhalle gewohnt. Dann waren sie plötzlich weg. Ich vermute, dass sie nach Calais gegangen sind, um nach England rüberzukommen.«

»Ist die Polizei nie eingeschritten? Gab es eine Razzia, einen Räumungsbefehl?«

»Nein. Die Spinnerei steht seit Jahrzehnten leer. Niemand nutzt das Gebäude. Alles da drin verfällt, aber Strom und Wasser wurden merkwürdigerweise nie abgestellt. Irgendjemand bei den Wasser- und Elektrizitätswerken muss geschlafen haben.«

»Wer ist denn der Eigentümer der Gebäude und des Grundstücks?«

»Die Stadt Paris. Soweit ich weiß, hatte der letzte Eigentümer keine Erben, und sein Besitz fiel an die Stadt. Die hat sich aber nie um eine Renovierung oder Weiterverwendung der Gebäude gekümmert. Schon früher haben da immer wieder Hausbesetzer gewohnt. Das hat niemanden gestört.«

»Waren Sie mal in diesen Räumen über der Halle?«

»Ja, natürlich. Ich habe diesen Leuten öfter Lebensmittel gebracht. Arbeiten konnten sie als Illegale ja nicht. Das Rote Kreuz und andere Organisationen haben Kleider und Lebensmittel gespendet. Dank all dieser Initiativen konnten diese Menschen hier überleben.«

LaBréa zog das Polaroidfoto des Unbekannten aus der Tasche und legte es auf den Tisch.

»Kennen Sie diesen Mann?«, fragte er.

Abdul Abudan nahm die Aufnahme in die Hand, um sie näher zu betrachten.

»Ist das der Mann, der ermordet wurde? Nein, den kenne ich nicht.«

»Wann waren Sie denn das letzte Mal in den Räumen über der Maschinenhalle?«, fragte Franck.

»Warten Sie.« Der Mann überlegte. »Das war kurz nachdem die Illegalen verschwunden sind. Im letzten Februar. Ich weiß noch, dass es ziemlich kalt war und ich einen Sack Briketts für die Leute besorgt hatte. Ich habe dann mit einem Kollegen ein bisschen Ordnung gemacht. Den Müll weggeräumt, die Zigarettenkippen vom Fußboden aufgefegt. Die Leute hatten ziemlich viel geraucht. Das einzige Vergnügen, das sie sich geleistet haben.«

»Danach waren Sie nie wieder dort?«, hakte Franck nach.

»Nein. Wieso auch? Da wohnte ja niemand mehr. Meine Betreueraufgabe war erledigt.«

Der Hund hatte endlich aufgehört zu bellen. Es war einen Moment still in der Küche.

»Darf ich Ihnen etwas anbieten? Einen Kaffee?«, fragte der Sozialarbeiter. Seine Stimme klang sanft. Beflissen, wie LaBréa feststellte.

»Nein, danke, Monsieur. Sie sagen also, Sie haben die Spinnerei nie wieder betreten, weil niemand mehr dort wohnte. Tatsache ist allerdings, *dass* wieder jemand dort gewohnt hat, und zwar der Mann, der heute auf dem Hof der Spinnerei tot aufgefunden wurde.« Er tippte auf das Polaroidfoto. »Dieser Mann hier. Bei der Inaugenscheinnahme der Räumlichkeiten hatten wir sogar den Eindruck, dass er eine ganze Weile dort gewohnt haben muss. Mindestens seit letztem Sommer. Hier im Viertel gibt es einen Zeugen, einen Kneipenwirt, der ihn öfter gesehen hat.«

Abdul Abudan nickte vage.

»Wissen Sie, ob sich auf dem Gelände der alten Spinnerei öfter Jugendliche aufgehalten haben?«, wollte Franck wissen. »Im Sommer ist das doch ein idealer Platz zum Fußballspielen, für heimliche Treffen mit Mädchen, zum Kiffen.«

»Keine Ahnung. Wie gesagt, nach dem Verschwinden der Illegalen habe ich mich nicht mehr um die Spinnerei gekümmert. Und wenn ich ab und zu dort vorbeigekommen bin, habe ich keine Jugendlichen bemerkt, die sich dort aufgehalten hätten. Im Übrigen war im letzten Februar in der Einfahrt noch ein Tor angebracht. Ein Eisentor mit Gitterstäben. Aber irgendjemand hat das Tor dann abmontiert. Geklaut, wahrscheinlich nachts. Jedenfalls war das Gelände plötzlich für alle zugänglich.«

»Umso wahrscheinlicher ist es doch, dass die Jugendlichen hier aus dem Viertel das Gelände erobert und für ihre Zwecke genutzt haben.«

Der Sozialarbeiter zuckte mit den Schultern.

»Kann sein, aber wie gesagt, das weiß ich nicht. Das Viertel hier ist ein Problembezirk. Junge Leute, die keine Arbeit haben und die nie am Reichtum unserer Gesellschaft teilhaben werden. Afrikaner, die auf illegalen Wegen ins Land gelangen. Diese Leute müssen sehen, wie sie überleben. Die Männer kaufen und verkaufen Drogen, die Frauen ihren Körper. Hier wird mit allem gehandelt, was sich zu Geld machen lässt. Schon möglich, dass auch auf dem Gelände der Spinnerei mit Drogen gedealt oder andere Geschäfte abgewickelt wurden.«

Paris, im Januar 2004

Liebste Maja,
hier ein kleiner Nachtrag zu meinem letzten Schreiben. Ich habe ganz vergessen, Dir von einem Traum zu erzählen, den ich vor einigen Tagen hatte.

Es war ein schrecklicher Albtraum, und die Personen im Traum waren Du und ich.

Wir beide befanden uns an einem großen Fluss.

Im Traum wurde nicht klar, wie wir dort hingekommen sind und was wir dort wollten. Das Ufer fiel steil ab, und wir sahen, dass im Fluss eine dunkle Brühe aus Kloake und Salpetersäure floss. Wir wussten sofort: Wer da hineinfällt, stirbt einen grausamen Tod.

Aus irgendeinem Grund bist Du dann weggegangen, Maja, und ich saß allein an diesem Flussufer.

Plötzlich rutschte ich die Uferböschung hinunter auf die tödliche Brühe zu. Nirgends fand ich Halt. Im Fallen wusste ich, dass ich elendig zugrunde gehen würde und dass es keine Rettung gab.

Ich schrie um Hilfe, rief nach Dir. Doch Du warst nirgends zu sehen. Es gab ringsum keine Menschen-

seele. Kein Haus, keinen Baum, kein Licht. Nur eine Düsternis, die beinahe so schwarz war wie der Fluss.

Kurz bevor meine Füße in die schrecklichen Fluten eintauchten, wachte ich auf.

Der Blick auf meinen Wecker sagte mir, dass es fünf Uhr früh war. Ich schlief nicht mehr ein. Die Todesangst, die im Traum mein Herz umkrallt hatte, hielt noch eine Weile an.

Gegen halb sechs stand ich dann auf, ging in die Küche und kochte mir eine Tasse Kaffee. Lange grübelte ich darüber nach, warum Du im Traum weggegangen bist und mich verlassen hast. Während Du am Leben bleiben konntest, musste ich auf grässliche Weise sterben.

Erinnerst Du Dich an die Zeit, als wir uns in der großen Schulpause immer unsere Träume erzählt haben? Bereits damals hatte ich Todesträume, und meistens spielten tiefe und dunkle Wasser eine Rolle.

Schon in der Traumwelt meiner Kindheit versank ich in reißenden Fluten, stürzte von hohen Türmen ins Meer oder wurde von einer großen Welle fortgeschwemmt. Das fand ich immer eigenartig, denn wir wohnten nicht am Meer. Das kannten wir nur aus Büchern und Erzählungen.

Schreib mir, was Du von diesem Traum hältst und ob auch Du heute noch lebhaft träumst. Damals waren Deine Träume ähnlich düster wie meine, allerdings spielten darin Wasser und Meeresfluten keine Rolle.

Voller Ungeduld warte ich auf Post von Dir!

Sei tausendmal gegrüßt von Deiner besten Freundin E.

13. KAPITEL

Es hatte wieder zu schneien begonnen. LaBréa stand im schützenden Torbogen der Rue Taylor und telefonierte mit Brigitte Foucart. Die Gerichtsmedizinerin hatte die Autopsie an dem Unbekannten beendet und grenzte den Todeszeitpunkt auf die Zeitspanne zwischen dreiundzwanzig Uhr fünfundvierzig und null Uhr dreißig in der letzten Nacht ein. Seine letzte Mahlzeit hatte der Mann am Vortag gegen neunzehn Uhr eingenommen, ein Stück Baguette, Käse und Rotwein. Sein Blutalkoholgehalt lag bei zwei Komma fünf Promille, war also nicht annähernd so hoch wie bei Pascal Masson zwei Tage zuvor. Das Mordwerkzeug, mit dem ihm Penis und Hoden abgetrennt worden waren, musste ein ähnliches gewesen sein wie beim ersten Opfer.

»Der Mann ist ebenfalls bei vollem Bewusstsein kastriert worden. Er hat vor Schmerzen die Zähne so fest aufeinandergepresst, dass ein Teil des linken oberen Schneidezahns herausgebrochen ist. Er lag in seiner Mundhöhle. Sein Gebiss war ohnehin nicht das beste. Zwei fehlende Backenzähne und jede Menge Zahnfüllungen, und zwar von schlechter Qualität. Amalgam in einer Legierung, die in Mitteleuropa nicht verwendet wird. Das Material ist typisch für Länder der Dritten Welt, für Asien und den Ostblock. Und jetzt das Wichtigste: Der Mann war drogenabhängig.«

»Tatsächlich?«, erwiderte LaBréa.

»Ja. Keine harten Drogen. Aber Cannabis sativa, also Haschisch beziehungsweise Marihuana. Er muss das Zeug regelmäßig zu sich genommen haben, und zwar oral. Kleinere Mengen lassen sich nach dem Tod nicht nachweisen. Doch mithilfe der UV-Spektrofotometrie habe ich Cannabis in Urin und Mageninhalt nachweisen können, was auf regelmäßigen Konsum schließen lässt.«

»Dann könnte es also sein, dass der Mann zum Zeitpunkt der Tat high gewesen ist?«

»Das kann ich nicht nachweisen. Ich kann nur sagen, dass er die Droge regelmäßig genommen hat.«

LaBréa bedankte sich und teilte Franck das Autopsieergebnis mit.

»Wenn der Mann süchtig gewesen ist, war er zum Zeitpunkt der Tat vielleicht tatsächlich weggetreten«, meinte Franck. »Sonst hätte er sich sicher gewehrt, als der Mörder ihn überraschte.«

»Ja, da mögen Sie recht haben, Franck. Entweder hat er geschlafen, als der Mörder kam, oder er war aufgrund der Droge handlungsunfähig. Kommen Sie, wir sind ja hier ganz in der Nähe des Tatorts. Wir sehen uns die alte Spinnerei noch einmal genau an. Vielleicht haben wir etwas übersehen.«

Durch immer dichter werdendes Schneetreiben gingen sie die Rue Taylor entlang und erreichten nach etwa hundert Metern die Rue du Château d'Eau.

»Eigenartig«, sagte Franck, als sie nach links abbogen, an der Feuerwache vorbeigingen und auf das Gelände der Spinnerei zusteuerten. »Der zweite Mord geschieht in der Rue du Château d'Eau. Eine Straße weiter wohnt der Sozialarbeiter, der den Mann angeblich nicht kannte, dem aber das Gelände der Spinnerei vertraut ist. Wiederum nur eine Straße weiter, in der Rue Boulanger, leben diese militanten Motorradweiber. Die kannten das Opfer angeblich auch nicht, sind aber ganz eindeutig für die Sprayeraktionen verantwortlich. All das spielt sich in einem Radius von nicht einmal dreihundert Metern ab.«

LaBréa nickte. Dieser Gedanke war ihm ebenfalls schon gekommen. Doch wo lag der Zusammenhang? Gab es überhaupt einen, oder war das nicht eher Wunschdenken?

Wenig später überquerten sie den Hof der Spinnerei. Nichts erinnerte mehr an den Einsatz der Polizei am Morgen. Die vielen Fußspuren, die LaBréa und seine Kollegen hinterlassen hatten, waren wieder zugeschneit. Am Eingang zur Maschinenhalle, einer schweren Eisentür ohne Schloss, hatten die Beamten der Spurensicherung vor dem Verlassen des Geländes ein Polizeisiegel angebracht. Jetzt sahen LaBréa und Franck, dass es aufgebrochen worden war. Die eiserne Tür stand einen Spalt offen.

Sie tauschten einen kurzen Blick. Beide zogen ihre Waffen und entsicherten sie. Vorsichtig öffnete Franck die Tür.

Die Waffe im Anschlag betraten sie die Halle. Im Halbdunkel des riesigen Raumes wirkten die alten Maschinen gespenstisch.

Die beiden Männer lauschten. Kein Laut war zu hören. Dennoch hatte LaBréa das untrügliche Gefühl, dass sich hier jemand aufhielt. Die dicht an dicht stehenden Maschinen boten einem Eindringling genügend Deckung und Schutz. Mit einer Kopfbewegung deutete LaBréa nach rechts. Vorsichtig bewegte Franck sich in diese Richtung, während LaBréa sich nach links begab, in Richtung des Zugangs zu den oberen Räumen.

Plötzlich war von rechts hinten ein klapperndes Geräusch zu hören, als sei ein Schraubenzieher oder Ähnliches auf den Steinfußboden gefallen. Blitzartig ging Franck hinter einem alten Container in Deckung. »Polizei! Kommen Sie heraus, und nehmen Sie die Hände hoch!«, rief er in die Weite des Raumes.

Ein Scharren war zu hören, dann das Geräusch sich rasch entfernender Schritte.

Franck verließ seine Deckung. »Halt! Bleiben Sie stehen!« Die Schritte wurden leiser.

Aufgrund der Untersuchung des Gebäudes am Morgen wusste LaBréa, dass die Halle keinen zweiten Ausgang hatte. Es gab nur die Eingangstür und die Treppe in das obere Stockwerk. Deshalb lenkte er seine Schritte jetzt zu diesem Treppenaufgang, um dem Eindringling den Weg abzuschneiden.

Franck rannte plötzlich los. Nach wenigen Sekunden hörte man einen kurzen Aufschrei, dann rief Franck seinem Chef zu: »Ich habe ihn!« Mit raschen Schritten ging LaBréa in Francks Richtung. Der Hauptmann zog den Eindringling hinter einer leeren Öltonne hervor, und LaBréa stellte verblüfft fest, dass es sich um einen Jungen handelte. Er war schwarz, konnte kaum älter als dreizehn, vierzehn sein und wirkte verängstigt. Seine Baseballjacke mit der aufgenähten Nummer vierundzwanzig hatte Löcher und große Schmutzflecken. Die dunkle Trainingshose des Jungen war einige Nummern zu klein und bedeckte knapp die Waden.

»Lassen Sie ihn los, Franck«, sagte LaBréa.

»Aber nur, wenn du nicht wegläufst!«, fuhr Franck den Jungen an und stieß ihn leicht zurück. Der Junge blickte die beiden Männer mit großen Augen an und schniefte vernehmlich.

»Wie heißt du?«, fragte LaBréa.

Der Junge überlegte kurz, entschied sich dann aber zu antworten.

»Ben.« Erneut schniefte er. Mit dem Handrücken wischte er sich über die Nase.

»Und wie alt bist du?«

»Zwölf.« Er war jünger, als LaBréa vermutet hatte.

»Und was hast du hier zu suchen, Ben?«

»Nichts.« Der Junge wich LaBréas Blick aus.

»Was heißt nichts?«, schaltete Franck sich ein. »Du hast doch das Polizeisiegel an der Tür aufgebrochen. Oder bist du das nicht gewesen?«

Keine Antwort.

»Also warst du es«, stellte Franck fest. »Das muss doch einen Grund gehabt haben.« Erneut packte Franck den Jungen. »Zeig mal, was du in deinen Taschen hast.« Obwohl der Junge sich sträubte, gelang es Franck, den Inhalt seiner Jackentaschen zu untersuchen.

»Na bitte!«, sagte er, als er zwei kleine Päckchen hervorzog. »Was ist das? Marihuana?« Er betrachtete die Päckchen genau und roch daran. »Sieht ganz so aus. Nimmst du das Zeug selbst oder verkaufst du es?«

Der Junge schwieg hartnäckig.

LaBréa beugte sich zu dem Jungen. Er war nicht besonders groß, und LaBréa sah seine kindlichen, ängstlichen Züge. »Wolltest du die Päckchen dem Mann verkaufen, der da oben wohnt?« LaBréa deutete mit dem Kopf Richtung Treppenaufgang.

Der Junge biss sich auf die Lippen. LaBréa merkte, dass er zögerte.

»Du kannst es uns ruhig sagen, denn der Mann, der dort wohnte, ist tot. Also – du wolltest doch zu ihm, oder?«

»Ja.« Die Stimme des Zwölfjährigen klang hell und hatte noch keinerlei Anzeichen von Stimmbruch. »Ich habe Steph zwei- bis dreimal in der Woche beliefert. Gestern früh das letzte Mal.«

»Und heute wolltest du ihm wieder was verkaufen.«

Ein heftiges Kopfnicken war die Antwort.

»Du hast das Siegel an der Tür aufgebrochen und kamst hier rein. Bist du auch oben gewesen?«

»Ja. Und Steph war nicht da. Alles sah so komisch aus. Die Matratze war weg. Ich dachte, jetzt ist er abgehauen.«

»Du hast also nicht gewusst, dass dein Kunde nicht mehr lebt?«, hakte Franck nach.

»Nee. Sonst wäre ich ja wohl nicht hergekommen!«

»Du nennst den Mann ›Steph‹«, schaltete sich LaBréa wieder ein. »Das ist doch bestimmt die Abkürzung von ›Stéphane‹. Kennst du auch den Nachnamen des Mannes?«

»Nee.«

»Wie lange hast du ihn schon beliefert?«

»Seit einem Monat oder so. Ich bin neu im Geschäft.« Er sprach nicht ohne Stolz, und LaBréa meinte sogar, ein kurzes Grinsen auf dem Gesicht des Jungen zu entdecken.

»Und vorher hast du ihn nicht gekannt?«

»Nee.«

»Weißt du, ob ihn außer dir noch andere beliefert haben?«

»Glaube ich nicht. Das hätte Giraffe mir gesagt.«

»Wer ist ›Giraffe‹?«

»Der Typ, für den ich arbeite.« Entschlossen reckte der Junge den Kopf in die Höhe. »Aber mehr sag ich

Ihnen nicht. Der macht jeden kalt, der ihn verpfeift. Giraffe ist sowieso nur ein Tarnname.«

»Kennst du irgendwelche Leute, die Steph mal besucht haben? Freunde oder Kumpel?«

»Nee, da kenne ich niemanden. Keine Ahnung, ob der überhaupt mal Besuch gekriegt hat.«

»Er war ja kein Franzose, dieser Steph«, sagte Franck. »Hat er dir mal erzählt, woher er kam? Kam er aus Russland? Er hatte doch einen starken Akzent.«

»Die meisten Leute hier im Viertel haben einen starken Akzent. Über so was haben wir nie gesprochen. Ich hab ihm den Stoff geliefert, und er hat bezahlt.«

»Woher hatte er denn das Geld? Hat er irgendwo gearbeitet?«

»Von einem Job hat er nie was erzählt. Er sagte, er hätte einen Freund, der ihn unterstützt. Im Moment wäre der im Knast, würde aber bald rauskommen.«

»Und Frauen? Hatte Steph mal Besuch von Frauen?«

»Sie meinen von Nutten? Keine Ahnung. Vielleicht. Manchmal hatte er so Heftchen, die er mir gezeigt hat.«

»Pornohefte?«

»Ja. Ziemlich eklige Sachen. Hat mich aber nicht interessiert. Kann ich jetzt gehen?«

»Einen Moment noch, Ben. Dieser Giraffe, dein Boss, wusste der, dass Steph hier über der Maschinenhalle wohnte?«

»Klar wusste er das. Er weiß immer, wo unsere Stammkunden wohnen. Schon für den Fall, dass die Leute mal nicht zahlen wollen oder sonst irgendwelche Schwierigkeiten machen.«

»Du musst uns sagen, wie der richtige Name von diesem Giraffe lautet und wo wir ihn finden können.«

»Nur über meine Leiche, Mann!«

Franck wurde unwirsch. »Was heißt, nur über deine Leiche? Wir können dich auch mitnehmen und der Fürsorge übergeben!«

»Das wäre mir egal. Aus mir kriegen Sie nichts raus.«

»Steph, der ja offenbar ein guter Kunde von dir war, ist ermordet worden. Wir brauchen die Namen von allen, die ihn gekannt haben.«

»Gestern hat Steph noch gelebt, da war ich noch hier. Und Giraffe kann überhaupt nichts mit der Ermordung zu tun haben, denn der ist seit einer Woche gar nicht in Paris.«

»Wo ist er denn?«

»Was weiß ich? Er hat nur gesagt, dass er zehn Tage weg muss. Das war gestern vor einer Woche. Und dass Cul de Tigre ihn solange vertritt. Von dem habe ich dann auch meinen Stoff gekriegt.«

»Und wer ist ›Cul de Tigre‹?«

Der Junge sah LaBréa trotzig an und antwortete nicht. LaBréa erkannte, dass weitere Fragen zwecklos waren. Der junge Drogendealer kannte die Gesetze der Branche und würde keine Einzelheiten preisgeben.

»Du kannst gehen, Ben.« LaBréa zeigte mit dem Daumen zur Eingangstür. »Los, verschwinde. Und lass dir bloß nicht einfallen, das Polizeisiegel ein zweites Mal aufzubrechen!«

Ben lief davon. »Bestimmt nicht«, rief er nach einigen Schritten. »Tote Kunden beliefere ich nämlich nicht!« Gleich darauf fiel die schwere Eisentür zu. Durch die blinden Scheiben der Fabrikhalle, die auf den Hof führten, sah LaBréa schemenhaft, wie seine Gestalt vom Schneegestöber verschluckt wurde.

»Giraffe, Cul de Tigre«, murmelte Franck und schüttelte den Kopf. »Scheint ja ein ganzer Zoo zu sein. Wie sich der Kleine wohl in einigen Jahren nennen wird? Wenn er es geschafft hat, die Karriereleiter in der Szene raufzuklettern. Aber vielleicht hängt er auch mit siebzehn, achtzehn selbst an der Nadel und hat Aids im Endstadium. Wenn er sich nicht schon den goldenen Schuss gesetzt hat.«

LaBréa ging nicht darauf ein. Der Junge hatte ihnen wichtige Informationen geliefert, und nur das zählte im Moment. Der unbekannte Tote hatte von einem Freund finanzielle Unterstützung erhalten, und dieser Freund war niemand anderes gewesen als Pascal Masson, das erste Opfer. Masson musste entsprechende finanzielle Dispositionen getroffen haben, bevor er seine Haftstrafe antrat. In Massons Wohnung war kein Hinweis darauf gefunden worden, dass der ehemalige Legionär ein privates Bankkonto gehabt hatte. Es gab nur ein Geschäftskonto für die Autowerkstatt. Vermutlich hatte Masson seinem Kumpel vor Antritt der Strafe Bargeld zukommen lassen, von dem heute Morgen noch siebenhundertachtzig Euro in der Spinnerei gefunden worden waren.

»Kontaktieren Sie mal die Kollegen vom Drogendezernat. Die kennen sich in der Drogenszene aus und haben dort Undercoverleute. Mal sehen, ob die mit den Namen Giraffe und Cul de Tigre was anfangen können.«

LaBréas Handy klingelte. Auf dem Display erschien keine Nummer.

»Ja?«

»Hier ist Christine Payan. Mir wurde gesagt, dass ich Sie dringend zurückrufen soll. Worum geht es, Commissaire?«

»Ich hätte da noch einige Fragen, Madame Payan. Wenn es Ihnen passt, würde ich gern heute noch bei Ihnen vorbeikommen.«

Am anderen Ende herrschte einen Moment Stille. »Es passt mir leider nicht. Ich bin auf dem Weg nach Orléans, zu meiner kranken Mutter. Erst in ein paar Tagen komme ich nach Paris zurück.« Es klang wie eine Ausrede. Die Psychologin wollte ihn abwimmeln. LaBréa räusperte sich.

»Aber eine Frage könnten Sie mir sicher jetzt schon beantworten: Mir ist bekannt, dass Sie einige Jahre im Ausland gelebt haben. Unter anderem auch in Osteuropa. In welchem Land?«

»Wieso interessiert Sie das, Commissaire?« Die Stimme der Psychologin klang abweisend. »Wir leben in einem freien Land, und ich kann privat und beruflich verreisen, wohin ich will. Ohne die Polizei darüber zu informieren, auch nicht im Nachhinein. Auf Wiederhören.« Das Gespräch war beendet, und LaBréa bemühte sich, seinen Ärger herunterzuschlucken.

Die nächste Stunde verbrachten Franck und LaBréa damit, sich die Räume über der Fabrikhalle noch einmal gründlich vorzunehmen. Die Suche verlief ergebnislos. Sie fanden nichts, was für die Ermittlungen von Belang sein konnte. Die Kollegen von der Spurensicherung hatten ganze Arbeit geleistet.

Danach gingen sie hinunter in die Halle. Auf den riesigen Maschinen lagen dicke Staubschichten. Sie blickten in alte Spinnkannen und Container. Manche enthielten noch große Garnrollen und Werkzeug, das offenbar zur Wartung der Maschinen benutzt worden war. Es gab verblasste Farbskalen und ein altes Bilanzbuch aus dem Jahr 1953. LaBréa sah lange Zahlenkolonnen in gestochener Bleistiftschrift.

Nachdem sie auch den letzten Winkel der Halle durchsucht hatten, gaben die beiden Beamten auf. Sie verließen das Gebäude, und Franck erneuerte das Polizeisiegel an der Tür. Dichtes Schneegestöber und ein eisiger Wind schlugen ihnen entgegen.

Sie überquerten den Hof, zwei schemenhafte Gestalten in einer unwirklichen Landschaft.

14. KAPITEL

LaBréa spürte seine Füße kaum noch, so kalt war es. Franck startete den Wagen und stellte die Heizung auf die höchste Stufe. Langsam rollte der Renault über den Fabrikhof.

LaBréas Handy klingelte. Es war Jocelyn Borel. Überrascht fragte sich LaBréa, woher sie seine Handynummer kannte. Hatte sie etwa Jenny gefragt? Jocelyn unterrichtete zwar nur die höheren Klassen in Jennys Schule, aber sie kannte das Mädchen natürlich.

»Maurice«, ertönte Jocelyns warme Stimme. »Wie geht es dir?«

LaBréa warf einen schnellen Seitenblick auf Franck und sagte betont kühl.

»Danke, so là là. Viel Arbeit.«

Jocelyn lachte leise. »Ach so, verstehe. Du kannst jetzt schlecht reden.«

»Ja, genau. Der Moment ist nicht gerade günstig. Ich rufe dich später zurück.«

»Wirklich?«, gurrte Jocelyn. »Oder willst du mich nur wieder abwimmeln?«

»Nein, nein«, sagte LaBréa und bemerkte, wie Franck den Kopf zu ihm drehte. »Du kannst dich darauf verlassen.«

»Wie sieht es heute Abend bei dir aus?« Jocelyns Stimme klang verführerischer denn je. »Hättest du Lust, zu mir zum Essen zu kommen? Heute ist mein schulfreier Tag, und ich habe Entenbrust besorgt.«

»Klingt gut, aber ich kann nichts versprechen. Ich rufe dich am frühen Abend an.«

Er stellte sein Handy ab und blickte regungslos durch die Windschutzscheibe. Franck bog gerade auf den Boulevard St. Martin ein, auf dem sich der Nachmittagsverkehr staute und das Schneechaos die Situation zusätzlich verschärfte.

Da war es wieder, dieses Gefühl der Begierde. Die unbändige Lust auf eine Frau, die es darauf anlegte, einen Mann zu becircen, und die genau wusste, wie man das anstellt. Ein Abend mit seiner Jugendliebe Jocelyn … Kerzenschein, ein gutes Essen, ein exquisiter Wein. Für einen Moment alles vergessen. Keine kastrierten Legionäre und Russen, kein Herumwühlen in Ermittlungsergebnissen, die mehr als dürftig waren.

Die Vorstellung war verlockend.

Sogleich sah er jedoch auch die Hindernisse, die sich auftürmten. Céline, die er auf schäbige Weise betrügen würde. Jenny, die er anlügen müsste. Während er bei einem schönen Essen mit Jocelyn flirtete, würde sie zu Hause warten in der Annahme, dass er bis über die Ohren in Arbeit steckte.

Unmöglich. Er würde Jocelyn absagen und ihr ein für alle Mal klarmachen, dass sie ihn in Ruhe lassen sollte.

Vor ihnen gab es einen Auffahrunfall. Franck bremste scharf, der Wagen brach aus und hielt nur wenige Zentimeter hinter dem Unfallwagen.

»Verdammter Mist!«, fluchte Franck. »Wieso fahren die so dicht auf?« Er ließ das Fenster herunter und setzte das Blaulicht aufs Dach des Renault. Mit eingeschalteter Sirene manövrierte er den Wagen geschickt um die Unfallstelle herum und bog an der nächsten Ampel links in den Boulevard de Strasbourg ein.

Erneut klingelte LaBréas Handy. Claudine hatte den belgischen Fremdenlegionär namens Frans Kerkhove ausfindig gemacht. Er lebte in Lüttich und betrieb dort eine kleine Computerfirma.

»Und?«, fragte LaBréa gespannt.

»Leider habe ich ihn noch nicht persönlich gesprochen. Seine Frau sagte mir, er sei unterwegs und käme jeden Moment zurück. Sein Handy sei ihm heute Morgen gestohlen worden, und von daher wäre er nicht erreichbar. Ich denke, dass ich nachher mehr sagen kann.«

»Gut, das hoffe ich.«

»Übrigens, Chef, da wir nun wissen, dass das Opfer in der alten Spinnerei offenbar ein Ausländer slawischer Abstammung war, werde ich mal sehen, ob ein internationaler Haftbefehl gegen jemanden vorliegt, der in den osteuropäischen Staaten gesucht wird. Bisher haben wir nur in der nationalen Datenbank nachgeschaut.«

»Gute Idee, Claudine«, bemerkte LaBréa. »Leider haben wir nur einen falschen Namen von dem Mann. Aber dafür Fotos und seine Fingerabdrücke. Vielleicht haben wir Glück.«

Als das Gespräch beendet war, wählte LaBréa die Handynummer des Paradiesvogels.

»Gerade wollte ich Sie anrufen«, sagte Jean-Marc. »Wo sind Sie jetzt, Chef?«

»Auf dem Weg ins Büro.«

»Gut. Ich habe eine Taxifahrerin gefunden, die die beiden Legionäre in der Nacht, als Masson ermordet wurde, durch Paris gefahren hat. Ich bringe die Frau mit zum Quai des Orfèvres, dann können Sie selbst mit ihr reden.«

»Eine Taxifahrer*in*?«, meinte Frank, als LaBréa die Neuigkeit an ihn weitergab. »Als Frau würde ich mich hüten, in dieser Stadt Taxi zu fahren, insbesondere nachts. Und dann mit Typen im Auto, von denen einer offenbar schon frühzeitig stockbetrunken war.«

Zehn Minuten später erreichten sie den Quai des Orfèvres. Jean-Marc und die Taxifahrerin waren noch nicht eingetroffen. Im Büro sagte LaBréas Sekretärin, dass der Direktor ihn dringend zu sprechen wünschte.

LaBréa stöhnte genervt.

»Hat er gesagt, worum es geht?«

»Nein.« Die Sekretärin schüttelte den Kopf. Dann lächelte sie breit, und LaBréa sah ihren scharf hervortretenden oberen Schneidezahn. »Aber man kann es sich wohl denken, Chef.«

»Na schön, dann will ich es gleich hinter mich bringen.« LaBréa blickte auf die Uhr. Es war kurz nach fünf.

Direktor Roland Thibon, dessen avantgardistisch eingerichtetes Büro sich im Obergeschoss des Gebäudes befand, ließ LaBréa im Vorzimmer warten. Seine Sekretärin, eine hübsche Blondine, die aussah wie eine Parfümerieverkäuferin, saß am Computer und warf LaBréa hin und wieder ein herablassendes Lächeln zu.

LaBréa kannte diese Spielchen. Jedes Mal, wenn Thibon ihn in sein Büro zitierte, ließ er ihn erst einmal warten. Das geschah natürlich mit voller Absicht. Machtspielchen, weiter nichts. LaBréa beschloss, sich nicht aus der Ruhe bringen zu lassen.

Nach einer guten Viertelstunde wurde die Tür schließlich geöffnet, und Thibon bat LaBréa mit einer wedelnden Handbewegung in den Raum. Die Geste wirkte ungeduldig und abwehrend, als scheuche man einen Hund vor sich her.

Thibon bot seinem Untergebenen keinen Platz an. Während er sich selbst hinter seinen Schreibtisch setzte, blieb LaBréa in der Mitte des Raumes stehen.

»Wieso haben Sie mich nicht informiert, LaBréa?« Die Stimme des Direktors klang leise und unterkühlt. Fieberhaft dachte LaBréa nach. Was meinte Thibon?

»Ich meine damit, nicht *persönlich* informiert? Nicht Sie, sondern Leutnant Lagarde, der Paradiesvogel, wie er aus gutem Grund von allen genannt wird, hat mir von dem zweiten Mord in der alten Fabrik berichtet.«

»Ja, und, Monsieur? Ich verstehe nicht …«

Thibon unterbrach ihn und beugte sich vor.

»Ich bin es nicht gewohnt, dass ich über einen solchen Vorgang von einem Ihrer Untergebenen erfahre, LaBréa. Der zweite Mord, vom Modus Operandi her identisch mit dem ersten, bringt uns in echte Schwierigkeiten. Was glauben Sie, was passiert, wenn das morgen in der Presse steht?«

»Ich weiß es nicht, Monsieur«, erwiderte LaBréa. »Ich habe strikte Anweisung gegeben, die Presse nicht zu informieren.«

»Irgendetwas sickert immer durch, das wissen Sie so gut wie ich. – Wie weit sind Sie? Was kann ich dem Präfekten präsentieren, wenn er mich heute Abend löchert?«

»Leider noch keinen Täter, aber eine Menge Einzelheiten. Mit größter Wahrscheinlichkeit ist der Mörder in beiden Fällen derselbe. Die beiden Toten kannten sich, haben vermutlich eine gemeinsame Vergangenheit. Wir stehen noch am Anfang, aber es besteht Grund zur Hoffnung.«

›*Hoffen und Harren macht manchen zum Narren.*‹ Das sagte schon Ovid.« Thibon blickte selbstgefällig und arrogant. LaBréa fühlte Zorn in sich aufsteigen, und seine Stimme wurde einen Ton schärfer.

»Falls Sie meinen, dass wir nichts anderes tun als Däumchen drehen, Monsieur, so muss ich das weit von mir weisen! Meine Leute und ich tun, was wir können.«

Beschwichtigend hob Thibon seine sorgfältig manikürten Hände. »Seien Sie nicht gleich beleidigt, LaBréa, so habe ich das nicht gemeint!«

Wie hast du es denn gemeint?, war LaBréa versucht zu erwidern, doch er beherrschte sich.

»Ich stehe enorm unter Druck, Commissaire.« Thibon strich sich übers Kinn. »Der Präfekt drängt mich, er will Resultate sehen. Sie wissen ja, er peilt den Staatssekretärsposten beim Innenminister an. Und da bin ich der Nächste in der Reihe, der den Druck abbekommt.«

Und *du* peilst den Posten des Präfekten an und gibst den Druck an mich weiter, fügte LaBréa in Gedanken hinzu.

»Wir können nicht zaubern, Monsieur le Directeur«, sagte er laut und zuckte mit den Achseln. »Es gibt durchaus ein paar Ansatzpunkte, die uns entscheidend weiterbringen könnten. Aber wir brauchen etwas Zeit.«

»Ja, ja, das ist mir schon klar! Doch Sie kennen vielleicht das alte französische Sprichwort ›Die Zeit, am besten angewandt, ist die, die man verschwendet‹. Eine Weisheit, die ich mir nicht zu eigen mache. Und Sie und Ihre Leute sollten das ebenfalls vermeiden.«

Zwei Minuten später befand sich LaBréa wieder auf dem Weg in sein Büro. Zornesröte hatte seine Stirn überzogen. Dass Thibon ihm und seinen Mitarbeitern den guten Ratschlag gab, bloß keine Zeit zu verschwenden, empfand er, gelinde gesagt, als Frechheit. Was bildete sich der Kerl ein? Erst allmählich beruhigte sich LaBréa. Auf der Toilette wusch er sich gründlich die Hände und kühlte seine Stirn mit einigen Spritzern Wasser.

Auf dem Korridor rief er kurz seine Tochter an. Sie war bereits zu Hause und fragte, ob sie schon heute bei Alissa übernachten dürfe. Sie hatte ihrer Freundin den neuesten *Harry Potter*-Band als Geburtstagsgeschenk gekauft.

»Ich hab's jetzt doch nicht mehr mit dir besprochen, was ich ihr schenke, Papa. Erstens hast du sowieso nie Zeit, und zweitens wusste ich ja, dass Alissa sich das Buch wünscht.«

»Meinetwegen kannst du bei ihr übernachten. Aber geh nicht zu spät los! Es friert, und vielleicht fängt es auch wieder an zu schneien.«

»Ich gebe Obelix nur noch was zu fressen, und du musst ihn dann heute Abend ein bisschen streicheln. Also, Papa, mach's gut.«

»Ja, du auch, Chérie. Und viel Spaß in der Brûlerie.«

Die Taxifahrerin entpuppte sich als junge Frau von dreiundzwanzig Jahren. Ihr Name war Chantal Zamoun. Sie hatte kurz geschnittene, lockige Haare, trug

Jeans, einen grobmaschigen Rollkragenpullover, Lederblouson und feste Stiefel. Ihr dunkler Teint und ihre Gesichtszüge deuteten darauf hin, dass sie maghrebinischer Abstammung war. Zweite, dritte Generation nordafrikanischer Einwanderer, schätzte LaBréa. Mit ihrem kräftigen Körperbau und ihrer Größe hätte sie Sporttrainerin sein können, Judokämpferin oder Handballerin.

LaBréa tauschte einen raschen Blick mit Franck und Jean-Marc. Alle dachten wohl dasselbe: Auf den ersten Blick machte die junge Frau den Eindruck, als gehöre sie dem Klub der Motorradfrauen an. Doch ihr Ton war verbindlich, ihr Lächeln gewinnend. Nichts von der schroffen Art einer Hortense Vignal, keine aufgesetzten Machoallüren.

Aufgrund des Vorgesprächs mit Jean-Marc wusste sie, worum es ging. Knapp und präzise erzählte sie von ihrer Schicht in der Nacht von Montag auf Dienstag. Gegen achtzehn Uhr hatte sie den Wagen, einen nagelneuen Peugeot, bei ihrem Patron im Neunten Arrondissement abgeholt und ihre Arbeit begonnen. Das Geschäft war zunächst schleppend gelaufen. Eine gute Stunde hatte sie an einem Stand in der Nähe der Gare du Nord gewartet, bis sie eine Tour zum Flughafen Charles de Gaulle bekam. Von dort kehrte sie mit zwei Geschäftsleuten in die Innenstadt zurück. Dann lief es sehr gut, sie hatte kaum Wartezeiten. Kurz nach halb drei wurde sie über Funk zu einem Lokal am Montmartre gerufen.

»Der Name des Lokals?«, wollte LaBréa wissen.

»*Les trois Mousquetaires,* in der Rue Lepic«, antwortete Chantal Zamoun.

»Eine berüchtigte Kneipe. Glücksspiel, Drogen, Prostitution«, fügte der Paradiesvogel hinzu. »Ein Tummelplatz für Zuhälter und alle möglichen Schlägertypen. Es waren Masson und sein Kumpel, die das Taxi bestellt hatten. Mademoiselle Zamoun hat die beiden zweifelsfrei erkannt.« Mit einer Kopfbewegung forderte Jean-Marc die junge Frau auf, fortzufahren.

»Sie waren beide ziemlich betrunken. Der große Blonde aber etwas mehr, er konnte sich kaum auf den Beinen halten. Der andere musste ihn stützen.«

»Kamen die beiden allein?«

»Ja.«

»Wohin wollten sie?«

»In die Rue Chrétien de Troyes«, sagte die Taxifahrerin.

»Wer hat die Adresse genannt? Der Blonde?«

»Nein, der andere. Ich hab's zuerst gar nicht verstanden, weil er einen starken Akzent hatte.«

»Was für einen Akzent?«

»Osteuropäisch, würde ich sagen. Ich habe viele ausländische Fahrgäste und kenne die meisten Akzente. Der sprach eindeutig wie jemand aus dem Osten.«

»Haben die beiden im Taxi miteinander geredet?«

»Nein. Der Blonde war meines Erachtens schon so hinüber, dass er keinen Pieps mehr von sich gab.

Ich dachte noch, hoffentlich kotzt der mir nicht den Wagen voll.«

»Die Fahrt verlief also schweigend? Es wurde die ganze Zeit nicht geredet?«, fragte Franck ungläubig. »Vom Montmartre bis zur Rue Chrétien de Troyes an der Gare de Lyon fährt man doch eine ganze Weile.«

»Na ja, nachts geht es schneller. Nein, geredet hat nur der Ausländer. Wenn Sie's genau wissen wollen: Er hat versucht, mich anzumachen.«

»Was heißt das?«, wollte Jean-Marc wissen.

»Er fragte, ob ich nicht Lust hätte, mit ihm mitzukommen und so weiter. Mit anderen Worten: Er bot mir Geld an, wenn ich mit ihm bumse.« Die junge Frau zog die Nase hoch und blickte die drei Männer der Reihe nach an. »Solche Angebote bekomme ich öfter, vor allem, wenn ich nachts fahre.«

»Warum fahren Sie dann nachts?« Franck runzelte die Stirn. »Können Sie nicht in der Tagschicht arbeiten?«

»Das würde ich gern. Aber tagsüber hab ich einen Halbtagsjob bei der Post. Hinterm Schalter, vormittags, Postamt Boulevard de Belleville. Mit Taxifahren allein kommen wir nicht über die Runden. Mein Vater ist querschnittsgelähmt, meine Mutter arbeitslos. Und nachmittags schlafe ich dann ein bisschen.«

Jean-Marc warf der Frau einen anerkennenden Blick zu. »Ganz schöner Stress, den Sie da haben!«

»Ja, aber noch packe ich das. Im Übrigen war der Typ von Montagnacht völlig harmlos, gemessen an dem, was ich schon erlebt habe. Einmal hat mir einer von hinten den Hals zugedrückt, um an mein Geld zu kommen. Aber ich hab mal Karate gemacht.« Sie grinste. »Was meinen Sie, wie der geschrien hat mit seiner zertrümmerten Nase!«

»Und dann?« LaBréa lenkte das Gespräch wieder auf das Wesentliche. »Was geschah, als Sie in der Rue Chrétien de Troyes ankamen?«

»Der Blonde stieg aus, gestützt von seinem Freund. Der sagte, ich solle warten, weil er woanders wohne und ich ihn auch noch nach Hause fahren solle. Er brachte den Blonden ins Haus. Ich hab mir in der Zwischenzeit überlegt, ob es nicht besser wäre zu verschwinden, vielleicht würde es doch noch Ärger mit dem Ausländer geben, wenn ich allein mit ihm im Wagen fuhr. Aber da er noch nicht bezahlt hatte, ließ ich es drauf ankommen. Nach ungefähr fünf Minuten kam er zurück und nannte mir seine Adresse. Rue du Château d'Eau Nummer vier.«

»Nummer vier?«, fragte LaBréa überrascht. »Nicht Nummer sechs?«

»Nein, Nummer vier. Ich fuhr los, und zum Glück quatschte der Kerl mich nicht mehr an. Er saß hinten und schien mit seinen Gedanken weit weg zu sein. Als er ausstieg, zahlte er, gab mir aber überhaupt kein Trinkgeld. Das ist ungewöhnlich.«

»Das Haus Nummer vier ist ein kleines Wohnhaus«, erinnerte sich Franck. »Haben Sie gesehen, wie er hineinging?«

»Nein. Ich bin gleich weitergefahren, da stand er noch auf dem Bürgersteig.«

Er hat wohl gewartet, bis das Taxi weg war, dachte LaBréa, und ging dann zu dem alten Fabrikgelände. Offensichtlich hatte er vermeiden wollen, dass die Taxifahrerin seine wahre Adresse kannte.

»Mademoiselle, Sie haben ein ausgezeichnetes Gedächtnis«, lobte LaBréa die junge Frau. »Durch Sie haben wir wertvolle Hinweise erhalten. Eine wichtige Frage hätte ich noch: Ist Ihnen aufgefallen, ob Ihnen ein Wagen gefolgt ist, als Sie von dem Lokal zur Rue Chrétien de Troyes und danach zur Rue du Château d'Eau fuhren?«

»Sie meinen, ob jemand die beiden beschattet hat?«

»So konnte man es nennen.«

»Das kann ich Ihnen beim besten Willen nicht sagen. Jedenfalls ist mir nichts aufgefallen.«

»Und Sie selbst?« Franck blickte sie durchdringend an. »Wohin fuhren Sie anschließend?«

»Nach Hause. Ich war hundemüde, und morgens muss ich um sieben raus.«

»Kann das jemand bezeugen?«

»Wie meinen Sie das – bezeugen?!« Chantal lachte ungläubig. »Klar kann das jemand bezeugen, meine Eltern! Unsere Wohnung ist klein, und mein Vater wird immer wach, wenn ich komme.«

»Und letzte Nacht?«, hakte Franck nach. »Sind Sie da auch Taxi gefahren?«

»Ja, aber nur bis gegen elf. Wegen dem Schneewetter hab ich früher aufgehört und bin zeitig ins Bett gegangen.«

»Danke, Mademoiselle, das war es schon. Wie gesagt, Sie haben uns sehr geholfen.« LaBréa stand auf und brachte die Taxifahrerin zur Tür.

Zurück an seinem Schreibtisch, schenkte er sich ein Glas Mineralwasser ein.

»Es gibt zwei Möglichkeiten«, fasste er zusammen. »Entweder ist der Mörder dem Taxi gefolgt, ohne dass die Fahrerin es bemerkt hat. Oder er hat Masson in jener Nacht in dessen Wohnung aufgelauert.«

»Ich würde sagen, Ersteres«, meinte Jean-Marc. »Er ist dem Taxi gefolgt, und zwar auch, nachdem Masson ausgestiegen war. Auf diese Weise hat er erfahren, wo der Unbekannte wohnt. Wenn er das vorher gewusst hätte, hätte er ihn ja bereits umbringen können, als Masson noch im Gefängnis saß.«

»Vielleicht war es Teil des Plans, den Ausländer erst *nach* Masson zu töten?« Franck steckte einen Kaugummi in den Mund. »Aus welchem Grund auch immer.«

»Jean-Marc hat recht«, sagte LaBréa. »Irgendwie hat es den Anschein, als habe der Mörder darauf gewartet, dass Masson ihn auf die Spur des Unbekannten führt. Der Täter konnte in derselben Nacht nicht zweimal zuschlagen. Deshalb war Masson der Erste. Vergessen wir nicht, er war sturzbetrunken, und der

Mörder hatte leichtes Spiel. In der Nacht darauf wurde sein Freund, der unbekannte Osteuropäer, getötet. Da hatte der Mörder schon eine gewisse Routine, wenn ich das mal so ausdrücken darf.«

»Bedeutet das, der Mörder kannte diesen Osteuropäer vorher überhaupt nicht?« Franck war skeptisch. »Das kann ich mir eigentlich nicht vorstellen. Der Killer muss von vornherein beide im Visier gehabt haben.«

»Ja, aber vielleicht kannte er nur Massons Adresse und die des anderen nicht«, erwiderte LaBréa. »Er wird das zweite Opfer aus demselben Motiv getötet haben wie Masson. Nur wusste er nicht, wie er an den Unbekannten herankommen sollte. Er wusste nur, dass Masson an diesem Tag aus dem Gefängnis entlassen werden würde. Alles andere hat sich danach ergeben.«

»Was ist mit der Taxifahrerin?«, wollte Franck wissen. »Von ihrem Outfit her könnte sie zum Klub der Sprayerweiber gehören. Bisher können wir ja noch nicht ausschließen, dass es zwischen diesen militanten Frauen und den Morden einen Zusammenhang gibt.«

LaBréa wandte sich an Jean-Marc.

»Sprechen Sie vorsichtshalber mit ihren Eltern, wann sie nach Hause gekommen ist. Aber meines Erachtens können wir die Taxifahrerin abhaken. Wenn sie etwas mit den Morden zu tun hätte, hätte sie sich doch niemals gemeldet und diese Aussage gemacht.«

»Ich fahre jetzt gleich in die Kneipe am Montmartre. Vielleicht haben Masson und sein Kumpel sich dort mit jemandem getroffen. Auf dem Rückweg checke ich dann das Alibi der Taxifahrerin.«

15. KAPITEL

Gleich zu Beginn der Talkrunde um achtzehn Uhr dreißig wartete Claudine mit wichtigen Informationen auf: Sie hatte mit dem belgischen Exfremdenlegionär Frans Kerkhove persönlich sprechen können.

»Das Camerone-Foto, das wir in Massons Wohnung gefunden haben, wurde in einem Café in Kuwait-Stadt aufgenommen, der Hauptstadt Kuwaits. Frans Kerkhove sagte, er, Masson und die anderen Kameraden hätten nach Ende des Irak-Kuwait-Krieges Anspruch auf einen mehrwöchigen Urlaub gehabt. Sie verabredeten, das Camerone in Kuwait-Stadt zu feiern, im Gedenken an ihren Einsatz in diesem Krieg und an die Befreiung der Stadt. Jeder sollte seinen Urlaub so legen, dass er daran teilnehmen konnte.

Wie verabredet, trafen sie sich dann am 30. April 1991. Frans Kerkhove war schon einige Tage früher in Kuwait-Stadt und reservierte einen Tisch in dem Lokal, einem kleinen Café mit einem liberalen Wirt, der beide Augen zudrückte, wenn seine Gäste Alkohol konsumierten. Kerkhove besorgte den Champagner, den wir auf dem Foto sehen. Es gab auch noch allerlei Hochprozentiges und ein üppiges Büfett mit arabischen Köstlichkeiten.

Am Abend des Camerone trafen Masson und die anderen gegen achtzehn Uhr in dem Café ein. Zur Überraschung aller brachte Masson einen Gast mit und stellte ihn als ›Stéphane‹ vor. Masson bezeichnete ihn als seinen ›besten Freund‹, der ebenfalls in der Legion dienen und beim Camerone sozusagen einmal ›hineinschnuppern‹ wolle.«

»Wusste Kerkhove, welcher Nationalität dieser Stéphane angehörte?«, fragte LaBréa.

»Nein. Jedenfalls nicht genau. Masson hatte nur erklärt, Stéphane käme vom Balkan.«

»Vom Balkan?« LaBréa war überrascht. »Also nicht aus Russland?«

»Nein, vom Balkan. Es kommen also folgende Länder infrage: Bulgarien, Jugoslawien mit den damaligen Teilrepubliken Serbien, Kroatien, Bosnien. Dann Mazedonien und Slowenien. Stéphane sprach nur wenige Brocken Französisch, unterhalten konnte man sich mit ihm nicht, sagte Kerkhove. Ihm und den anderen war das egal. Sie haben nicht weiter gefragt, sondern mit ihrer Sause angefangen, besser gesagt: mit einem Riesenbesäufnis, das erst im Morgengrauen endete.«

»Also wusste Kerkhove nicht, welchen Beruf dieser Stéphane hatte?«

»Nein, das kam nicht zur Sprache. Es hieß nur, er interessiere sich für einen Vertrag bei der Legion.«

»Was er dann jedoch nicht in die Tat umsetzte«, bemerkte LaBréa nachdenklich. »Vielleicht hatte er es ja auch nie ernsthaft vor. Konnte Kerkhove sagen, woher Masson seinen ›besten Freund‹ kannte?«

»Nein. Masson hatte ihn vorher nie erwähnt.«

»Was geschah am nächsten Tag?«

»Da trennten sich die Männer. Kerkhove flog zurück zu seiner Einheit nach Nîmes, die übrigen Legionäre ebenfalls.«

»Und Masson?«, fragte Franck. »Der war ja inzwischen wieder Zivilist. Hat er seinen ehemaligen Kameraden gegenüber erwähnt, was er seit Ende seines Vertrages gemacht hatte und was er in Zukunft tun wollte?«

»Ja, er erzählte, er hätte erst einmal ausführlich Urlaub gemacht. Wäre ein bisschen herumgereist. Er müsse in aller Ruhe überlegen, ob er wieder zurück nach Frankreich gehen wolle. Etwas Konkretes wusste Kerkhove nicht.«

»Und dieser Stéphane?«

»Von dem war nicht mehr die Rede. Am nächsten Morgen haben sich die Legionäre zu einem Katerfrühstück getroffen, doch das fand ohne Stéphane statt. Kerkhove erinnert sich, dass Klaus Hofstetter, der Österreicher, Masson fragte, ob es seinem Freund beim Camerone gefallen habe. Masson bejahte dies und meinte, Stéphane hätte ›Blut geleckt‹.«

»Wer hat eigentlich das Foto geschossen, das uns vorliegt?«, wollte Franck wissen.

»Der Wirt des Lokals, mit Kerkhoves Kamera.«

»Wie gut kannte Kerkhove Masson?«, fragte LaBréa nach.

»Sie waren Regimentskameraden. Kerkhove kam nach seiner Grundausbildung 1990 nach Nîmes. Gemeinsam wurden sie dann Ende 1990 zur Division Daguet abkommandiert. Er hat sich sehr positiv über Masson geäußert. Ein feiner Kerl sei er gewesen und sein bester Kamerad. Kerkhove hat ihn offensichtlich wegen seiner ruhigen Art und seiner soldatischen Haltung immer bewundert.«

»Ruhige Art ist gut«, murmelte Franck. »Klingt ein bisschen unpassend bei jemandem, der zweimal wegen schwerer Körperverletzung verurteilt wurde.«

»War das alles, Claudine?«, fragte LaBréa.

»Im Großen und Ganzen ja. Dass Masson auf so brutale Weise ermordet wurde, hat Kerkhove sehr getroffen. Er fand übrigens keine Erklärung dafür, wo Masson von 1991 bis 1999 gewesen sein könnte. Nach dem Camerone hat er nie wieder etwas von ihm gehört.«

Franck wunderte sich.

»Und wohin hat er dann das Foto geschickt?«

»Masson hatte Kerkhove eine postlagernde Adresse in Marseille gegeben. Dahin schickte dieser das Foto. Aber Masson hat sich nicht einmal bedankt.«

»Das heißt also«, meinte Franck, »dass Masson nach dem Camerone auf jeden Fall noch einmal in Frankreich gewesen sein muss. In Marseille, um seine Post abzuholen.«

»Nicht unbedingt«, erwiderte Claudine. »Die Post kann auch jemand anders abgeholt und ihm irgendwohin nachgeschickt haben.«

»Hat Kerkhove Ihnen gesagt, in welcher Sprache Masson und Stéphane Blanc miteinander gesprochen haben?«, wollte LaBréa wissen.

»Ja, ich habe ihn extra danach gefragt. Er meinte, sie hätten sehr wenig miteinander gesprochen. Und wenn, dann in einer slawischen Sprache, von der Kerkhove kein Wort verstanden hat. Im Übrigen habe ich Kerkhove natürlich auch gefragt, ob er den *Boléro* von Ravel kennt, und ob ihm zu dieser Musik etwas Besonderes einfällt. Leider Fehlanzeige. Er kannte weder das Stück, noch brachte er irgendetwas damit in Verbindung.«

LaBréa seufzte.

»Tja, da kann man nichts machen. Was die Lücke von acht Jahren in Massons Lebenslauf betrifft, tappen wir weiterhin im Dunkeln. Nach dieser Aussage von Kerkhove scheint es mir allerdings nicht unwahrscheinlich, dass Masson seinen Freund Stéphane erst nach seinem Ausscheiden aus der Legion kennengelernt hat.«

»Fragt sich nur, wo?«, warf Franck ein. »Die Balkanländer hatten sich doch gerade zu der Zeit vom Kommunismus befreit, die Leute konnten endlich reisen. Dieser Stéphane kann irgendwo im Ausland mit Masson zusammengetroffen sein.«

»Nicht alle Balkanländer hatten sich Anfang der Neunzigerjahre bereits vom Kommunismus befreit. Jugoslawien zum Beispiel nicht.« Claudine blickte Franck und LaBréa bedeutungsvoll an. »Dort herrschte Bürgerkrieg.«

Einen Moment war Stille im Raum. Vom Quai des Grands Augustins drang das Brausen des abendlichen Verkehrs herein. LaBréa überlegte, dann sagte er:

»Richtig, Claudine, dort war Krieg ausgebrochen! Die Serben gegen die muslimischen Bosnier. Ethnische Säuberungen, Massaker …«

Dann klingelte Claudines Handy. Sie entschuldigte sich kurz und nahm das Gespräch an. Nach wenigen Sekunden fragte sie:

»Europaweit? Umfasst das auch die Balkanstaaten? Aha, ja, danke.« Sie stellte das Handy aus.

»Das war der Rückruf wegen des internationalen Haftbefehls«, erklärte sie. »Es liegt keiner gegen Stéphane Blanc vor. Er wird auch nicht von einem der Balkanstaaten gesucht. Die Kollegen haben Blancs Fingerabdrücke übermittelt, die Sache ist eindeutig geklärt.«

Franck blickte auf die Uhr.

»Jean-Marc meldet sich ja gar nicht. Er wollte sich doch in der Kneipe am Montmartre umhören. Na ja, wenn er was Wichtiges rausgefunden hätte, wüssten wir es schon. Liegt noch etwas an, Chef? Sonst würde ich heute mal früher Schluss machen.«

»Ja, ja, ich weiß, Franck. Ihr Abendessen mit Dr. Clément. Oder hat es mit der Verabredung nicht geklappt?«

»Doch, hat es.« Franck wirkte etwas verlegen. »Deswegen frage ich ja.«

»Meinetwegen können Sie gehen. Aber seien Sie bitte jederzeit erreichbar.«

»Selbstverständlich, Chef!« Franck verließ LaBréas Büro.

Als die Tür hinter ihm ins Schloss gefallen war, sagte Claudine plötzlich:

»Ich hätte da so eine Idee, Chef. Vielleicht hat dieser Stéphane Blanc sich ja im Bosnienkrieg etwas zuschulden kommen lassen, ist ein Kriegsverbrecher und wird vielleicht sogar vom Internationalen Kriegsverbrechertribunal in Den Haag gesucht? Er muss doch einen Grund gehabt haben, unter falschem Namen zu leben.«

LaBréa dachte nach. »Ja, das könnte eine Möglichkeit sein! Setzen Sie sich gleich mal mit dem Tribunal in Verbindung. Die haben doch sicher eine Homepage.«

»Ganz bestimmt. Aber ich glaube nicht, dass ich da heute noch jemanden erreiche. Auf jeden Fall schicken wir denen Stéphane Blancs Fingerabdrücke und die beiden Fotos. Das vom Camerone 1991 und das Polaroid, das nach seinem Tod aufgenommen wurde. Vielleicht ist das eine Spur.«

Zehn Minuten später verließ LaBréa das Dienstgebäude. Die Nacht war kalt, aber es schneite nicht mehr. Ein paar dunkle Wolken hingen am Himmel.

Zu Hause erwartete ihn niemand. Jenny übernachtete bei ihrer Freundin Alissa in der Brûlerie. Und Céline … Céline hatte sich den ganzen Tag nicht bei ihm gemeldet. Auch er hatte nicht versucht, sie in

Barcelona anzurufen. Er hatte sich vielmehr entschlossen, den Gedanken an Céline beiseitezuschieben und den Abend so zu verbringen, wie er es seit Jocelyns Anruf am Nachmittag insgeheim vorgehabt hatte.

Er würde ihre Einladung zum Abendessen annehmen. Zu ihr nach Hause fahren. Den Duft ihres Parfüms einatmen, in ihre unter den halb geschlossenen Lidern hervorblitzenden Augen blicken, die Linie ihres Mundes erforschen. Diese Vorstellungen erregten ihn immer wieder aufs Neue und ließen alles andere verblassen. Er war Céline keine Rechenschaft schuldig! Und außerdem – sie musste von dem Besuch bei Jocelyn ja nicht unbedingt etwas erfahren. Wer weiß, mit wem sie selbst den heutigen Abend, vielleicht sogar die Nacht, in Barcelona verbrachte?! Dieser Juan, ihr Galerist, war ein gut aussehender und faszinierender Mann, das hatte sie LaBréa gesagt. Juan, Don Juan … Galten die Spanier nicht als heißblütige Frauenverführer? Vielleicht gab es zwischen ihm und Céline mehr als eine berufliche Verbindung?!

LaBréa ging zur Place St. Michel, kaufte an einem Blumenstand einen Strauß gelber Rosen und nahm ein Taxi. Er hatte Jocelyn zuvor angerufen und zugesagt. Wenig später setzte der Fahrer ihn in der Rue de Vaugirard ab. Jocelyns Wohnung befand sich in einem schönen Fin-de-Siècle-Bau, gleich gegenüber von einem der Eingänge zum Jardin du Luxembourg. Jocelyn hatte ihm den Türcode gegeben. LaBréa tippte die Zahlen ins Tableau, und die schwere Holztür sprang auf.

Er spürte Herzklopfen, als er die Treppen hochging. Wie ein Pennäler, dachte er und musste lächeln. Wie damals an der Côte d'Azur, als er mit Jocelyn die erste Nacht am Strand verbrachte …

Die Tür im zweiten Stock war bereits geöffnet, und Jocelyn erwartete ihn. Sie trug eine dunkelblaue Seidenbluse mit dezentem Ausschnitt und eine enge weiße Hose. Die blonden Haare fielen ihr verschwenderisch über die Schultern und verliehen ihr einen Hauch von Femme fatale.

Aus der Wohnung drangen der Geruch eines wunderbaren Essens und die Klänge einer Jazzplatte. Rodrigos *Concierto de Aranguez*, gespielt von Miles Davis.

Woher wusste Jocelyn, dass dieses Konzert eines der Lieblingsstücke in seiner Jazzsammlung war?

Von der Kirche St. Sulpice erklang ein Glockenschlag. Halb fünf, es war Donnerstagmorgen, der zweiundzwanzigste Januar. Noch war die Stadt nicht erwacht. LaBréa erinnerte sich an einen alten Schlager. *Il est cinq heures, Paris s'éveille, il est cinq heures, je n'ai pas sommeil …*, so lautete der Refrain. Als der Song populär war, war LaBréa noch ein Junge gewesen, doch die Melodie wurde überall gespielt und galt als Ohrwurm. Wer hatte dieses Lied gesungen? Er wusste es nicht mehr.

Die Hände in den Taschen seiner Lederjacke vergraben, schlenderte er Richtung Odéon. Kein Mensch war auf den Straßen zu sehen. Immer noch blies ein eisiger Wind. LaBréa schätzte die Temperatur auf etwa minus fünf Grad.

Jocelyn hatte angeboten, ein Taxi zu rufen, doch LaBréa wollte zu Fuß nach Hause gehen. Er liebte Paris bei Nacht. Nicht die quirlige Glitzerwelt des Boulevard de Clichy oder anderer Amüsierviertel. Nein, die verlassenen Straßen, auf denen kaum Autos fuhren. Die dunklen Häuserfassaden, hinter denen Menschen schliefen, sich liebten, einander fremd waren. Die Seinebrücken, deren Schatten auf den Fluss fielen und vom Wasser hin und her geschaukelt wurden. Den dunklen Nachthimmel, jetzt sternenklar.

Seine Stadt.

Langsam kehrte er in die Wirklichkeit zurück. Was war geschehen? Es war das geschehen, was er gesucht hatte. Ein Abendessen mit Jocelyn, eine anschließende Liebesnacht. Sie hatten es beide gewollt und beide gewusst, dass sie es wollten. Von dem Moment an, als er Jocelyns Wohnung betrat, schien es LaBréa die selbstverständlichste Sache der Welt. Verflogen waren der letzte Rest schlechten Gewissens und jeglicher Gedanke an Céline.

Jocelyn hatte ein köstliches Essen zubereitet. Als Vorspeise gab es Loup de mer im Fenchelsud, als Hauptgericht gebratene Entenbrüste mit Mangospalten. Nach dem weißen Bordeaux, den Jocelyn zum Fisch serviert hatte, reichte sie zum Fleischgericht einen Gigondas, ein wuchtiger, nach Beeren duftender Tropfen.

Trotz der Spannung, die zwischen ihnen lag, und trotz der erotischen Erwartungen nahmen sie sich Zeit beim Essen. Nach der Miles-Davis-CD legte Jocelyn *Blue Train* von John Coltraine auf.

»Woher weißt du eigentlich, dass ich ein Jazzfan bin?«, hatte LaBréa Jocelyn gefragt. Sie hatte gelacht und die Haare zurückgeworfen. Eine sorgfältig kalkulierte Geste, die er dennoch erregend und sexy fand.

»Hast du es vergessen, Maurice?«, sagte sie leicht spöttisch. »Du hast schon damals, als wir uns kennenlernten, mit deiner Jazzplattensammlung angegeben. Das habe ich mir gemerkt.«

»Heißt das, du hast die CDs extra für den heutigen Abend besorgt?«

»Ach was! Ich besitze selbst eine Menge Jazzmusik. Deine Leidenschaft von damals hat mich angesteckt.« Dann hatte sie ihm tief in die Augen geblickt. »Übrigens nicht nur deine Leidenschaft für Jazz.«

Als LaBréa die Pont St. Michel überquerte, hielt ein Taxi neben ihm.

»Möchten Sie irgendwohin, Monsieur?«, fragte ihn der Fahrer, ein junger Schwarzer. LaBréa winkte ab. »Nein danke.« Der Mann grinste, kurbelte die Scheibe hoch und fuhr weiter.

Eine Viertelstunde später bog er in seine Straße ein, die Rue des Blancs Manteaux. Er überquerte den ersten Hof und blickte unwillkürlich zur Eingangstür von Célines Wohnung. Rasch, als fühlte er sich ertappt, beschleunigte er seine Schritte. Er schloss seine Haustür auf, schaltete das Licht ein und hängte die Jacke an die Garderobe. Kater Obelix stand im Flur und blickte ihn aus großen Augen an. LaBréa fuhr dem Tier kurz übers Fell und murmelte: »Ich bin hundemüde, alter Junge.«

Bevor er ins Wohnzimmer ging, erinnerte er sich, dass sein Handy in der Innentasche der Jacke steckte. Er nahm es heraus und sah, dass im Display mehrere Nachrichten für ihn angezeigt wurden. Er checkte den Speicher und stellte aufgrund der angezeigten Nummern fest, dass die Nachrichten von Céline kamen. Mehrfach am Abend hatte sie versucht, ihn zu erreichen.

Er beschloss, seine Mailbox erst später am Morgen abzuhören.

Kurz darauf lag er im Bett und schlief sofort ein.

Tagebucheintragung

Wie still die Nacht ist! Die Stille erzeugt ein Geräusch, das beinahe wehtut. Ist es das Geräusch, das schmerzt, oder das Gefühl des Alleinseins, der Einsamkeit, der Leere?

Irgendjemand hat einmal gesagt, die größte Leere liege im Menschen selbst. In seinen Ängsten und Abgründen, in der Unabänderlichkeit des Todes, um die wir Menschen wissen. Der Tod ist der eigentliche Beherrscher der Welt, weil er am Ende immer siegt.

Von meinem Fenster aus sehe ich den Turm vom Montparnasse. Ein schwarzer Obelisk, der sich in den milchigen Himmel streckt, an dem die Sterne nur zu erahnen sind.

Ich hätte Lust, mich an den Flügel zu setzen und zu spielen. Ein Nocturne *von Chopin, ein* Impromptu *von Schubert. Das Geräusch der nächtlichen Stille durchbrechen, mich hineinfallen lassen in die Musik.*

Die Stadt schläft. Sie befindet sich im Zustand des Verharrens, des Wartens. Warten auf einen neuen Tag, an dem Leben und Tod sich erneut begegnen, so wie sie auch in dieser Nacht Hand in

Hand arbeiten. In dieser Stadt, diesem Land, überall auf diesem Planeten.

Ich habe Sehnsucht nach dem völligen Vergessen. Nach dem Zustand eines Embryos, geschützt im Mutterleib. Wie dunkle Fluten treiben die Erinnerungen heran. Ein Meer aus Schmerz und Verzweiflung. Dabei habe ich das wirkliche Meer nur selten gesehen. Vor einigen Jahren fuhr ich mit Louis zwei Wochen in die Bretagne. Es waren schöne Tage, doch sie hielten nicht vor. Wie eine zu kurze Decke nicht wärmt, konnte diese Zeit meine Vergangenheit nicht auslöschen.

Das Meer. Die Brandung. Ein immer gleicher Anblick, ein immer gleicher Ton. Eine Melodie der Unendlichkeit.

Vielleicht sollte ich mir eine CD kaufen mit den Geräuschen der Meeresbrandung? Neulich hat mir ein Kollege gesagt, dabei könne man wunderbar entspannen und vergessen. Es gäbe eine Riesenauswahl. Meeresrauschen mit Musikuntermalung. Morgendämmerung am Ozean. Gewitterstimmung am Pazifik … Das Rauschen des Meeres in Dolby Stereo. Die Augen schließen und dem Geschrei der Möwen lauschen, die an einem virtuellen Strand über die Wellen fliegen.

Musik und Geräusche, Gefährten der Einsamkeit. Menschen bedeuten mir nur noch sehr wenig. Das hat sich heute Abend wieder einmal gezeigt. Ich höre ihnen zu, antworte, frage nach. Vieles von dem, was sie sagen, interessiert mich nur im Hinblick auf eines.

Es ist dieses eine, wofür ich bis jetzt gelebt habe. Nun, da dieses eine beendet ist, verflüchtigt sich der Sinn meiner Existenz wie das Gas bei einem chemischen Experiment.

Jetzt werde ich zu Bett gehen. Der Gedanke an ein virtuelles Meeresrauschen wird mich hoffentlich in den Schlaf wiegen.

Es ist drei Uhr früh.

16. KAPITEL

Das Klingeln seines Handys riss LaBréa aus dem Schlaf. Wie immer lag das Funktelefon eingeschaltet auf seinem Nachttisch. Bevor er das Gespräch annahm, warf er einen Blick auf die Leuchtziffern seines Weckers. Kurz nach sechs. Auf dem Handydisplay sah er Célines Nummer.

Einen Moment war er unschlüssig. Dann drückte er den grünen Knopf und meldete sich mit verschlafener Stimme: »Ja?«

»Entschuldige, dass ich dich so früh störe«, tönte ihm Célines Stimme entgegen. Sie klang nicht verschlafen, im Gegenteil. »Aber ich hab mir Sorgen gemacht, weil ich dich nicht erreichen konnte. Hast du denn meine Anrufe nicht abgehört?«

LaBréa kratzte sich am Kinn.

»Doch, schon«, murmelte er. »Aber ich hatte noch keine Zeit, dich zurückzurufen.«

»Dann ist es dir also egal, dass ich schon heute Nachmittag zurückkomme?«, fragte sie erstaunt.

LaBréa richtete sich im Bett auf. Er durfte seine Überraschung nicht zeigen. Heute war Donnerstag. Céline wollte doch erst am Wochenende zurück sein! Wieso hatte sie ihre Pläne geändert?

»Nein, natürlich ist mir das nicht egal«, erwiderte er hastig. »Ich freue mich. Wann kommst du an?«

Am anderen Ende der Leitung war es sekundenlang still. Dann sagte Céline: »Sag mal, Maurice, leidest du jetzt schon unter Gedächtnisschwund? Ich habe dir vier Nachrichten hinterlassen, und mindestens zweimal habe ich erwähnt, dass meine Maschine um sechzehn Uhr zwanzig landet.«

LaBréa biss sich auf die Lippen und spürte, wie unter seinen Achseln Schweiß ausbrach. Er hätte sich verfluchen können, dass er Célines Nachrichten in der Nacht nicht abgehört hatte. Jetzt musste er sehen, wie er da wieder herauskam. Das ging allerdings nur mit einer weiteren Lüge.

»Diese beiden Mordfälle halten uns alle in Atem. Es ist wie verhext, alle Spuren verlaufen im Sand. Ich bin letzte Nacht erst sehr spät nach einer Vernehmung nach Hause gekommen, Céline. Und da wollte ich dich wirklich nicht mehr zurückrufen.«

»Wie rücksichtsvoll von dir!«

LaBréa meinte Spott in ihrer Stimme zu hören. »Wenn du bis zum Hals in komplizierten Ermittlungen steckst, verstehe ich nicht, wieso auf deinem Handy schon um zwanzig Uhr die Mailbox läuft? Musst du nicht die ganze Zeit erreichbar sein?«

LaBréa schluckte und räusperte sich.

»Na, egal«, fuhr Céline fort. »Du wirst schon deine Gründe gehabt haben, mich nicht zurückzurufen. Wir sehen uns dann, wenn ich wieder in Paris bin.

Selbst wenn du Zeit haben solltest – du brauchst mich nicht am Flughafen abzuholen.«

Ehe er etwas erwidern konnte, war das Gespräch beendet. LaBréa legte das Handy auf den Nachttisch und ließ sich zurück in die Kissen fallen.

Verdammter Mist!, dachte er. Es würde richtig Ärger mit Céline geben, das ahnte er. Ungeschickter hätte er sich nicht verhalten können. Frauen hatten einen feinen Instinkt für die Lügen und Ausreden der Männer. Er hatte Céline betrogen, und höchstwahrscheinlich ahnte sie das bereits.

Als er fünf Minuten später aus dem Bett stieg, war die Erinnerung an die Nacht mit Jocelyn nur noch schemenhaft. Das Begehren in seinem Körper, das ihn bis in den Schlaf begleitet hatte, war abgestellt, als hätte jemand auf einen Knopf gedrückt. Ein ungutes Gefühl blieb zurück und wurde immer stärker. Er hatte Céline verraten und belogen. Verrat und Lüge arbeiteten immer dann Hand in Hand, wenn ein Mensch rücksichtslos seine Interessen durchsetzte. Und nichts anderes hatte er getan. Die erstbeste Gelegenheit hatte er ausgenutzt, um mit einer anderen Frau ins Bett zu gehen.

Schlecht gelaunt schlurfte LaBréa ins Bad und rasierte sich.

Er war heute Morgen so früh dran, dass er beschloss, zur Place des Vosges zu gehen. Er könnte in der Brûlerie frühstücken und danach Jenny und ihre Freundin Alissa zur Schule bringen. Dadurch würde er auf andere Gedanken kommen, sich das unangenehme Gespräch mit Céline aus dem Kopf schlagen. Seine schlechte Laune war immer noch nicht verflogen. Er hasste private Konflikte, und doch hatte er sie selbst verursacht.

Kurz vor acht verließ er das Haus. Kein Wölkchen war am Himmel zu sehen. Es würde ein klarer und kalter Tag werden. Die Bürgersteige waren zum Teil noch mit Schnee bedeckt.

In der Rue des Rosiers kaufte er sich beim Bäcker ein Croissant. Wenig später erreichte LaBréa die Place des Vosges. Wie stets um diese Zeit herrschte in der Brûlerie reges Treiben. Kaffeeduft lag in der Luft, an den Stehtischen nahmen die Gäste ein schnelles Frühstück zu sich.

Francine Dalzon, Alissas Mutter und Besitzerin der Brûlerie, begrüßte ihn.

»Ah, Commissaire, *Sie* habe ich ja lange nicht gesehen.« Sie deutete auf einen Mann, der am Tresen saß. »Das ist übrigens mein Mann. Er hat ein paar Tage Urlaub und konnte zu Alissas heutigem Geburtstag kommen.«

Die beiden Männer begrüßten sich. Alissas Vater war Major der Landstreitkräfte und gehörte der Friedenstruppe in Afghanistan an. Groß gewachsen, mit kurzem Bürstenhaarschnitt und einem wettergegerbten Gesicht entsprach er genau dem Bild des kernigen Berufssoldaten. Er trank einen Mokka, und LaBréa bestellte sich dasselbe. Er tauschte ein paar Belanglosigkeiten mit Major Dalzon, dann wurde die Tür zum Hinterzimmer aufgerissen, und die beiden Mädchen stürmten herein. Jenny war erstaunt, ihren Vater zu sehen. LaBréa umarmte seine Tochter und gratulierte Alissa zum Geburtstag.

Eine Viertelstunde später hatte LaBréa sein Croissant gegessen und einen zweiten Kaffee getrunken.

»Und, wie viele Leute hast du heute Nachmittag eingeladen?«, fragte er Alissa, als sie die Brûlerie verließen und unter den Arkaden des Platzes entlanggingen.

»Zehn. Die meisten aus unserer Klasse. Mit Jenny und mir sind wir zwölf.«

»Sind Pierre-Michel und Yannick auch dabei?«

»Ja klar. Aber sie sind die einzigen Jungen.«

LaBréa schmunzelte. »Hoffentlich fühlen sie sich nicht in der Minderheit unter lauter Mädchen.«

Jenny lachte.

»Sie *sind* ja in der Minderheit, Papa. Allein unter Frauen …« Sie stieß Alissa mit dem Ellbogen an, die Mädchen kicherten. »Du müsstest doch wissen, wie das ist. Du bist doch auch allein unter lauter Frauen, oder? Übrigens hat mir Céline gestern eine SMS geschickt. Sie kommt schon heute Nachmittag. Aber das weißt du sicher.«

LaBréa nickte vage.

An der Ecke Rue Charlemagne verabschiedete er die Mädchen.

»Bringst du uns nicht bis vor die Schule?«, fragte Jenny.

»Nein, heute nicht. Also, bis später, Chérie. Wir telefonieren.«

Mit raschen Schritten ging er hinunter zur Seine. Das hätte ihm gerade noch gefehlt – Jocelyn Borel vor der Schule zu begegnen. Heute war nämlich *nicht* ihr freier Tag, und auch ihr Unterricht begann um neun.

Er beschloss, sein Privatleben in den kommenden Stunden außen vor zu lassen und sich mit voller Kraft auf die Ermittlungen in den beiden Mordfällen zu konzentrieren.

»Sind Jean-Marc und Franck schon eingetroffen?«, erkundigte sich LaBréa, als er im Treppenhaus Claudine begegnete.

»Franck habe ich noch nicht gesehen, aber Jean-Marc ist gerade drüben bei Gilles. Wegen der Aufnahme des *Boléro*.«

LaBréa war erstaunt.

»Liegt denn schon ein Resultat vor? So schnell?«

»Keine Ahnung.«

»Haben Sie das Tribunal in Den Haag kontaktiert?«

»Vor einer Stunde habe ich Stéphane Blancs Daten übermittelt. Wenn wir einen Treffer landen, wissen wir das sehr schnell.«

Als Erstes rief LaBréa Ermittlungsrichter Couperin an und informierte ihn über den Stand der Dinge.

»Gute Idee, beim Haager Tribunal nachzufragen«, meinte Couperin.

»Es war Madame Millots Idee«, erklärte LaBréa.

»Wie auch immer.«

LaBréa hörte, wie Couperin sich eine Zigarette anzündete. »Ich habe noch einmal gründlich nachgedacht. Wir sind uns einig, dass die beiden Morde als Racheakte eingestuft werden müssen. Da die beiden Opfer sich kannten und höchstwahrscheinlich irgendeine gemeinsame Vergangenheit hatten, liegt die Vermutung nahe, dass das Motiv für die Morde in dieser Vergangenheit zu suchen ist.«

»Sie haben völlig recht, Monsieur le Juge. Eine Vergangenheit, die möglicherweise mit Gewalttaten zu tun hat, mit Krieg und mit …«

Der Ermittlungsrichter fiel ihm ins Wort.

»… mit Kriegsverbrechen, genauer gesagt, mit Vergewaltigung.«

»Genau das denke ich auch. Ich glaube nicht, dass wir uns da täuschen. Der Gedanke liegt einfach nahe.«

»Wenn sich herausstellt, dass dieser Stéphane Blanc tatsächlich vom Balkan stammt, dann ahnen wir auch, in welchem Land sich das abgespielt hat. In Bosnien oder Kroatien, vermute ich, also im ehemaligen Jugoslawien. Daraus schließe ich, dass Blanc und vielleicht auch Masson sich zur Zeit des Bosnienkrieges dort aufgehalten haben müssen, LaBréa.«

»Ja. Und das würde auch erklären, warum im Lebenslauf von Masson eine Lücke von acht Jahren klafft. Er war in den Wirren des Krieges untergetaucht. Aber noch fehlen die entscheidenden Glieder in der Kette. Wer ist der Mörder? Wie ist es ihm gelungen, Masson und Blanc hier in Paris ausfindig zu machen? Handelt es sich um einen direkten oder einen indirekten Racheakt? Mehr und mehr bin ich übrigens davon überzeugt, dass es sich bei dem Mörder um eine Frau handelt, möglicherweise um mehrere.«

»Und an dem Punkt führt doch die Spur unweigerlich zu dieser Psychologin, Christine Payan, und zu den militanten Sprayerfrauen.«

»Zumindest hat uns ihre Sprayeraktion auf die Idee gebracht, dass den tatsächlichen Kastrationen dasselbe Motiv zugrunde liegen könnte wie den symbolischen Kastrationen mittels einer Farbbüchse: Rache an Vergewaltigern.«

LaBréa hörte, wie Couperin den Zigarettenrauch in den Hörer blies. Dann sagte der Untersuchungsrichter: »Zunächst hatte ich gedacht, der Zusammenhang wäre zu weit hergeholt, LaBréa. Wir müssen herausfinden, ob eine dieser Sprayerfrauen in irgendeiner Verbindung zu diesem Krieg in Jugoslawien steht.«

»Eine unmittelbare sicher nicht, Monsieur le Juge. Der Krieg liegt mehr als ein Jahrzehnt zurück. Die Sprayerfrauen sind Anfang zwanzig. Und keine von ihnen stammt, soweit ich weiß, vom Balkan.«

»Aber vielleicht ist Madame Payan die Schlüsselfigur? Was wissen Sie über sie?«

»Nur das, was ich Ihnen bereits sagte. Ich kenne nicht einmal ihren Mädchennamen, aber das finden wir schnell heraus.«

»Gut. Und sehen Sie zu, dass Sie auch herausfinden, ob sie sich Anfang der Neunzigerjahre auf dem Balkan aufgehalten hat.«

Gleich nach Couperin rief LaBréa noch einmal Véronique Andrieu an und bat um ihre Hilfe. Sie versprach, noch im Lauf des Vormittags zurückzurufen.

Es war zehn Uhr. LaBréa ging hinüber ins Büro seiner Mitarbeiter. Dort saß Franck auf der Kante seines Schreibtisches und telefonierte. LaBréa schnappte gerade noch die letzten Worte auf.

»... ach so. Ja gut, also heute nicht. Verstehe. Trotzdem, schade! Ich fand, es war ein schöner Abend gestern. Kann ich Sie wieder anrufen? Ja, Ihnen auch einen schönen Tag.«

Franck legte den Hörer auf und seufzte leise. Erst dann bemerkte er, dass sein Vorgesetzter im Zimmer stand.

»Hallo, Chef, guten Morgen.« Er wirkte verlegen, was so gar nicht zu ihm passte. Meistens spielte er den coolen Draufgänger. Gab es persönliche Probleme in seinem Leben, brach diese Fassade jedoch zusammen, er ließ sich äußerlich gehen und driftete ab. Das hatten alle in der Abteilung in den letzten Wochen beobachten können.

»Morgen, Franck.« LaBréa musterte seinen Mitarbeiter, der sich übers sorgfältig rasierte Kinn strich und auch heute wieder nach seinem aufdringlichen Aftershave roch. Er trug schwarze Jeans und ein blaues Feincordhemd, das teuer aussah. »Haben Sie einen netten Abend mit Dr. Clément verbracht?«, fragte er ihn.

Franck errötete leicht.

»Ja, danke der Nachfrage. Wir waren im *Train bleu*, in der Gare de Lyon.«

LaBréa kannte das Restaurant, das sich einer gewissen Reputation erfreute. Man speiste dort vorzüglich, und das Ambiente schuf eine angenehme und intime Atmosphäre. Und darauf hatte Franck es wohl auch abgesehen gehabt.

Dieser stand auf und schaltete seinen Computer an. Offensichtlich verspürte er kein Bedürfnis, das Thema »Abendessen mit Dr. Clément« weiter zu vertiefen. Woraus LaBréa schloss, dass der Abend wohl doch nicht ganz so verlaufen war, wie Franck es sich erträumt hatte.

»Sobald Jean-Marc und Claudine da sind, steigt die Talkrunde. Kommen Sie dann gleich alle in mein Büro.«

Bei der Suche nach dem Ursprung der Aufnahme des *Boléro* hatte ihnen das Glück in die Hände gespielt.

»Ich hatte schon gedacht, es würde Tage, wenn nicht Wochen dauern, etwas Konkretes herauszubekommen«, sagte Jean-Marc. Auch heute trug er wieder schrille Kleidung. Besonders der gelb-schwarz gestreifte Pullover war nicht zu übersehen. »Aber Gilles hat gestern gleich die großen Musiklabels kontaktiert, die für Klassik infrage kommen: Sony, Emi, Decca, Deutsche Grammophon und so weiter. Es ist kaum zu glauben, aber die Aufnahme ist 1997 bei Sony Classical erschienen. Sony France hat seinen Sitz hier in Paris. Gilles hatte mehrere Kopien des Musikausschnitts anfertigen lassen, und eine wurde gleich zur Pariser Zentrale gebracht. Fragen Sie mich nicht, wie die das so schnell geschafft haben, die Identität der Aufnahme zweifelsfrei festzustellen. Jedenfalls handelt es sich um eine CD mit den New Yorker Philharmonikern unter der Leitung von Leonard Bernstein. Der Mörder hat sein Tape von dieser CD kopiert.«

»Und?«, fragte Franck skeptisch. »Bringt uns das jetzt wirklich weiter? Diese CD kann doch vermutlich jeder im Land kaufen.«

»Ob uns das weiterbringt, müssen wir sehen«, meinte LaBréa. »Haben Sie sich gestern in der Kneipe am Montmartre umgehört, Jean-Marc?«

»Ja, aber nichts Wesentliches erfahren, sonst hätte ich mich bei Ihnen gemeldet. Masson und Blanc kamen gegen Mitternacht in das Lokal und bestellten sich gleich Hochprozentiges, Wodka. Den haben sie wahrscheinlich den ganzen Abend über in sich reingeschüttet. Sie seien ziemlich betrunken gewesen, meinte der Wirt. Sonst ist ihm nichts aufgefallen.«

»Kannte der Wirt die beiden?«

»Er sagte, nein. Aber ich bin mir nicht sicher, ob er gelogen hat. Ein undurchsichtiger Typ. Die ganze Kneipe ist undurchsichtig. Ich habe im Drogendezernat nachgefragt: Die letzte Razzia liegt zwei Wochen zurück. Nichts. Wenn da Drogengeschäfte laufen, dann so, dass man den Leuten nicht auf die Schliche kommt.«

»Vielleicht haben sie einen Informanten im Drogendezernat«, sagte Franc sarkastisch. »Bei den schmalen Gehältern der Polizei würde mich das nicht wundern. Kleiner Tipp und schnelles Geld.«

Claudine stand auf. Sie wirkte nervös und hatte noch kein Wort gesagt.

»Ich sehe mal nach, ob Den Haag sich schon gemeldet hat«, bemerkte sie. »Sonst rufe ich da noch mal an.« Sie verließ das Büro.

In dem Moment rief Valdez an und teilte LaBréa mit, dass ein Fax aus Den Haag angekommen sei.

»Claudine ist schon auf dem Weg«, erwiderte LaBréa.

Eine Viertelstunde später kam Claudine zurück. »Ein ellenlanges Fax aus Den Haag und ein Volltreffer«, sagte sie atemlos. »Ich hab's gerade durchgelesen. Wir haben endlich Stephane Blancs Identität! Der Mann wird seit acht Jahren vom Internationalen Kriegsverbrechertribunal gesucht. Eine Suchanfrage ist schon vor Jahren auch bei unseren Behörden eingegangen – unter dem richtigen Namen des Mannes: Stefan Vlankovic.« Claudine warf einen Blick auf das mehrseitige Fax und fuhr fort. »Stefan Vlankovic, ein bosnischer Serbe, wurde am 17. Oktober 1965 in Foča geboren. Das ist eine Stadt im Südosten Bosniens, die bei Ausbruch des Krieges etwa vierzigtausend Einwohner zählte, davon einundfünfzig Prozent Muslime. Nach der Schulzeit absolvierte Vlankovic seinen Militärdienst. Mit einundzwanzig Jahren meldete er sich zur Miliz und kam zurück in seine Heimatstadt. Als serbisches Militär und paramilitärische Kräfte mit den ethnischen Vertreibungen begannen, war er an vorderster Front dabei. Im April 1992 wurde Foča eingenommen und unter serbische Herrschaft gestellt.

Während die männlichen muslimischen Einwohner in andere Lager verschleppt oder gleich ermordet wurden, richteten die serbischen Besatzungstruppen überall in der Stadt Vergewaltigungslager ein. In der Sporthalle, im örtlichen Gymnasium, in Buk Bijela am Ufer der Drina, dem Hauptquartier der serbischen Soldaten und Paramilitärs. Frauen und Mädchen wurden hier oft über Wochen und Monate systematisch vergewaltigt. Die Vergewaltigungen fanden nicht nur in den provisorisch eingerichteten Lagern der Stadt statt. Nacht für Nacht verschleppten Gruppen von Soldaten die Frauen auch in leer stehende Häuser und

Wohnungen. Viele der Opfer haben diese Folterungen nicht überlebt.

Im Oktober 1999 wurde gegen einige der serbischen Milizenführer beim Kriegsverbrechertribunal Anklage erhoben, darunter auch Stefan Vlankovic. Viele der misshandelten Frauen kannten ihn; er stammte ja aus Foča. In späteren Zeugenaussagen wurde er als einer der Haupttäter identifiziert. Er hat die Vergewaltigungen nicht nur gebilligt, sondern war selbst auch Nacht für Nacht daran beteiligt. Zusammen mit einem anderen Mann, den keine der Frauen kannte, zeigte er sich als besonders brutal und grausam. Dieser zweite Mann wird als sehr groß beschrieben, ein Hüne mit weißblonden Haaren.«

Claudine ließ ihre letzten Worte nachwirken und blickte ihre Kollegen bedeutungsvoll an.

»Pascal Masson«, sagte LaBréa tonlos. »Jetzt wissen wir endlich, in welchem Umfeld wir den Mörder dieser beiden Männer suchen müssen.«

»Ja«, pflichtete Jean-Marc bei. »Unter den Frauen, die damals in diesem Lager gequält und gefoltert wurden.«

»Richtig.« LaBréa dachte einen Moment nach. »Allerdings besteht auch die Möglichkeit, dass keine der damals betroffenen Frauen selbst diese späte Rache verübt hat, sondern möglicherweise ein Bruder, Ehemann oder Vater. In jedem Fall ist es dem Täter gelungen, nach so langer Zeit Masson und Vlankovic hier in Frankreich aufzuspüren. Ich kann mir nicht vorstellen, dass dies ohne fremde Hilfe möglich gewesen sein soll.«

»Steht in dem Fax, ob dieser unbekannte Blonde ebenfalls Uniform getragen hat? Gehörte er zur Miliz?«, fragte Franck.

Claudine verneinte. »Davon schreiben sie nichts. Wir wissen, dass Masson und Vlankovic sich bereits 1991 kannten und zusammen das Camerone in Kuwait-Stadt feierten. Vielleicht ist Masson danach mit Vlankovic nach Bosnien gegangen. Die Tatsache, dass Masson Seite an Seite mit einem Milizangehörigen Kriegsverbrechen begehen konnte, zeigt, dass er das volle Vertrauen der serbischen Soldaten und Milizionäre genossen hat.«

»Claudine hat recht«, meinte LaBréa. »Ich vermute, dass Masson nach Ende des Bosnienkrieges irgendwo in den serbischen Gebieten untergetaucht ist, genau wie Stefan Vlankovic. Später kam er dann nach Frankreich zurück und kaufte seine Reparaturwerkstatt. Als Vlankovic ebenfalls in Frankreich untertauchen wollte, half ihm Masson vermutlich mit den falschen Papieren und griff ihm auch finanziell unter die Arme. Vielleicht werden wir nie genau wissen, wie alles abgelaufen ist.« Er blickte auf die Uhr. Es war kurz nach elf. »Franck und Jean-Marc, setzen Sie sich mit dem Kriegsverbrechertribunal in Verbindung. Und recherchieren Sie im Internet, bei Amnesty und anderen Menschenrechtsorganisationen. Dort sind die Kriegsverbrechen im ehemaligen Jugoslawien doch bestimmt dokumentiert. Versuchen Sie, möglichst viele Einzelheiten über diese Vergewaltigungslager in Foča herauszufinden. Die Namen der Frauen, die dort festgehalten wurden. Was wurde aus diesen Frauen? Wo leben sie heute? Und recherchieren Sie, ob Stefan Vlankovic noch Angehörige in Foča hat.« Er stand auf und holte seine Jacke. »Claudine und ich, wir fahren jetzt zu dieser Psychologin in die Rue Jean Anouilh. Ich habe das Gefühl, dass Christine Payan gar nicht weggefahren ist, wie sie mir gestern weismachen wollte. Vielmehr glaube ich, dass sie bewusst den Kontakt zu uns meidet. Irgendetwas weiß sie, davon bin ich überzeugt.«

17. KAPITEL

Zäh rollte der Verkehr durch die Stadt. Der Himmel schickte ein beinahe südliches Licht in die Metropole, das so gar nicht zu Schnee und Tiefsttemperaturen passen wollte.

Sie fuhren über den Quai Henri IV, als LaBréas Handy klingelte. Es war Véronique Andrieu. Schweigend hörte LaBréa zu, was sie ihm zu erzählen hatte. Als das Gespräch kurz darauf beendet war, informierte er Claudine.

»Es scheint alles ineinanderzugreifen«, sagte er dann. »Jetzt hoffe ich nur, dass ich mich nicht täusche und wir Christine Payan tatsächlich in ihrer Wohnung antreffen.«

Sie parkten den Wagen auf dem Parkplatz der Bibliothèque Nationale und gingen zum Haus der Psychologin.

Zwei Stufen auf einmal nehmend, stiegen sie die Treppe hoch. Nachdem LaBréa an der Wohnungstür geklingelt hatte, hörte man sogleich Schritte. Es waren nicht die Schritte einer Frau.

Die Tür wurde geöffnet, und Christine Payans Sohn steckte seinen Kopf heraus.

»Ja?«

»Ist Ihre Mutter zu Hause?«, fragte LaBréa.

»Äh, ja, wieso?«, erwiderte der junge Mann und sah LaBréa abschätzend an. »Sie waren doch schon gestern hier.«

LaBréa schob die Tür auf.

»Sagen Sie ihr bitte, wir würden sie gern sprechen.«

Matthieu Payan nickte mürrisch und schlenderte Richtung Küche.

»Mama, Besuch für dich!«, rief er und öffnete kurz die Küchentür. »Die beiden Bullen, die gestern schon hier waren«, fügte er mit gedämpfter Stimme hinzu.

LaBréa und Claudine waren an der Eingangstür stehen geblieben. Als Christine Payan in den Flur kam und einen Moment verunsichert wirkte, sagte LaBréa nicht ohne Ironie: »Schon wieder aus Orléans zurück, Madame? Da scheint es Ihrer Mutter ja schlagartig besser zu gehen!«

Die Psychologin überhörte die Bemerkung und konterte mit einer Gegenfrage. »Gehört es jetzt zu Ihrer täglichen Routine, mir einen Besuch abzustatten?«, meinte sie ein wenig von oben herab. Mit einer knappen Geste bat sie die beiden in ihr Arbeitszimmer. Sie schloss die Tür. »Also, worum geht es, Commissaire?«

LaBréa öffnete den Reißverschluss seiner Jacke und nahm auf einem der Sessel Platz. Claudine tat es ihm gleich, während Christine Payan mit verschränkten Armen in der Nähe der Tür stehen blieb.

»Wir würden gern wissen, in welchem osteuropäischen Land Sie sich Anfang der Neunzigerjahre aufgehalten haben. Genauer gesagt: zwischen Winter 1992 und Sommer 1993.«

Mit langsamen Schritten ging die Psychologin zu ihrem Schreibtisch und lehnte sich an die Kante. »Wieso interessiert Sie das eigentlich?«

LaBréa beschloss, sich nicht auf irgendwelche Spielchen einzulassen. Christine Payan wollte Zeit gewinnen, das war offensichtlich. Er hatte jedoch keine Zeit zu verlieren.

»Gut, Sie wollen es uns nicht sagen, Madame. Dann sage ich es Ihnen: Sie hielten sich zu diesem Zeitpunkt in Bosnien auf. Und zwar in einem Therapiezentrum für traumatisierte Frauen und Mädchen in Zagreb. Sie gingen als Traumaexpertin unter der Schirmherrschaft einer Menschenrechtsorganisation dort hin.«

Christine Payan löste sich von der Schreibtischkante, ging ein paar Schritte und nahm hinter ihrem Schreibtisch Platz.

»Ja und?«, erwiderte sie. »Ich wüsste nicht, was daran falsch oder suspekt sein sollte, Commissaire.«

»Ist es auch nicht.« LaBréa blickte die Psychologin durchdringend an. »Interessant ist für uns allerdings, dass in diesem Therapiezentrum auch einige Frauen und Mädchen behandelt wurden, die von serbischen Soldaten in der Stadt Foča festgehalten und vergewaltigt worden sind. Und wissen Sie, wer maßgeblich an diesen Kriegsverbrechen in Foča beteiligt war? Die beiden Männer, die gestern beziehungsweise vorgestern hier in Paris kastriert aufgefunden wurden.«

Die Psychologin sagte nichts. Sie drückte ihre Fingerkuppen aneinander und senkte den Blick.

»Das sind alles merkwürdige Zufälle, finden Sie nicht?«, sagte Claudine. »Die Spur der Sprayerfrauen, die in letzter Zeit einige Vergewaltiger *symbolisch* kastriert haben, führt zu Ihnen. Die beiden Männer, die *tatsächlich* kastriert wurden, haben massenhaft Vergewaltigungen in Foča begangen. Und Frauen und Mädchen aus Foča waren später bei Ihnen in posttraumatischer Behandlung.«

»Was wollen Sie damit sagen?« Erregt beugte sich die Psychologin vor. »Dass ich etwas mit diesen Morden zu tun habe? Nur weil ich mit schwer traumatisierten Frauen gearbeitet habe, die zufällig aus derselben Stadt kamen, in der Ihre Mörder ihr Unwesen trieben?«

»Nein«, erwiderte LaBréa. »Niemand beschuldigt Sie persönlich. Aber wir vermuten, dass diese Mädchen und Frauen die Namen ihrer Peiniger genannt haben. Haben Sie damals von einem Stefan Vlankovic gehört? Oder von einem großen Mann mit sehr hellblonden Haaren?«

»Ich habe viele Namen gehört«, erklärte die Psychologin erregt. »Zu viele. In Bosnien sind damals etwa dreißigtausend bosnische und kroatische Frauen vergewaltigt worden. Viele waren infolge der Gewalttaten schwanger. Wir, die Ärztinnen und Psychologinnen der Hilfsorganisation, hatten alle Hände voll zu tun, diesen Frauen medizinische und therapeutische Hilfe zukommen zu lassen. Und da fragen Sie mich, ob ich irgendwelche Namen behalten habe? Ich habe nur behalten, unter welchen Umständen die Frauen misshandelt wurden und welche Folgen das gehabt hat.«

Mit einer abrupten Bewegung schob sie ihren Stuhl zurück. Sie schien äußerst erregt, was nicht zu dem Bild der souveränen und unterkühlt wirkenden Frau passte, das sie bisher vermittelt hatte. LaBréa fragte sich, wieso sie auf einmal so emotional reagierte.

»Ich zeige Ihnen mal etwas«, fuhr Christine Payan fort. »Damit Sie sich ein Bild davon machen können, was damals geschehen ist. Denn trotz diverser Prozesse vor dem Kriegsverbrechertribunal in Den Haag macht sich anscheinend niemand eine Vorstellung davon, welche Konsequenzen diese Verbrechen für die Betroffenen hatten und noch immer haben.« Sie ging zu einem der Metallcontainer, die an der Wand standen, und holte eine Videokassette heraus.

»Was ist das?«, wollte Claudine wissen.

»Sehen Sie es sich einfach an«, erwiderte die Psychologin. Sie stellte den Fernsehapparat ein und legte das Video in den Rekorder. »Das ist der Mitschnitt einer Veranstaltung, die 1994 in Paris stattfand und bei der die Öffentlichkeit hier bei uns zum ersten Mal umfassend über die Vergewaltigungen in Bosnien informiert wurde.« Sie drückte auf den Abspielknopf.

Die Aufnahmen waren von einer Handkamera gemacht worden, die zunächst unruhig hin- und herschwenkte, bis sie ruhigere Bilder lieferte. Man sah eine Art Hörsaal mit vielen Menschen. An der Stirnseite gab es ein Podium, auf dem einige Frauen an einem länglichen Tisch saßen, den Zuschauern zugewandt. Rechts auf dem Podium eine Leinwand als Projektionsfläche. Dort stand Christine Payan. Sie war wesentlich jünger und trug eine andere Frisur, doch LaBréa erkannte sie sofort. Jetzt erlosch das Licht im Saal, und ein Foto wurde auf die Leinwand projiziert. Die Kamera zoomte heran.

Das Foto zeigte ein Mädchen, dessen Haar zu einem dicken Pferdeschwanz zusammengebunden war. Mit ihren großen weißen Zähnen lachte die Kleine in die Kamera. Während das Bild noch näher herangezoomt wurde, hörte man Christine Payans Stimme.

»Auf diesem Foto war Amila zehn Jahre alt. Zwei Jahre später, im Alter von zwölf Jahren, wurde sie vergewaltigt.«

Jetzt wurde ein Videofilm auf der Leinwand abgespielt. Amila drehte der Kamera den Rücken zu, doch man erkannte sie an ihrem Pferdeschwanz. Regungslos saß sie da. Zu beiden Seiten ihres mageren Körpers, der in einem Krankenhauskittel steckte, hingen die Arme sperrig herab, als gehörten sie nicht zu ihr. Immer noch war Christine Payans Stimme zu hören:

»Sie kamen zu dritt ins Haus ihrer Eltern, in einem Dorf bei Bihać. Den Vater und den neunzehn-

jährigen Bruder führten die Soldaten ab. Kurz darauf wurden sie, zusammen mit anderen Männern, auf dem Dorfplatz erschossen.«

Schnitt. Die Kamera zeigte das Mädchen von vorn. Jetzt trug sie ein Kleid. Ihr Gesicht wirkte leer und ausdruckslos, und doch hatte sich die Angst darauf eingeprägt wie ein unsichtbares Feuermal. Sie blickte starr und völlig verstört an der Kamera vorbei.

»Die drei Soldaten zerrten Amila in die Wohnstube«, fuhr die Psychologin fort. *»Als die Mutter sich dagegen zur Wehr setzte, wurde sie geschlagen, in den Unterleib getreten und in die Küche geschleift. Einer der Soldaten ging als Wachposten mit.*

Aus der Wohnstube hörte die Mutter die Schreie ihrer Tochter. Dann herrschte Totenstille. Plötzlich ging die Tür auf, und einer der Soldaten zerrte die Mutter an den Haaren in die Wohnstube. Dort lag Amila blutüberströmt auf dem Boden. Der Soldat, der die Mutter bewacht hatte, kam ebenfalls in den Raum, und alle drei vergewaltigten nun Amilas Mutter. Danach wollte der Soldat, der die Mutter bewacht hatte, noch über das Mädchen herfallen. Als er sah, dass sie bewusstlos war, ließ er fluchend von ihr ab. Bevor die drei Männer gingen, verwüsteten sie sämtliche Räume und plünderten das Haus.

Am Nachmittag desselben Tages wurden Amila und ihre Mutter ein weiteres Mal vergewaltigt. Diesmal war es ein einzelner Soldat.

Am nächsten Tag konnte der Frontabschnitt von muslimischen Truppen zurückerobert werden. Amila und ihre Mutter kamen ein Dreivierteljahr später zu uns nach Zagreb.«

Erneut wurde das Foto von Amila eingeblendet, auf dem sie unbeschwert lachte. Dann ging das Licht im Saal an, und das Foto verschwand.

Die Kamera schwenkte zu Christine Payan und zeigte sie in Großaufnahme.

»Als Folge der traumatischen Ereignisse hat Amila die Sprache verloren und ist in eine totale Katatonie verfallen. Das heißt, sie reagiert auf keinerlei Kontaktaufnahme von außen. Ob die schweren seelischen und körperlichen Schäden, die das Mädchen davongetragen hat, jemals reparabel sind, muss bezweifelt werden. Ihre Mutter war durch die Vergewaltigungen schwanger geworden, doch sie konnte rechtzeitig abtreiben.

Von den drei Tätern der Gruppenvergewaltigung kannte Amila zwei. Es waren die beiden Söhne des serbischen Dorfältesten, achtzehn und zwanzig Jahre alt. Nachbarn von Amilas Eltern. Der andere Täter war offenbar der Vorgesetzte der beiden. Alle drei trugen die Uniform der Miliz. Der vierte Vergewaltiger, der am Nachmittag kam, trug die Uniform der jugoslawischen Armee.«

Christine Payan, die, während das Video abgespielt wurde, seitlich vom Fernseher gestanden hatte, drückte jetzt auf Stopp.

LaBréa atmete tief durch. Das, was er soeben gesehen hatte, ließ ihn nicht unberührt. Ein Mädchen, das so alt war wie Jenny, war auf brutalste Weise misshandelt worden. Hatte man die Täter von damals gefasst? Waren sie ihrer gerechten Strafe zugeführt worden? Er beschloss, die Psychologin nicht danach zu fragen, stattdessen wollte er wissen: »Warum zeigen Sie uns das, Madame? Um uns abzulenken?«

»Abzulenken?« Christine Payan lachte kurz auf. »Wovon denn? Ich sagte Ihnen doch bereits, ich habe nichts mit diesen Mordfällen zu tun.«

»Aber vielleicht haben Sie eine Ahnung, *wer* damit zu tun haben könnte«, schaltete Claudine sich ein.

»Selbst wenn ich es wüsste, würde ich es Ihnen nicht sagen.«

»Diesen Satz habe ich schon einmal aus Ihrem Mund gehört«, merkte LaBréa an. »Als es um die Sprayerfrauen ging.«

Die Psychologin warf LaBréa einen unergründlichen Blick zu und sagte: »Da wir schon dabei sind – sehen Sie sich ruhig noch die nächste Sequenz auf dem Video an. Sie dauert nicht lange.« Sie drückte den Startknopf.

Claudine wollte einschreiten, doch LaBréa gab ihr ein kurzes Handzeichen. Es interessierte ihn, was sie als Nächstes zu sehen bekamen. Denn das gab möglicherweise Aufschluss darüber, *warum* die Frau ihnen diese Bilder vorführte.

Ein kleiner Raum ist zu sehen. Vielleicht ein Verhörzimmer. Nackte Wände, in der Mitte ein Tisch. Ein junger Mann sitzt auf einem Stuhl. Er hat ein hübsches Gesicht, beinahe verträumte Augen und mag Anfang zwanzig sein. Ein Untertitel wird eingeblendet: »*Verhör von Dragan Ilicz, Zagreb, 14. Dezember 1993.*« Ein unsichtbarer Ermittler hinter der Kamera stellt die Fragen. Schon beim ersten Satz wird klar, dass das Gespräch in der Sprache des jungen Mannes geführt wird, vermutlich Serbisch. Die französische Übersetzung erfolgt mittels zweier männlicher Voiceover-Stimmen. So entsteht ein übersetzter Dialog, während der Originalton heruntergefahren wird. Der Soldat beginnt.

SOLDAT:
Mein Name ist Dragan Ilicz. Ich stamme aus Prijedor. Im Sommer 1992 schloss ich mich den bosnoserbischen Milizen an. Ich war an verschiedenen Frontabschnitten im Einsatz.

ERMITTLER:
Sie haben während Ihrer Vernehmungen durch die kroatischen Sicherheitskräfte angegeben, Ihnen seien Vergewaltigungen befohlen worden. Von wem?

SOLDAT:
Von den Offizieren. Ich selbst wollte gar nicht, musste aber den Befehl ausführen.

Ermittler:
Und Ihre Kameraden? Haben die gewollt?

Soldat:
Ja, die meisten schon.
(Er wird nervös und streicht sich fahrig die Haare aus der Stirn.)
Sie haben Spaß dran gehabt. Im Krieg muss man auch seinen Spaß haben, sagten uns die Offiziere.

Ermittler:
Die Frauen haben sich doch sicher gewehrt.
(Der Soldat schweigt.)
Was haben Sie gemacht, wenn sie sich wehrten?

Soldat:
Wir haben sie geschlagen.

Ermittler:
Damit sie gefügig wurden?

Soldat:
Sie wehrten sich dann nicht mehr. Die Offiziere standen dabei und haben uns gezwungen. Die meisten haben selbst auch geschlagen.

Ermittler:
Haben auch die Offiziere die Frauen vergewaltigt?

Soldat:
Ja. Sie kamen immer zuerst dran.

Ermittler:
Kennen Sie die Namen der Offiziere?
(Der Soldat zögert, dann sagt er:)

Soldat:
Slobodan Mirko ... Janko Vuskovic ...
(Er schweigt erneut.)

Ermittler:
Und die Frauen und Mädchen? Kannten Sie die?

Soldat:
Nur die aus unserem Dorf. Später, in den anderen Dörfern, kannte ich sie nicht.

Ermittler:
Sie haben also Frauen vergewaltigt, die Sie kannten? Schulfreundinnen, Nachbarinnen?
(Der Soldat schweigt. Die Kamera zeigt jetzt seine Hände, die unruhig auf der Tischplatte hin und her rutschen.)
Haben alle Kameraden aus Ihrer Einheit Frauen vergewaltigt?

Soldat:
Ja. Aber sie hatten mehr Spaß daran als ich. Ich wollte das eigentlich nicht.

Ermittler:
Wie viele Frauen haben Sie, Dragan Ilicz, vergewaltigt?

Soldat:
Das weiß ich nicht mehr.

Ermittler:
In wie viele Dörfer und Frontabschnitte sind Sie mit Ihrer Einheit einmarschiert, bevor Sie in Gefangenschaft gerieten?

Soldat:
Ich war in zehn, zwölf verschiedenen Kampfgebieten.

Ermittler:
Gebiete mit überwiegend muslimischer Bevölkerung?

Soldat:
Ja. Die Leute sollten weg von dort.

Ermittler:
Haben Sie da jedes Mal vergewaltigt?

Soldat (nach kurzem Zögern):
Ja, ich glaube schon.

Ermittler:
Eine oder mehrere Frauen?

SOLDAT:
Meistens mehrere.

ERMITTLER:
Wie viele waren es insgesamt?

SOLDAT:
Das weiß ich nicht mehr.

ERMITTLER:
Haben Sie auch Frauen getötet? Nach den Vergewaltigungen?

SOLDAT (trinkt einen Schluck Wasser aus einem Glas, das vor ihm auf dem Tisch steht):
Ich erinnere mich nicht.

ERMITTLER:
Waren Sie dabei, als Frauen getötet wurden?

SOLDAT:
Einige Male. Aber ich habe selbst nicht mitgemacht.

Christine Payan stellte den Rekorder aus.

»So haben sie sich alle herausgeredet. *Befehl von oben, ich wollte eigentlich gar nicht, im Grunde bin ich unschuldig ...* Die meisten dieser Kerle laufen heute noch frei herum. Sie wurden nie angeklagt. Sie kehrten zurück in ihre Dörfer, die ja nach dem Krieg zum großen Teil ethnisch ›gesäubert‹ waren. Eine muslimische Bevölkerung gab es dort kaum noch. Und als die Rücksiedelungsaktionen begannen, was glauben Sie, geschah da? Von den Vertriebenen wollte kaum jemand zurück. Insbesondere die Frauen hatten Angst. Ihre Vergewaltiger lebten weiter dort, und sie fürchteten erneute Übergriffe. Natürlich gab es auch Übergriffe von der anderen Seite. Das kroatische Militär, das die von den Serben besetzten Gebiete zurückeroberte, hat dann serbische Frauen vergewaltigt. All diese Frauen wurden im Stich gelassen. Von ihrer Regierung, der Polizei, der Justiz, der gesamten westlichen Welt. Die Bemühungen des Haager Tribunals, die Täter vor Gericht zu stellen, sind zwar hoch einzuschätzen. Doch es wurden viel zu wenige Täter gefasst. Die Verbrechen blieben in den allermeisten Fällen ungesühnt.«

Christine Payan nahm jetzt ebenfalls auf einem der Sessel Platz. Sie wirkte ein wenig erschöpft. LaBréa sah, dass dieses Thema sie auch nach so vielen Jahren nicht unberührt ließ.

Er nickte und griff die letzten Worte der Psychologin auf.

»Und weil die Täter ungestraft blieben, wurden viele Jahre später, hier in Paris, zwei von ihnen brutal ermordet. Ein Akt der Selbstjustiz, Madame Payan. Begangen von jemandem, der damals in Bosnien mittelbar oder unmittelbar betroffen war.«

Die Psychologin blickte LaBréa regungslos an.

»Es ist Ihre Aufgabe, das herauszufinden, Monsieur«, sagte sie. »Ich kann Ihnen dazu nur Folgendes sagen: Wenn es so sein sollte, könnte ich es absolut verstehen.«

»Tatsächlich? Das erstaunt mich. Denn der Mörder oder die Mörderin hätte doch Gelegenheit gehabt, die beiden Schuldigen der Gerichtsbarkeit zuzuführen. Wir sind hier in Frankreich, nicht irgendwo auf dem Balkan im Untergrund. Wer sich die Mühe gemacht hat, die Spur der beiden bis hierher zu verfolgen, hätte die Polizei einschalten können.«

Christine Payan lachte und schüttelte ungläubig den Kopf. »Glauben Sie, dass irgendjemand, der die Hölle eines Vergewaltigungslagers erlebt hat, noch auf Polizei und Justiz vertraut? Die haben doch damals in Bosnien als Erste versagt! Die örtliche serbische Polizei hat die Frauen und Männer nicht beschützt, die gequält und vertrieben wurden, sondern sich aktiv an allem beteiligt.«

Claudine räusperte sich. Sie war blass geworden. Die beiden Videovorführungen hatten auch bei ihr Spuren hinterlassen. Sie ging nicht auf Christine Payans Ausführungen ein, sondern sagte leise: »Eine Frage, Madame Payan: Wo waren Sie eigentlich in der Nacht von Montag auf Dienstag und in der von Dienstag auf Mittwoch dieser Woche?«

Die Frage kam zur rechten Zeit. LaBréa hätte sie selbst als Nächstes gestellt, schon allein, um das Gespräch wieder auf das Wesentliche zu lenken.

Die Psychologin antwortete sofort.

»Soll das heißen, Sie verdächtigen mich, diese beiden Männer ...«, sie beendete ihren Satz nicht, sprang auf und ging zum Fenster. Sie drehte den beiden Beamten den Rücken zu. »Aus welchem Grund sollte ich die beiden umbringen? Ich bin doch keine der Betroffenen, die dieses Martyrium damals ertragen mussten.«

»Aber Sie kennen jemanden, der betroffen ist«, sagte LaBréa ruhig und bestimmt. »Jemand, der sich hier in Paris aufhält. Sie kennen den Mörder beziehungsweise die Mörderin, Madame Payan. Und jetzt beantworten Sie bitte die Frage meiner Kollegin: Wo waren Sie in den beiden fraglichen Nächten?«

Abrupt drehte sich die Psychologin um und ihre Stimme wurde lauter.

»Nachdem ich Montagabend bis einundzwanzig Uhr eine Patientin hatte und Dienstagabend, wie Sie wissen, mein Seminar in der Uni halte, habe ich anschließend an beiden Abenden meine Wohnung nicht mehr verlassen.« Es klang erbost. »Dafür gibt es zwei Zeugen, Commissaire. Meinen Sohn und Marielou Delors, die Studentin, die im Moment bei mir wohnt.«

LaBréa erhob sich.

»Wir werden das nachprüfen. Ist Mademoiselle Delors im Moment hier in der Wohnung?«

»Ja, ich glaube schon. Sie verlässt die Wohnung nur selten, weil sie Angst vor Menschen hat und schon gar nicht die Uni betreten kann.«

Zehn Minuten später verließen LaBréa und Claudine die Wohnung der Psychologin. Matthieu Payan hatte die Aussage seiner Mutter bestätigt, ebenso Marielou Delors. Allerdings hatte die Studentin sehr unsicher gewirkt, als sie nach Christine Payans Alibi gefragt wurde.

Sie gingen zum Parkplatz.

»Madame Payan wird ab sofort beschattet«, erklärte LaBréa. »Diese Frau weiß etwas. Ich will über jeden ihrer Schritte informiert sein. Sie fangen gleich mit der Überwachung an, Claudine. Heften Sie sich an ihre Fersen, wenn sie das Haus verlässt. Ich nehme ein Taxi zurück ins Büro und sage Franck Bescheid. Er soll Ihre Ablösung organisieren.«

»Was ist mit der Überwachung ihres Telefons?«

»Ich rede gleich mit Couperin. Einfach wird das nicht. Sie kennen Couperins Einstellung in dieser Frage. Er will handfeste Beweise, und die haben wir nicht. Aber vielleicht schaffe ich es, ihn zu überzeugen.«

18. KAPITEL

Während der Taxifahrt zum Quai des Orfèvres führte LaBréa diverse Telefonate. Das erste mit seiner Tochter Jenny, die beim Essen in der Schulkantine saß.

Wie meistens beklagte sie sich über den »Fraß«, wie sie die Verpflegung in der Schule bezeichnete. LaBréa ging nur flüchtig darauf ein. Er wünschte ihr noch einen schönen Nachmittag und vor allem viel Glück bei der Mathematikarbeit, die gleich nach der Mittagspause geschrieben werden würde.

Anschließend rief LaBréa den Ermittlungsrichter an. Der war gerade zum Essen in sein Stammlokal unterwegs. Seine Sekretärin meinte, gegen halb drei sei er zurück.

Unmittelbar danach meldete sich Jocelyn. Er sah ihre Nummer auf dem Display und überlegte einen Moment, ob er das Gespräch annehmen sollte. Er entschied sich, es zu tun.

»Hallo, Maurice«, flötete sie mit sanfter Stimme. »Ich hoffe, ich störe dich nicht?«

»Na ja, wie man's nimmt«, antwortete er. »Ich stecke bis zum Hals in Arbeit.«

»Gerade habe ich deine entzückende Tochter gesehen. Sie ging zum Mittagessen. Sie ist dir wirklich wie aus dem Gesicht geschnitten.«

»Hör zu, Jocelyn, jetzt ist wirklich kein guter Zeitpunkt. Ich rufe dich in den nächsten Tagen an.«

»Ich wollte nur wissen, wie dir der Abend bekommen ist.«

Was sollte er darauf antworten? Dass er das Zusammensein mit Jocelyn zwar sehr genossen hatte, dadurch aber auch in Schwierigkeiten geraten war? Dass er bereute, sich darauf eingelassen zu haben? Bereute er es wirklich? In jedem Fall war es das Beste, die Affäre mit Jocelyn zu beenden. Hier und jetzt, damit die Dinge zwischen ihnen klar waren … Doch stattdessen sagte er: »Er ist mir gut bekommen, Jocelyn. Aber, wie gesagt, ich muss jetzt Schluss machen. Ich lass von mir hören.«

Er beendete das Gespräch. Er wusste, er hatte sich um eine klare Antwort gedrückt und sich eine kleine Hintertür offen gelassen. Egal. Er schob den Gedanken an Jocelyn beiseite. Das Taxi hielt vor dem Haupteingang des Präsidiums. LaBréa zahlte, stieg aus und ging mit raschen Schritten ins Gebäude.

Telefonisch bestellte er in der Kantine ein paar Sandwiches, bevor er die Talkrunde einberief. Seit dem Morgen hatte er noch nichts gegessen und vermutete, dass es Franck und Jean-Marc nicht besser ergangen war.

Als die Sandwiches gebracht wurden, verschlang er sogleich eines mit Schinken. Franck und der Paradiesvogel hatten vor einer Viertelstunde ein Fastfoodgericht in der Kantine zu sich genommen und waren satt. Mit vollem Mund berichtete LaBréa vom Gespräch mit Christine Payan.

»Kümmern Sie sich darum, dass Claudine am Nachmittag abgelöst wird, Franck. Wir machen eine Rund-um-die-Uhr-Beschattung. Binden Sie auch die Kollegen der Abteilung zwei mit ein.«

Während Jean-Marc mit dem Haager Kriegsverbrechertribunal Kontakt aufgenommen hatte und dort mit einem der Staatsanwälte hatte sprechen können, war es Franck gelungen, bei mehreren großen Hilfsorganisationen Einzelheiten zu erfahren. Er erstattete als Erster Bericht.

»Im Spätsommer 1992 informierte ein amerikanischer Journalist die Öffentlichkeit über serbische Konzentrations- und Vergewaltigungslager in Bosnien. Mehrere Hilfsorganisationen waren sofort alarmiert. Einige handelten sehr schnell und richteten Heime für die medizinische und psychologische Betreuung der Opfer ein. Durch deren Aussagen und aufgrund ihres körperlichen und seelischen Zustands erfuhren die Helfer vom Ausmaß dessen, was sich da abspielte. Es wurde klar, dass die massenhaften Vergewaltigungen durch serbisches Militär als gezieltes Kriegsmittel, als Waffe, eingesetzt worden waren, um die Moral der muslimischen Bevölkerung zu brechen. Das erleichterte die ethnischen Vertreibungen und Säuberungen. Von den ursprünglichen Hilfszentren der Menschenrechts- und Hilfsorganisationen gab es einige Jahre später nur noch wenige. Aus finanziellen Gründen mussten viele ihre Arbeit einstellen. Laut Aussage der Gesellschaft für bedrohte Völker, die im Jahr 2000 einen Report über die Lage der während des Bosnienkrieges vergewaltigten Frauen veröffentlicht hatte, war die Situation dieser Frauen auch zur Jahrtausendwende noch äußerst desolat. Viele litten noch immer an posttraumatischen Symptomen. Sie waren meist ohne Beruf und mussten ihr Dasein in tiefster Armut fristen. Die Mehrheit von ihnen lebte ohne Ehemänner, denn die wurden im Krieg getötet, galten als vermisst oder hatten ihre Frauen verstoßen. Für Medikamente und psychologische Behandlung fehlte das Geld.«

»Gibt es bei diesen Hilfsorganisationen Namenslisten der betroffenen Frauen?«, fragte LaBréa.

»Ja, die gibt es«, erwiderte Franck. »Über die meisten Frauen, die seinerzeit eines der Behandlungs- und Therapiezentren in Bosnien aufgesucht haben, gibt es eine Akte. Doch die Organisationen haben sich den Opfern gegenüber verpflichtet, keine Namen preiszugeben.«

Jean-Marc schaltete sich ein.

»Beim Kriegsverbrechertribunal verfahren sie ähnlich. Es gab ja Frauen, die sich dem Tribunal als Zeuginnen zur Verfügung gestellt haben. Doch ihre Namen wurden öffentlich nie bekannt. Um sie vor möglichen Racheakten zu bewahren, werden sie in den Anklageschriften des Tribunals durch Codenamen oder Pseudonyme geschützt.«

»Sie haben doch dem Staatsanwalt in Den Haag erklärt, dass es hier um zwei Mordfälle geht? Und dass wir wissen, dass Masson und Vlankovic ihre Verbrechen in Foča begangen haben und von daher möglicherweise eine der Frauen infrage kommt, die dort im Lager waren? Trotzdem wollte der Mann keine Namen herausrücken?«

»Nein. Das könne er nur, wenn ein offizielles Ersuchen seitens der Pariser Staatsanwaltschaft vorliege. Und das müsse erst geprüft werden. Das könne Wochen dauern, meinte er.«

»So viel Zeit haben wir nicht«, sagte LaBréa ärgerlich. »Erwähnte er weitere Einzelheiten der Vorgänge in Foča?«

»Nur im Hinblick auf die Lager.« Jean-Marc schlug sein Notizbuch auf. »Dort gab es mehrere Konzentrations- und Vergewaltigungslager. In Foča befand sich damals eines der größten jugoslawischen Staatsgefängnisse, das sogenannte KP DOM. Dort internierten die Serben während des Bosnienkrieges hauptsächlich Männer, alle wurden gefoltert, viele umgebracht. Buk Bijela, eine Ansammlung von Arbeiterbaracken, lag am Ufer der Drina. Dort hatten die Serben ihr militärisches Hauptquartier aufgeschlagen. Hier richteten sie ein Frauenlager ein, ebenso im örtlichen Gymnasium und in der Sporthalle. Überall herrschten fürchterliche hygienische Verhältnisse. Es muss die Hölle gewesen sein. Die gefangenen Frauen wurden sowohl in diesen rasch eingerichteten Lagern vergewaltigt als auch in Privatwohnungen, wie bereits erwähnt.«

»Welche Einzelheiten kennt das Tribunal bezüglich Stefan Vlankovic?«

»Er ist von mindestens zehn Frauen identifiziert worden.«

»Und Masson?«

»Nach Aussage dieser Zeuginnen agierten die beiden meist gemeinsam, oft auch zusammen mit weiteren Soldaten oder Milizionären. Aber, wie gesagt, niemand kannte den Namen dieses Mannes. Alle nannten ihn ›den Blonden‹. Von Vlankovics ehemaligen Kameraden wurden drei in Den Haag zu langen Haftstrafen verurteilt, und zwar 2001 und 2002.« Jean-Marc klappte sein Notizbuch zu. »Das ist alles.«

LaBréa seufzte.

»Jetzt wissen wir zwar eine ganze Menge über die Lager und die Hilfsmaßnahmen damals, haben aber immer noch keine Namen von Opfern. Im Grunde genommen sind wir genauso schlau wie vorher.«

Das Telefon auf LaBréas Schreibtisch klingelte.

LaBréa nahm den Hörer ab. Es war Ermittlungsrichter Couperin. LaBréa informierte ihn über den Besuch bei Christine Payan und brachte sein Anliegen vor. Couperin gab einige nachdenklich klingende Laute von sich.

»Ah, hm, ja, ich verstehe, dass uns eine telefonische Überwachung eventuell weiterbringt. Aber Sie kennen ja meine Einstellung, LaBréa. Es muss ein begründeter Tatverdacht vorliegen. Und? Liegt der vor? Soweit ich sehe, nicht. Dass diese Psychologin den Namen des Mörders kennen *könnte*, ist kein Beweis. Aber vielleicht finde ich ein Schlupfloch im Gesetz. Ich bespreche das mal mit dem Gerichtspräsidenten. Ich weiß aber nicht, ob ich den heute noch erreichen kann. Sie hören dann wieder von mir.«

Kaum hatte er den Hörer aufgelegt, klingelte Francks Handy.

»Hallo?«, sagte der, als er das Gespräch annahm. Dann geriet er beinahe ins Stottern. »Ja … nein, Sie stören nicht. Moment, ich bin gerade in einer Besprechung. Ich gehe nur kurz raus.«

Er stand auf und sagte hastig zu LaBréa: »Was Privates. Ich bin gleich wieder zurück.«

Er verließ den Raum.

Jean-Marc grinste bedeutungsvoll. »Das scheint ja eine richtig ernsthafte Sache zu sein, Francks neue Liebe. Gestern geht er mit ihr essen, und heute …« Er beendete seinen Satz nicht.

Gleich darauf kam Franck wieder ins Büro. Er machte einen zufriedenen Eindruck und warf seinen beiden Kollegen einen verstohlenen Seitenblick zu.

Hat es doch noch mit einer Verabredung am heutigen Abend geklappt?, fragte sich LaBréa. Am Morgen hatte es ja noch so ausgesehen, als hätte Dr. Clément ihm für heute einen Korb gegeben. Aber vielleicht war es gar nicht Dr. Clément, die angerufen hatte?!

Als ahnte Jean-Marc die Gedanken seines Chefs, fragte er Franck unverblümt: »Na, hat sie nun doch auf einmal Zeit, heute Abend mit dir ins Kino zu gehen?«

Franck blickte ihn von oben herab an. »Wenn du's genau wissen willst, ja.« Er wandte sich an LaBréa. »Vorausgesetzt natürlich, Sie können mich heute Abend entbehren, Chef.«

»Das weiß ich noch nicht«, meinte LaBréa kurz angebunden. »Warten Sie es doch ab. Jetzt ist es ja noch nicht mal drei Uhr.«

LaBréa lehnte sich im Stuhl zurück und legte seine Hände auf die Schreibtischplatte.

»Rekapitulieren wir mal, was wir alles haben. Wir wissen, dass Vlankovic und Masson 1992 in Bosnien Kriegsverbrechen an Frauen begangen haben und dass hier vermutlich das Motiv zu den Morden zu suchen ist. Ferner wissen wir, dass Christine Payan sich in der unmittelbaren Nachkriegszeit in Bosnien aufgehalten und vergewaltigte Frauen psychologisch betreut hat. Des Weiteren wissen wir, woher die Aufnahme des *Boléro* stammt, die der Täter auf Kassetten am Tatort hinterlässt. An harten Fakten ist das auch schon alles.«

»Aber andere Dinge kommen hinzu, Chef«, warf Franck ein. »Vergessen wir nicht diese Motorradlesben. Sie wohnen in unmittelbarer Nähe des zweiten Tatorts, der alten Spinnerei.«

Jean-Marc schüttelte den Kopf. »Es gibt keinen Beweis, dass sie mit den Morden zu tun haben, Franck.«

»Stimmt. Aber nimm doch jetzt mal alles zusammen: Erstens: Diese Sprayerfrauen verpassen Vergewaltigern einen Denkzettel, indem sie deren Geschlechtsteile mit Farbe besprühen und sie damit quasi symbolisch kastrieren. Zweitens: Die Spur führt unter anderem zu Christine Payan, die Kontakt zu diesen Frauen hat und über die Sprayeraktionen auf dem Laufenden ist. Drittens: Wir haben zwei Fälle von *tatsächlicher* Kastration, zwei brutale Mordfälle. Viertens: Die Spur der beiden Opfer, Masson und Vlankovic, führt nach Bosnien, wo die beiden sich schwerer Kriegsverbrechen schuldig gemacht haben. Fünftens: Christine Payan hält sich gleich nach Ende des Krieges in Bosnien auf und betreut einige Opfer dieser Kriegsverbrechen.« Er hielt einen Moment inne und sah seine Kollegen bedeutungsvoll an. »Das soll alles nur Zufall sein?«

»An dem, was Sie sagen, ist sicher etwas dran«, bemerkte LaBréa. »Doch wo ist die Verbindung? Ich hoffe, dass Christine Payan uns die Antwort liefert, und ich hoffe, dass wir auf der richtigen Spur sind.«

Es klopfte kurz an der Tür, und Direktor Thibon betrat das Büro. Er trug Mantel und Hut und wirkte äußerst elegant.

»Mir ist zu Ohren gekommen, dass Sie sich mit dem Internationalen Kriegsverbrechertribunal in Den Haag in Verbindung gesetzt haben?«

»Ja, Monsieur, wir haben dort wertvolle Informationen erhalten.«

»Das hätten Sie vorab mit mir besprechen müssen, LaBréa!«

»Aber warum, Monsieur? Unsere Anfrage in Den Haag fand doch im Rahmen ganz normaler Ermittlungen statt.«

»So was kann Staub aufwirbeln, LaBréa! Das Tribunal in Den Haag ist ein politisches und juristisches Instrument der internationalen Staatengemeinschaft. Sie hätten bei Ihrer Anfrage den Dienstweg einhalten müssen. Auch ich hätte mich daran gehalten und mindestens den Präfekten, wenn nicht den Innenminister informiert.«

Würde der Innenminister wegen jeder Kleinigkeit informiert, würde er sich bedanken, dachte LaBréa. Thibon wollte sich lediglich wichtig machen, weiter nichts. LaBréa beschloss, nicht weiter auf Thibons Argumente einzugehen, und erwiderte lediglich: »Ja, wenn Sie meinen, Monsieur …«

»Allerdings meine ich das.« Thibons Augen ruhten schon die ganze Zeit auf Jean-Marc. Alle im Raum wussten, was jetzt kommen würde, und Thibon enttäuschte die Erwartungen nicht. Mit Blick auf Jean-Marcs gelb-schwarz gestreiften Pullover sagte er: »Schwarz und Gelb, das sind die Selbstmörderfarben, Lagarde. Wussten Sie das nicht? Von dieser Farbkombination geht eine äußerst negative Energie aus. Und so etwas überträgt sich und schafft Beeinträchtigungen. Zum Beispiel, wenn Sie Verdächtige oder Zeugen vernehmen.«

Jean-Marc blickte verlegen und schwieg.

»Also, ich verlasse jetzt das Haus«, fuhr Thibon mit schneidender Stimme fort. »Heute bin ich nur noch zu sprechen, wenn allergrößte Not am Mann ist. Und wenn Sie mir einen Täter präsentieren können.« Er rauschte hinaus. Da er immer noch sein verletztes Bein nachzog, sah es irgendwie grotesk aus.

Franck lachte los. »Ist er jetzt vollkommen durchgeknallt oder was? Negative Energien ... Wenn einer die verströmt, dann doch wohl er!«

LaBréa schmunzelte. »Das ist wahrscheinlich der Einfluss seiner Frau. Seit Neuestem beschäftigt sie sich mit Esoterik und schreibt einmal pro Woche eine Kolumne in einem Massenblatt. Hat mir Claudine neulich erzählt.« Thibons Frau war Schauspielerin an der Comédie Française und galt als ebenso überspannt wie despotisch. Jeder wusste, dass Thibon bei ihr nichts zu lachen hatte und sich mit einer jungen Geliebten tröstete.

»Komisch nur«, meinte Jean-Marc, »dass er diesmal gar keinen seiner üblichen schlauen Sprüche losgelassen hat.«

Das Telefon auf LaBréas Schreibtisch klingelte. Es war Claudine.

»Christine Payan hat vor zwanzig Minuten ihre Wohnung verlassen und ist in ihren Wagen gestiegen, einen grünen Opel Corsa. Ich bin ihr unauffällig gefolgt.«

»Wohin ist sie gefahren?«

»Zum Boulevard Raspail. Sie parkte den Opel an der Ecke Rue de Rennes und ging ins Café *Sélect*. Ich stehe ziemlich direkt davor und muss aufpassen, dass sie mich nicht sieht. Sie sitzt dort an einem der Tische. Und zwar mit einer Frau. Die war bereits da, als die Payan kam. Ich kenne die Frau nicht, es ist keine aus der Sprayergruppe.«

»Jean-Marc macht sich sofort auf den Weg. Da Christine Payan ihn noch nie gesehen hat, soll er sich an ihre Fersen heften, sobald sie das *Sélect* verlässt. Sie folgen dann der anderen.«

»Jean-Marc soll sich beeilen. Ich hoffe nicht, dass die beiden schon bald wieder rauskommen. Ah, jetzt nimmt der Kellner die Bestellung auf. Die Unbekannte hält die Speisekarte in der Hand und fragt ihn irgendetwas. Vielleicht bestellt sie sich was zu essen, dann hätten wir Zeit.«

»Halten Sie Kontakt zu Jean-Marc«, sagte LaBréa abschließend.

Eine Minute später hatte der Paradiesvogel LaBréas Büro verlassen und eilte in die Tiefgarage.

Tagebucheintragung

Wieder ein schrecklicher Traum, wie so oft in letzter Zeit. Ich fahre mit meinem Fahrrad eine kleine, geteerte Straße entlang. Sie führt immer geradeaus, in die Tiefe der Landschaft. Es ist die Landschaft meiner Kindheit. Kein Mensch ist weit und breit zu sehen. Das Wetter ist trüb, alles erscheint grau und ohne Sonnenlicht. Plötzlich höre ich hinter mir Geräusche. Ich drehe mich um und sehe Alex, wie er auf seinem Fahrrad kräftig in die Pedale tritt und mich einholt. Er lacht, aber er sieht viel älter aus, als er in Wirklichkeit ist. Wir radeln eine Weile stumm nebeneinander her, ohne dass ich weiß, wohin wir fahren. Nach einiger Zeit kommen wir zu einem Bauernhof. Er sieht aus wie die typischen Höfe damals bei Großmutter auf dem Land. Überall liegen Berge von Kartoffeln auf der Erde, leere Säcke, allerlei Gerümpel. Alex und ich rufen, machen uns bemerkbar.

Niemand antwortet, offenbar ist der Hof verlassen. In den Ställen brüllt das Vieh, und ich sage zu Alex, dass die Kühe wohl dringend gemolken werden müssen.

Alex macht den Vorschlag, im Haus und in den Nebengebäuden nachzusehen, ob irgendwo Men-

schen sind. Wir teilen uns auf. Ich gehe ins Haus, das ein einfaches Holzhaus ist. Alex verschwindet in der Scheune.

In der Küche sehe ich, dass ein Topf auf dem Feuer steht, als würde eine Mahlzeit gekocht. Doch niemand ist zu sehen. Gerade will ich in die angrenzende Stube gehen, da höre ich einen gellenden Schrei, der gleich danach abbricht. Ich weiß sofort, das ist Alex, und er ist in höchster Gefahr.

Ich renne aus dem Haus, auf die Scheune zu. Nichts ist zu hören oder zu sehen. Am Eingang der Scheune kommt mir eine Katze entgegengesprungen, sie miaut und scheint völlig außer sich zu sein.

Voller Angst betrete ich die Scheune, obwohl ich bereits weiß, was mich da erwartet. Wie unter Zwang gehe ich trotzdem hinein. In der Mitte der Scheune liegt Alex auf dem Boden, der aus Erdreich besteht und vereinzelt mit Strohbüscheln bedeckt ist. Er ist vollkommen nackt, sein Körper zusammengekrümmt. Als ich näher herangehe, sehe ich seinen abgeschlagenen Kopf, der in seiner Armbeuge liegt, als halte er ihn fest. Ich schreie, so laut ich kann, doch kein Ton dringt aus meiner Kehle. Niemand wird mich hören.

Erst jetzt sehe ich, dass die Scheune zur anderen Seite hin offen ist. Mein Blick fällt hinaus. Eine Gruppe von Reitern galoppiert in scharfem Tempo weg vom Hof, Richtung Felder. Mit ist klar, dass es die Mörder meines Bruders sind. Gleich wird sie das trübe Licht, das wie Nebel wirkt, verschlucken. Jetzt dreht sich einer der Reiter um, pariert sein Pferd durch und deutet mit ausgestrecktem Arm zur Scheune. Ich weiß, er deutet auf mich, die ich beim Leichnam meines Bruders stehe und den Reitern nachstarre. Plötzlich erkenne ich den, der sich zu mir umgedreht und auf mich gezeigt hat. Es ist Mick, ein früherer Schulkamerad von Alex.

Die Reiter wenden ihre Pferde und preschen zurück. Ich weiß, dass ich keine Chance habe. Neben dem Leichnam meines Bruders sinke ich auf die Knie und erwarte das Unausweichliche. Das Getrappel der Pferde kommt näher und näher, es dröhnt in meinen Ohren.

Ich wache auf.

Das war kurz nach fünf heute früh. Schweißgebadet und mit Herzrasen brauchte ich einen Moment, um zu begreifen, dass ich hier in Paris in meinem Bett lag. Noch jetzt, viele Stunden später, zittere ich, während ich diesen Traum hier in meinem Büro aufschreibe.

19. KAPITEL

Es war kurz nach halb vier. In einer knappen Stunde würde Célines Maschine auf dem Flughafen Roissy landen. *Du brauchst mich nicht abzuholen,* hatte sie ihm am Morgen gesagt.

Unter normalen Umständen hätte er es vielleicht möglich gemacht, trotz der Mordermittlungen. Die traten im Moment ja ohnehin auf der Stelle. Die Beschattungsaktion für Christine Payan konnte einige Tage dauern, und auch dann war keineswegs sicher, dass sich ein Erfolg abzeichnen würde.

Du brauchst mich nicht abzuholen … Das war eindeutig. Céline hatte ihm eine Tür vor der Nase zugeschlagen, und er musste sehen, wie er sie wieder öffnete.

Vor wenigen Minuten hatte die Presse bei LaBréa angerufen. Ein Redakteur des *Figaro* wollte Einzelheiten über die Mordfälle erfahren, insbesondere hinsichtlich der Kastration der beiden Männer. LaBréa hatte nur ausweichend geantwortet. Der Name von Pascal Masson war inzwischen durchgesickert; anscheinend hatte einer der Mechaniker nicht dichtgehalten. Doch bezüglich des zweiten Opfers wusste die Presse nur, wo der Tatort lag. Die Zeitungsleute kannten weder Vlankovics Namen noch dessen Nationalität. Geschweige denn, dass sich eine Verbindung zu den Geschehnissen im Bosnienkrieg herstellen ließ. Entsprechend gelassen sah LaBréa dem Bericht in der morgigen Ausgabe der Zeitung entgegen.

Gerade wollte er den Hörer abnehmen, um seinen Bruder anzurufen, als ein anderes Gespräch hereinkam.

»Chef«, hörte er Claudines Stimme. »Vor zehn Minuten haben die beiden Frauen das *Sélect* verlassen. Ich habe mich an den Hinterreifen dieser Frau geklemmt, mit der die Payan verabredet war.«

»Und?«, fragte LaBréa gespannt.

»Sie ist zum Jardin du Luxembourg gefahren. Dort hat sie ihren Wagen in der Rue de Vaugirard, Ecke Rue d'Assas, abgestellt und ist in eines der Häuser gegangen.«

LaBréa horchte auf.

»Welche Hausnummer?«, fragte er.

»Rue de Vaugirard Nummer einundzwanzig.«

LaBréa schluckte und runzelte verwirrt die Stirn. Das war das Haus, in dem er in der letzten Nacht ein wunderbares Abendessen und heiße Liebesstunden genossen hatte!

»Wahrscheinlich wohnt sie dort«, fuhr Claudine fort. »Denn sie zog schon an der Haustür ihren Wohnungsschlüssel aus der Handtasche, bevor sie den Türcode eingab. Ich ging ebenfalls zu dem Haus und habe mich in dem kleinen Gemüseladen, den es dort gibt, nach der Concierge erkundigt. Von ihr habe ich die Namen aller Bewohner dieses Hauses bekommen. Ich lese Ihnen die Liste mal vor, vielleicht können Sie mitschreiben?«

LaBréa nahm einen Notizblock und einen Kugelschreiber. Als der vierte Name fiel, konnte er es kaum glauben. Um ganz sicherzugehen, bat er Claudine: »Beschreiben Sie mir die Frau doch bitte mal.« Gespannt lauschte er Claudines Worten. »Gut«, sagte er schließlich. »Das wollte ich nur wissen. In welchem Stock wohnt sie? In Ordnung.« Fieberhaft arbeitete es in seinem Kopf.

Plötzlich fügten sich wesentliche Bausteine des Puzzles zusammen.

Er notierte ordnungshalber noch die Namen der restlichen Hausbewohner, war mit seinen Gedanken jedoch bereits woanders. Claudine schien das zu spüren.

»Sind Sie noch dran, Chef?«

»Ja«, murmelte er. Etwas lauter sagte er: »Hören Sie, Claudine, wissen Sie, wo Christine Payan jetzt ist? Was sagt Jean-Marc?«

»Vor fünf Minuten hat er mich angerufen und gesagt, sie stünden gerade an einer roten Ampel an der Salpêtrière.«

»Dann ist Payan wahrscheinlich auf dem Weg nach Hause. Halten Sie sich bereit, Claudine. Ich rufe gleich Jean-Marc an. Wenn die Psychologin nach Hause gefahren ist, treffe ich Sie und Jean-Marc auf dem Parkplatz der Bibliothèque Nationale. Also, bis dann.«

Wenig später erfuhr er von Jean-Marc, dass Christine Payan tatsächlich nach Hause gefahren war. Er forderte von der Fahrbereitschaft einen Wagen an, stellte das Blaulicht aufs Dach und fuhr mit eingeschalteter Sirene in rasendem Tempo zur Rue Jean-Anouilh.

Trotz des dichten Feierabendverkehrs erreichte er eine Viertelstunde später den Parkplatz an der Bibliothèque Nationale.

Wieder öffnete die Studentin Marielou Delors die Wohnungstür. Sie hatte offenbar geweint, ihre Augen waren stark gerötet. Der Zipfel eines zerknüllten Papiertaschentuchs lugte aus ihrer geballten Faust.

»Bitte, holen Sie Madame Payan«, bat LaBréa. Er und seine Mitarbeiter betraten den Flur. Da kam Christine Payan bereits aus ihrem Arbeitszimmer.

»Sie schon wieder, Commissaire?« Sie lachte gezwungen. »Wie soll ich das bewerten – als Anhänglichkeit? Oder Penetranz?«

»Das überlasse ich Ihnen«, erwiderte LaBréa kühl. Er deutete auf die Tür des Arbeitszimmers. »Sie erlauben doch?«

»Um sechzehn Uhr kommt eine Patientin«, entgegnete die Psychologin. »Das ist in knapp zehn Minuten. Der Moment ist wirklich nicht günstig.«

»Die Patientin wird sich noch einen Augenblick gedulden müssen, Madame.« Er wandte sich an

Marielou Delors. »Wenn sie kommt, sagen Sie ihr bitte, dass Madame noch in einer wichtigen Besprechung ist.«

Bevor Christine Payan protestieren konnte, hatte LaBréa sie ins Arbeitszimmer geschoben. Jean-Marc folgte ihnen und schloss die Tür. Ohne Umschweife begann LaBréa.

»Sie haben sich vor einer knappen Stunde im Café *Sélect* mit einer Frau getroffen. In welcher Beziehung stehen Sie zu dieser Frau?«

Die Psychologin blickte ihn erstaunt an, sie schien perplex.

»Was soll diese Frage, Commissaire? Sie ist meine Schwägerin.«

»Sie ist *was*?« Nun war es LaBréa, der völlig verblüfft reagierte. Er tauschte einen raschen Blick mit seinen Mitarbeitern. »Dr. Hélène Clément, die Gefängnisärztin der Santé, ist Ihre Schwägerin?«

»Ja. Was ist daran so ungewöhnlich?«

In LaBréas Kopf überschlugen sich die Gedanken. Ja, das musste es sein! Sie hatten das fehlende Glied in der Kette gefunden. Alles schien plötzlich logisch und klar. Das Rätsel war beinahe gelöst. Jetzt ging es nur noch darum, die Einzelheiten in Erfahrung zu bringen.

»Dann ist Dr. Clément also mit Ihrem Bruder verheiratet?«

»*War*. Sie war mit meinem Bruder verheiratet. Zwei Jahre nach der Eheschließung wurden sie geschieden. Aber Hélène und ich haben weiterhin ein gutes Verhältnis zueinander.«

Die nächste Frage war die entscheidende.

»Wie ist der Mädchenname Ihrer Schwägerin?«

Aus Christine Payans Gesicht war alle Farbe gewichen. Sie zögerte mit einer Antwort. Sechs Augenpaare waren auf sie gerichtet.

»Wir bekommen es doch sowieso heraus, Madame Payan«, fügte LaBréa leise hinzu. »Es ist kein Verrat an Ihrer Schwägerin, wenn Sie uns den Namen nennen.«

Christine Payan kämpfte noch mit sich, dann fasste sie einen Entschluss.

»Droganic«, sagte sie. »Meine Schwägerin hieß früher Elena Droganic.«

Der Name stand im Raum wie ein Geständnis. Droganic, ein bosnischer Name.

»Erzählen Sie, Madame«, sagte LaBréa und nahm auf einem der Sessel Platz. »Am besten von Anfang an. Denn Sie kennen doch die ganze Geschichte.«

»Ja, ich kenne die Geschichte. Aber ich werde sie Ihnen nicht erzählen. Fragen Sie Elena selbst! Elena ist stark genug, Ihnen gegenüberzutreten und Ihnen das zu sagen, was zu sagen ist.« Sie schickte einen entschlossenen Blick in die Runde, und LaBréa wusste, dass sie keine weiteren Einzelheiten preisgeben würde.

»Na, schön, dann werden wir so verfahren. Sie kommen zunächst mit aufs Präsidium, Madame.«

»Warum?«

»Damit Sie Dr. Clément nicht warnen können.« LaBréa nahm seine beiden Mitarbeiter beiseite. Leise sagte er zu ihnen: »Franck wird erst informiert, wenn Dr. Clément festgenommen und ins Präsidium gebracht ist.«

»Das wird ein totaler Schock für ihn sein«, meinte der Paradiesvogel und verzog beinahe mitleidig den Mund.

LaBréa nickte. »Wir können es ihm nicht ersparen. Er wird es schon verkraften. Claudine, schicken Sie einige Kollegen zur Privatwohnung von Dr. Clément und auch in die Santé, falls sie heute Nachmittag noch einmal dorthin zurückgekehrt ist. Und Sie, Jean-Marc, nehmen Madame Payan in Ihrem Wagen mit. Ich muss noch ein wichtiges Telefonat führen.«

Fünf Minuten später, auf dem Parkplatz, wählte LaBréa die Nummer von Jocelyn Borel. Er hoffte, dass sie schon zu Hause war und nicht bis siebzehn Uhr unterrichten musste. Doch es meldete sich nur ihr Anrufbeantworter. Er hinterließ keine Nachricht und beschloss, es später noch einmal zu versuchen und sie zu fragen, ob und wie gut sie ihre Hausmitbewohnerin Dr. Clément kannte. Wieder wunderte er sich, welche Zufälle es doch im Leben gab.

Er blickte auf die Uhr. Gleich halb fünf. Auch bei pünktlicher Landung von Célines Maschine konnte sie noch nicht zu Hause sein. Der Flughafen lag weit draußen, und jetzt, im Feierabendverkehr, brauchte ein Taxi gut und gern zwei Stunden, bis es die Innenstadt erreichte.

Dennoch wählte er Célines Festnetznummer und ergriff die Gelegenheit, ihr eine Nachricht zu hinterlassen.

»Willkommen zu Hause«, sagte er mit zärtlicher Stimme. »Meine Ermittlungen stehen kurz vor dem Abschluss, aber es kann spät werden heute Abend. Ich rufe dich in jedem Fall noch einmal an. Und noch eins: Ich freue mich auf dich! Also, bis später.«

Zufrieden stellte er das Handy ab. Vielleicht gelang es ihm schon sehr bald, die verschlossene Tür wieder einen Spalt aufzustoßen und Célines Vertrauen zurückzugewinnen.

Er dachte an die bevorstehende Verhaftung und änderte seine Pläne. Er rief Claudine auf ihrem Handy an und erfuhr, dass sie soeben in der Rue de Vaugirard angekommen war. Einige uniformierte Kollegen warteten bereits vor dem Hauseingang.

»Ihr Wagen ist immer noch an derselben Stelle geparkt«, erklärte Claudine. »Sie muss also zu Hause sein. Zugriff erfolgt in wenigen Minuten.«

»Nein«, ordnete LaBréa an und startete den Wagen. »Warten Sie noch. Behalten Sie den Eingang im Auge, damit sie nicht entwischt, falls sie das Haus verlassen will. Ich komme selbst. Der Zugriff erfolgt erst, wenn ich vor Ort bin.«

Als er am Jardin du Luxembourg ankam, schickte er die uniformierten Kollegen weg. Das, was nun folgen würde, konnten er und Claudine allein erledigen.

Durch den Hintereingang des Gemüseladens gelangten sie in den Hausflur. Dort verließ die Concierge gerade ihre Hausmeisterwohnung, postierte sich am Fuß der steinernen Treppe, die nach oben führte, und lauschte.

Jetzt hörten LaBréa und Claudine es auch.

»Dass sie um die Zeit schon spielt«, meinte die Concierge, eine füllige Endfünfzigerin mit rot gefärbter Löckchenfrisur und Plüschpantoffeln an den wulstigen Füßen. »Normalerweise spielt Dr. Clément nur abends. Am Wochenende natürlich auch tagsüber.«

Aus dem ersten Stock erklangen die perlenden Töne eines klassischen Klavierstücks. In Windeseile schienen die Finger über die Tasten zu gleiten. Das Spiel war so perfekt, als würde eine CD abgespielt.

Während die Concierge anerkennend nickte und zurück in ihre Wohnung schlurfte, stiegen LaBréa und Claudine in den ersten Stock. Vor der Wohnungstür verharrten sie einen Augenblick. Unvermindert war die Musik zu hören. Nach einem kurzen Augenblick drückte LaBréa entschlossen den Klingelknopf und schlug zusätzlich mit der flachen Hand gegen die Tür.

Das Klavierspiel verstummte. Gleich darauf waren Schritte zu hören, und die Tür wurde von innen entriegelt und geöffnet.

Stumm und scheinbar regungslos blickte Hélène Clément ihre Besucher an. Und doch erschien das Gesicht der Ärztin LaBréa nackt und bloß. In ihren dunklen Augen lag die ganze Geschichte ihres Lebens. Leid und Verzweiflung hatten sich für alle Zeiten darin eingebrannt. Das war es, was er vor einigen Tagen, bei der ersten Begegnung mit dieser Frau, in der Santé bereits bemerkt hatte. Jetzt sah LaBréa noch etwas anderes im Blick der Ärztin. Es war Angst, gemischt mit einem Anflug von Erleichterung.

»Sie wissen, weshalb wir kommen?«, fragte LaBréa sachte. Claudine und er betraten einen kleinen Flur. LaBréa schloss die Tür.

Hélène Clément schien vollkommen ruhig und gefasst. »Nein. Sagen Sie es mir.«

»Wir kommen wegen Elena Droganic. Sie kennen sie doch, nicht wahr?«

Ein wehmütiges Lächeln spielte um Dr. Cléments Lippen. »Ja, ich kenne sie, Commissaire. Doch Elena Droganic gibt es nicht mehr. Sie ist vor vielen Jahren gestorben. In einem anderen Land, weit weg von hier.«

»Ich weiß«, antwortete LaBréa und spürte, wie ihn die Worte der Frau berührten. Doch das durfte er sich nicht anmerken lassen. »Dann begnügen wir uns mit Dr. Hélène Clément, wenn Ihnen das lieber ist.«

Die Ärztin blickte ihn einen Augenblick an und nickte. Ihr Gesicht im Halbdunkel des Flurs schien wie aus Alabaster gemeißelt. Was für eine schöne

Frau!, dachte LaBréa. Mit einem perfekten Körper und einem Gesicht, das ein Geheimnis barg und schon von daher auf manche Menschen besonders anziehend wirkte. LaBréa konnte verstehen, dass Franck sich Hals über Kopf in sie verliebt hatte.

Hélène Clément räusperte sich.

»Ich würde gern die Mazurka zu Ende spielen. Diese Bitte werden Sie mir doch sicher nicht abschlagen?«

Sie wartete die Antwort nicht ab, sondern ging ins Wohnzimmer, in dessen Mitte ein schwarz glänzender Flügel stand, der den ganzen Raum beherrschte. Hélène Clément nahm auf dem Hocker Platz und begann zu spielen. Es war dieselbe Melodie wie vorhin, als sie vor der Wohnungstür standen. Eine wehmütige und gleichzeitig tröstende und auch heitere Weise, die die Ärztin mit der Leichtigkeit eines Profis dem Instrument entlockte. Auf schmerzhafte Weise betonte die Musik die Aura der Einsamkeit, die diese Frau umgab.

Regungslos standen LaBréa und Claudine im Raum und lauschten. Hélène Clément war ganz in ihr Spiel versunken. Ihre schlanken Hände schienen über die Tasten zu schweben. Nie zuvor hatte LaBréa einen solchen Moment erlebt. Er war gekommen, eine Mörderin zu verhaften, deren Taten an Grausamkeit kaum zu überbieten waren. Und jetzt stand er hier und war fasziniert von dem Spiel der Frau, die dort am Flügel saß und so gar nicht in das Bild von einer kaltblütigen Mörderin passen wollte.

Jetzt war das Stück zu Ende. Der letzte Ton verklang, und die Ärztin verharrte einen Moment regungslos. Dann schloss sie den Deckel des Instruments mit einer sanften Bewegung, die dennoch etwas Endgültiges hatte.

»Die a-Moll-Mazurka Opus 68 von Chopin. Die habe ich schon als junges Mädchen gespielt. Damals, bevor das alles geschehen ist. Ich wollte Pianistin werden. Doch dann …« Sie wandte sich abrupt ab, überwältigt von Schmerz und Erinnerung. Schnell fing sie sich wieder und sagte mit gefasster Stimme: »Irgendjemand hat mal gesagt, dass es unmöglich sei, nach Auschwitz noch Gedichte zu schreiben. Ich habe damals gedacht, dass es mir nach Foča nie mehr möglich sein würde, Klavier zu spielen. Es wurden weiter Gedichte geschrieben, und ich habe weiter Klavier gespielt. Die besten Chopin-Aufnahmen sind übrigens die mit Arthur Rubinstein. Unübertroffen!« Sie lächelte, und es schien LaBréa, als hielte sie sich an diesem Lächeln fest wie eine Ertrinkende. Dann erhob sie sich. »Ich packe jetzt ein paar Sachen zusammen.«

LaBréa nickte. »Tun Sie das, Madame. Und nehmen Sie sich ruhig Zeit. Es ist keine Eile geboten.«

Die Ärztin ging über den Flur ins Schlafzimmer. Claudine begleitete sie und schloss die Tür.

LaBréa sah sich im Raum um. Auf dem Flügel lagen allerlei Notenhefte. Er las die Namen auf den Titelseiten: Beethoven, Schubert, Chopin. Im Bücherregal entdeckte er medizinische Fachbücher in französischer

Sprache. Aber auch Romane, Gedichtbände. Hélène Clément, alias Elena Droganic, war ganz offensichtlich eine gebildete Frau.

Als er eine Schublade in der alten Biedermeierkommode öffnete, entdeckte er einen Stapel handgeschriebener Heftseiten. Er blätterte sie rasch durch, überflog einige Zeilen und fragte sich erstaunt, wie er den Inhalt deuten sollte? War das Dr. Cléments Handschrift? Wenn ja, wieso schrieb sie auf Französisch und nicht in ihrer bosnischen Muttersprache?

Er hatte sich ohnehin schon gewundert, dass Dr. Clément ein Französisch sprach, das nicht den geringsten Akzent aufwies. Wie war das möglich? Er ärgerte sich jetzt, dass er versäumt hatte, Christine Payan danach zu fragen. Normalerweise sprachen Menschen aus dem osteuropäischen Raum auch noch nach Jahrzehnten mit hartem Akzent, selbst wenn sie eine nichtslawische Sprache perfekt in Schrift und Sprache beherrschten.

Claudine und Hélène Clément kehrten ins Wohnzimmer zurück. Rasch schob LaBréa die Schublade zu. Die Ärztin hielt eine Reisetasche in der Hand.

»Wir können gehen, Commissaire.« Sie blickte sich im Raum um, wie um Abschied zu nehmen.

»Etwas interessiert mich brennend«, sagte LaBréa, »wieso sprechen Sie so gut Französisch? Ich wäre nie darauf gekommen, dass das nicht Ihre Muttersprache ist.«

»Es *ist* meine Muttersprache. Hat meine Schwägerin Ihnen das nicht erzählt? Mein Vater hat seinerzeit meine Mutter in Frankreich kennengelernt, als er anlässlich eines Ärztekongresses hier in Paris war. Meine Mutter war damals blutjung. Sie folgte ihm nach Bosnien, studierte in Sarajewo, und die beiden ließen sich in Vaters Heimatstadt Foča nieder.«

»Dann sind Sie also zweisprachig aufgewachsen«, stellte Claudine fest.

»Ja. Und von daher lag es nahe, dass ich nach Ende des Krieges in das Heimatland meiner Mutter übersiedelte.«

Sie standen im Flur.

»Fahren Sie mit Dr. Clément in mein Büro, Claudine«, sagte LaBréa. »Ich komme gleich nach.«

Fünf Minuten später hatte er einen entsprechend großen Umschlag gefunden und die handgeschriebenen Seiten darin verstaut, um sie mitzunehmen.

Bevor er zum Wagen ging, wollte er noch etwas erledigen. Mit raschen Schritten ging er in den dritten Stock, wo Jocelyn Borels Wohnung lag. Sie war überrascht, ihn zu sehen, und bat ihn herein. Doch LaBréa winkte ab.

»Leider bin ich in Eile, Jocelyn. Ich habe gerade im ersten Stock eine Festnahme vorgenommen.«

»Ach ja?«, erwiderte Jocelyn erstaunt. »Dort wohnt doch nur die Ärztin?!«

»Wie gut kennst du sie?«

»Wie man sich unter Nachbarn so kennt. Wir haben uns ein paarmal getroffen, sind auch mal zusammen ins Kino gegangen. Aber Dr. Clément lebt eigentlich sehr zurückgezogen. Willst du nicht doch einen Moment hereinkommen?«

LaBréa zögerte, dann sagte er: »Na gut, aber nur zwei Minuten.«

»Weswegen hast du sie denn um Gottes willen verhaftet?«

»Das kann ich dir leider nicht sagen. Der Fall ist noch nicht abgeschlossen.«

»Sie hat immer so wunderbar Klavier gespielt.« Jocelyn schüttelte ungläubig den Kopf.

LaBréa wandte sich zum Gehen. Er würde Jocelyn weder heute noch zu einem anderen Zeitpunkt etwas von Hélènes Vergangenheit erzählen, nicht von ihrem Alter Ego Elena Droganic, nicht von den Vorgängen in Foča. Es würde ohnehin in den nächsten Tagen in der Presse breitgetreten werden.

Der Moment war gekommen. Jocelyns Blick ruhte auf ihm. LaBréa wusste, dass er jetzt reinen Tisch machen musste.

»Hör zu, Jocelyn, was ich dir noch sagen wollte …«

Schnell legte Jocelyn ihre Hand auf LaBréas Mund.

»Scht!«, flüsterte sie. »Ich weiß, was du sagen willst. Behalt es lieber für dich. Du musst mir nichts erklären, ich habe verstanden. Lass mich dir nur eines sagen: Es war schön letzte Nacht. Ich hab es als ein kostbares Geschenk empfunden, Maurice, und dafür danke ich dir. Du schuldest mir nichts. Wir beide sind frei und uns gegenseitig zu nichts verpflichtet. Ich möchte, dass du das weißt.«

Er nickte.

»Es ist gut, dass du das so siehst, Jocelyn.« Dann nahm er sie fest in die Arme. Zum Abschied gaben sie sich die üblichen drei Küsschen, wie alte Freunde.

Als LaBréa die Treppe hinuntersprang, war er erleichtert. Alles kam zu einem Abschluss. Er hatte die beiden Mordfälle aufgeklärt und sein Privatleben wieder in Ordnung gebracht.

Fast jedenfalls.

20. KAPITEL

Der Himmel hatte sich bewölkt, und die Luft roch nach Schnee.

Auf dem Weg in sein Büro führte LaBréa diverse Telefonate. Couperin musste verständigt werden, auch der Direktor. Während er Couperin erreichen konnte, war bei Roland Thibon die Mailbox eingeschaltet. LaBréa hinterließ die Nachricht, dass es eine Verhaftung gegeben hatte, und bat um Rückruf. Dann wählte er Jean-Marcs Nummer.

»Ist Franck im Büro?«, wollte er wissen.

»Ja. Aber er ist schon auf dem Sprung. Wegen seiner Kinoverabredung mit Dr. Clément. Gerade hat er mir noch mal von ihr vorgeschwärmt. Aber ich habe mir nichts anmerken lassen.«

»Gut. Sobald ich da bin, rede ich mit ihm. Zwei Dinge, Jean-Marc: Sorgen Sie dafür, dass Franck sich in der nächsten halben Stunde nicht auf unserer Etage aufhält. Wie Sie das machen, ist mir egal. Claudine ist unterwegs und bringt Dr. Clément in mein Büro. Franck darf den beiden auf keinen Fall begegnen! Und auch Christine Payan sollte die Ärztin möglichst nicht sehen. Wo ist Madame Payan jetzt?«

»Valdez hat sie in eins der Vernehmungszimmer geführt und passt auf sie auf. Aber sie beschwert sich unentwegt, dass man sie festhält.«

»Das ignorieren wir. Sie soll sich noch einen Moment gedulden, vielleicht haben wir Fragen an sie. Zunächst beginnen wir mit der Vernehmung der Ärztin.«

Eine halbe Stunde später fuhr LaBréa in die Tiefgarage des Justizpalastes. Er wählte Francks Handynummer.

»Wo sind Sie gerade, Franck?«

»Im Archiv. Jean-Marc meinte, Sie brauchen die Akte eines Falles aus dem Jahr 1962. Mord an einem Armeesoldaten namens Henri Delpierre. Leider finde ich die Akte nicht, Chef.«

»Dann lassen Sie die Sucherei, Franck, und kommen Sie bitte sofort in die Tiefgarage. Ich muss etwas Dringendes mit Ihnen besprechen.«

LaBréa parkte den Dienstwagen an seinem üblichen Platz, öffnete die Fahrertür und wartete. Franck erschien fünf Minuten später. Er sah seinen Chef erstaunt an, als der ihn bat, neben ihm auf dem Beifahrersitz Platz zu nehmen.

»Ist das ein konspiratives Treffen, Chef?«, frotzelte er und grinste.

»In gewisser Weise, ja. Was ich Ihnen jetzt sage, wird Ihnen nicht gefallen, Franck.« Er sah seinen Mitarbeiter prüfend an. Dieser schien nicht das Geringste zu ahnen, denn er erwiderte munter: »Schießen Sie los, Chef!«

LaBréa begann. Er versuchte, sich kurz zu fassen. Als er geendet hatte, war alle Farbe aus Francks Gesicht gewichen. Seine Erschütterung war so groß, dass er zunächst nichts sagte.

»Das gibt es doch nicht, Chef«, flüsterte er leise. »Das glaube ich einfach nicht!« Er schüttelte den Kopf.

»Es ist aber leider so. Dass Sie sich in sie verliebt haben, kann ich gut verstehen, Franck. Wer hätte diese Frau nicht attraktiv gefunden.«

»Das tröstet mich jetzt nicht, Chef.«

»Ich weiß. Mich interessiert übrigens, ob Dr. Clément Sie ausgefragt hat. Haben Sie ihr etwas über die Mordfälle erzählt?«

Franck starrte LaBréa an.

»Was? Nein, natürlich nicht! Obwohl …« Er biss sich auf die Lippen. »Sie hat mich gefragt, an welchen Fällen ich gerade arbeite. Aber ich habe ihr nur ganz allgemein gesagt, dass es um den Mord an zwei Männern geht.«

»Keine Einzelheiten? Erwähnten Sie die Kastrationen?«

»Nein, nein, ich …«, er geriet ins Stottern. »Ich glaube nicht. Nein, ganz bestimmt nicht, Chef.«

LaBréa wusste nicht, ob er ihm glauben konnte. Plötzlich durchzuckte Franck eine Erkenntnis.

»Meinen Sie, sie hat sich nur mit mir getroffen, weil … sie mich aushorchen wollte?«

»Schon möglich. Das müssen Sie selbst beurteilen. Daraus, wie sie sich Ihnen gegenüber verhalten hat, können Sie das doch schließen.«

»Sie war ziemlich kühl«, antwortete Franck schnell. »Auf jeden Fall war ich nach dem ersten Treffen mit ihr darauf eingestellt, dass ich da eine ziemlich harte Nuss zu knacken habe. Aber jetzt erklärt sich das ja alles. Großer Gott, Chef, ich kann es noch gar nicht fassen. Sie hat Masson und Vlankovic kaltblütig die Eier abgeschnitten! Wenn ich mir das vorstelle ... Wissen Sie schon Einzelheiten?«

»Nein. Die Vernehmung beginnt, sobald Couperin eintrifft.«

»Na schön. Ich würde ihr gern in die Augen sehen, wenn wir sie gleich in die Mangel nehmen, Chef!« Es klang zornig, LaBréa wusste, dass er tief verletzt war.

Franck schickte sich an, aus dem Wagen zu steigen. LaBréa legte die Hand auf seinen Arm und hielt ihn zurück.

»Sie kommen nicht mit zur Vernehmung, Franck. Dr. Clément ist die Hauptverdächtige in zwei brutalen Mordfällen. Sie scheint erleichtert, dass alles vorbei ist, und wird bestimmt ein Geständnis ablegen. Sie sind viel zu befangen, und Ihre Anwesenheit wäre für alle Beteiligten nur eine Belastung. Ich habe mich mit Ihnen hier unten getroffen, damit Sie gleich den Wagen nehmen und nach Hause fahren.«

LaBréa stieg aus.

»Nehmen Sie ein paar Tage Urlaub, wenn Ihnen das hilft. Also, Franck, alles Gute.«

In manchen Situationen muss man einen Menschen allein lassen mit seinen Gefühlen, seiner Enttäuschung, seinem Zorn.

LaBréas Schritte hallten auf dem Zementboden der Tiefgarage, als er mit zügigen Schritten zum Fahrstuhl ging. Er warf einen letzten Blick auf seinen Mitarbeiter. Der saß regungslos auf dem Beifahrersitz und starrte ins Leere.

Ermittlungsrichter Couperin, LaBréa, Dr. Clément und Claudine saßen um den großen Konferenztisch in LaBréas Büro. Die Ärztin hatte ausdrücklich um Claudines Anwesenheit gebeten. Vermutlich fühlte sie sich im Beisein einer Frau eher in der Lage, die Vernehmung zu überstehen.

Couperin schaltete das Tonband ein, nannte die formal notwendigen Einzelheiten wie die Namen der Anwesenden und das Datum der Vernehmung und sagte zu der Beschuldigten: »Dr. Clément. Es besteht begründete Annahme, dass Sie Stefan Vlankovic, gebürtig aus Foča, Bosnien, und Pascal Masson, Ihnen bekannt als ›der große Blonde‹, an ihren jeweiligen Wohnorten hier in Paris ermordet haben. Bekennen Sie sich dieser beiden Morde schuldig?«

»Ja, Monsieur le Juge«, antwortete Dr. Clément mit leiser, doch fester Stimme.

»Gut, Madame. Schildern Sie uns bitte zuerst die genauen Hintergründe dieser Taten.«

Hélène Clément hatte die Hände auf den Tisch gelegt und wirkte gefasst.

»Ich habe diese beiden Männer getötet für das, was sie mir und anderen Frauen während des Bosnienkriegs angetan haben. Der Zufall hat mir in die Hände gespielt, dass ich beide hier in Paris wiedertraf.«

»Wann war das?«, fragte LaBréa.

»Vor zwei Jahren. Im Januar 2002.« Sie begann zu erzählen.

Nachdem Hélène Clément Ende 1993 Bosnien verlassen hatte, war sie nach Paris übersiedelt. Die Psychologin Christine Payan, die sie in einem Therapiezentrum in Zagreb kennengelernt hatte, riet ihr dringend dazu und half ihr bei ihrem Start in Frankreich. Unter anderem arrangierte sie die Heirat mit ihrem homosexuellen Bruder Louis Clément. Das ermöglichte Hélène, sofort eine Aufenthaltsgenehmigung und die französische Staatsbürgerschaft zu erhalten. Die Scheinehe mit Louis Clément wurde wenige Jahre später geschieden. Immer noch in therapeutischer Behandlung bei Christine Payan begann Hélène, in Paris Medizin zu studieren. Nach Ende des Studiums trat sie ihre erste Stelle in der Klinik Val de Grace an. Im Herbst 2001 bewarb sie sich um die frei gewordene Stelle des Gefängnisarztes in der Haftanstalt La Santé.

»Warum wollten Sie unbedingt in einer Haftanstalt arbeiten?«, fragte Claudine.

»Weil ich keine unregelmäßigen Schichtdienste mehr verrichten wollte. Ich konnte es nicht. Oft musste ich im Val de Grace nachts arbeiten. Das empfand ich als besonders schlimm. Auf Station war wenig Personal. Die Erinnerungen kamen wieder hoch. Ich hatte Angst. In einem Gefängnis sind die Zeiten regelmäßiger. Ich wollte einen geregelten Tagesablauf. Vor allem auch, um die Abende freizuhaben, damit ich mich meiner Musik widmen konnte.«

Am 20. Januar 2002 trat ein Häftling in der Santé seine Strafe an, den Hélène sofort erkannte, als sie ihn das erste Mal bei einem Hofgang zufällig beobachtete. Es war »der große Blonde« aus dem Lager in Foča. Zusammen mit Stefan Vlankovic hatte er Hélène und andere Frauen wochenlang in der Turnhalle festgehalten und Tag für Tag zusammen mit anderen Militärs vergewaltigt, erniedrigt und gequält.

Dr. Clément hielt einen Moment inne in ihrer Erzählung. Jeder im Raum sah, welche Überwindung es sie kostete, die Turnhalle und die beiden Männer auch nur zu erwähnen.

»Ein Zweifel war nicht möglich«, fuhr sie mit gepresster Stimme fort. »Wer einmal in der Gewalt solcher Menschen gewesen ist, vergisst ihre Gesichter sein Leben lang nicht.«

Pascal Masson hatte keine Ahnung, wer die Gefängnisärztin war. Er erkannte sie nicht und hätte sich sicher nicht träumen lassen, dass der Zufall sie hier zusammengeführt hatte.

Hélène Clément, die durch die unfreiwillige Begegnung mit dem »großen Blonden« wieder Panik- und Angstattacken bekam, sich nachts schlaflos im Bett wälzte und schreiend aus Albträumen erwachte, fasste einen Entschluss. Sie besorgte sich Massons Akte, brachte so seine Adresse im Zwölften Arrondissement in Erfahrung und wusste, wann er seine Strafe abgesessen haben würde. Auf diesen Tag bereitete sie sich vor. Auf den Tag der Rache. Den Tag, an dem Masson sterben sollte. Der Gedanke daran loderte in ihr wie eine Flamme. Sie wusste noch nicht, wie sie es anstellen würde. Mehrere Szenarien gingen ihr durch den Kopf, aber keines schien ihr angemessen als Sühne für seine Verbrechen.

Vor einigen Wochen erfuhr sie bei einem Abendessen bei Christine Payan von den Aktionen der Sprayerfrauen. Die symbolische Kastration von Vergewaltigern – das brachte sie auf eine Idee. Sie würde über einen symbolischen Akt hinausgehen.

»Sind Sie nie auf die Idee gekommen, Polizei oder Staatsanwaltschaft zu alarmieren?«, wollte der Ermittlungsrichter wissen. »Masson anzuzeigen, ihn der Justiz zuzuführen? Er wäre mit Sicherheit gleich nach Verbüßung seiner Haftstrafe dem Internationalen Gerichtshof in Den Haag überstellt worden.«

»Der Gedanke ist mir natürlich gekommen. Aber mein Vertrauen in Polizei, Justiz und Gerichte ist nicht sehr groß. Außerdem wollte ich ihn persönlich konfrontieren. Ich wollte die Angst in seinen Augen sehen. Ich wollte …«, sie stockte. »Ich wollte ihn richten.«

»Das haben Sie dann ja auch.« Couperin zündete sich eine Zigarette an und stieß heftig den Rauch aus. »Sie haben ihn nicht nur gerichtet, sondern auch eigenhändig hingerichtet.«

Die Ärztin schwieg.

»Dann kam der 20. Januar, Montag dieser Woche«, schaltete sich LaBréa ein. »Masson wurde entlassen. Was geschah dann?«

»Ich wusste ja, dass er entlassen werden würde und hatte für diesen Tag einen Urlaubstag beantragt. Die Haftentlassungen aus der Santé finden gewöhnlich morgens gegen neun Uhr statt. Also wartete ich in einiger Entfernung vom Gefängnis in meinem Wagen und beobachtete den Eingang.«

»Warum warteten Sie auf ihn?«

»Zufällig hatte ich mitgehört, wie zwei Wärter einige Tage zuvor über Masson sprachen. Aus dem Gespräch ging hervor, dass er seinen Mithäftlingen von einem großen Besäufnis vorgeschwärmt hatte, das er am Tag seiner Entlassung veranstalten wollte. Das schien mir eine gute Gelegenheit zu sein. Ich würde ihm folgen, damit ich wusste, wann er nach Hause kam. – Dann sah ich, dass ein Taxi vorfuhr. Und ich dachte, mein Herz bliebe stehen! Der Mann, der aus dem Taxi stieg, war niemand anders als Stefan Vlankovic. Sofort war mir klar, dass er Masson vom Gefängnis abholen wollte.«

»In der Santé sagte man uns, Vlankovic habe Masson einige Male im Gefängnis besucht«, merkte LaBréa an. »Ist er Ihnen da nie aufgefallen?«

»Nein. Wenn ich ihn gesehen hätte, hätte er mich wahrscheinlich ebenfalls gesehen und sofort erkannt.«

»Richtig. Stefan Vlankovic stammt ja aus Foča«, warf der Ermittlungsrichter ein und drückte seine Zigarette aus. »Sie kannten ihn also demnach bereits früher, ich meine, vor dem Krieg.«

Ein bitterer Zug legte sich um den Mund der Ärztin.

»Er ging früher in dieselbe Klasse wie mein Bruder Alex. Ein paarmal ist er sogar bei uns zu Hause gewesen. Und mein Vater, der Arzt war, hat sich dafür eingesetzt, dass Vlankovics Mutter bei einem bekannten Professor in Sarajewo eine Krebsoperation vornehmen lassen konnte. Die Vlankovics waren arme Leute und hätten sich diese Behandlung nicht leisten können.«

»Lebt Ihr Bruder noch?«, fragte Claudine vorsichtig.

Das Gesicht der Ärztin verhärtete sich.

»Von meiner Familie lebt niemand mehr. Aber Sie werden verstehen, dass ich das hier und jetzt wirklich nicht erzählen möchte.«

LaBréa nickte. »Und war Ihre Vermutung richtig? Hat Vlankovic Masson am Gefängnistor abgeholt?«

Er hatte ihn abgeholt. Hélène verhielt sich äußerst vorsichtig, damit Vlankovic sie nicht sah. Sein plötzliches Auftauchen hatte sie völlig überrascht, doch sie wollte abwarten, wie sich die Dinge entwickelten. Masson und er bestiegen das Taxi und fuhren zunächst zu einem Lokal in der Rue Oberkampf. Hélène folgte ihnen und beschattete sie den ganzen Tag über.

Die beiden Männer zogen von Kneipe zu Kneipe. Stets kamen sie danach betrunkener heraus, als sie hineingegangen waren. Insbesondere Masson schien bereits am späten Nachmittag nicht mehr richtig auf den Beinen stehen zu können.

Spät in der Nacht brachte ein Taxi die beiden Männer dann in die Rue Chrétien de Troyes, wo Masson ausstieg. Er schwankte, und Hélène sah, dass er sturzbetrunken war. Die Örtlichkeiten in dieser Straße waren ihr bereits bekannt. Vor einigen Wochen hatte sie sich alles genau angesehen. Die Autowerkstatt, nachts mit einem massiven Rollgitter gesichert. Das kleine Haus, in dem nicht viele Parteien wohnten. Die Haustür, die nie abgesperrt war.

Als Vlankovic, der seinen Kumpel ins Haus begleitet hatte, zurückkam und wieder ins Taxi stieg, beschloss Hélène, zunächst dem Taxi zu folgen, um auf diese Weise Vlankovics Adresse in Erfahrung zu bringen.

Etwas später stieg Vlankovic dann in der Rue du Château d'Eau aus. Mit torkelnden Schritten betrat er den Hof der alten Spinnerei. Hélène folgte ihm vorsichtig. Sie hatte Todesangst. Vlankovic konnte sie entdecken und dann …

Sie sah, dass er in das alte Fabrikgebäude ging. Wenige Minuten später ging im ersten Stock das Licht an. Hier wohnte er also. Wie sie an ihn herankommen konnte, würde sie noch sehen. Zunächst wollte sie sich Masson vornehmen. Sie fuhr zurück zur Rue Chrétien de Troyes und parkte den Wagen in der nächstliegenden Seitenstraße. Als sie ausstieg, hatte sie bereits dünne Gummihandschuhe über die Finger gestreift.

Der Ermittlungsrichter drückte seine Zigarette aus.

»Und dann, Madame? Wie kamen Sie in Massons Wohnung?«

»Es war leichter, als ich gedacht hatte. Die Haustür war ja nicht abgeschlossen. Und die Wohnungstür hatte ein einfaches Schnappschloss. Ich habe mit einer kleinen Nagelfeile ein bisschen daran herummanipuliert. Und die Tür sprang auf.«

Masson lag vollständig bekleidet auf seinem Bett und schlief. Hélène hatte eine kleine Tragetasche mit den notwendigen Utensilien dabei. Schon seit Wochen hatte sie geplant, was sie mitnehmen würde. Sie drückte dem Schlafenden einen mit Äther getränkten Wattebausch aufs Gesicht. Er sollte nur so lange bewusstlos sein, bis sie ihn teilweise entkleidet, ans Bett gefesselt und ihm den Mund verklebt hatte. Als das geschehen war, wartete sie, dass Masson aufwachte.

»Ich zog mir einen blauen Overall über meine Kleidung. Den hatte ich Wochen zuvor in einem Berufsbekleidungsgeschäft gekauft. Ich wollte mich nicht besudeln bei dem, was ich vorhatte.« Die Ärztin hielt einen Moment inne in ihrer Erzählung. Es herrschte Totenstille im Raum.

»Und dann?«, fragte LaBréa.

Hélène Clément atmete tief durch.

»Dann wachte er auf. Obwohl er offenkundig unmäßig getrunken hatte, war er sich seiner hilflosen Lage sofort bewusst. Ich nahm den kleinen Kassettenrekorder, den ich mitgebracht hatte, die Kassette lag schon drin. Und ich spielte die Musik ab. Es dauerte ein paar Sekunden, aber dann hat er sie erkannt.«

LaBréa beugte sich vor. »Den *Boléro* von Ravel. Warum gerade diese Musik? Was hat es damit auf sich?«

Dr. Clément senkte den Kopf. Sie kämpfte mit sich. Dann setzte sie sich kerzengerade auf und sagte: »Das war die Musik, die sie damals immer spielten. In der Wohnung, in die sie mich holten. Tagsüber war ich in der Sporthalle mit den anderen. Nachts holten sie uns. Einzeln. Sie brachten uns in Wohnungen und Häuser. Und dann spielten Vlankovic und der Blonde den *Boléro* von Ravel. Immer die lauteste Stelle; die wurde ständig wiederholt. Es ging stundenlang. Nächtelang.« Ihre Stimme brach. »Damit man die Schreie nicht hörte. Meine Schreie und die der anderen Frauen.« Ein Zittern überfiel ihren

Körper. Hélène Clement weinte, hemmungslos und leise. Sie schlug die Hände vors Gesicht und ein lang anhaltender, wimmernder Laut kam über ihre Lippen.

Claudine stand auf, ging zu ihr und legte den Arm um sie. LaBréa und Couperin tauschten einen schnellen Blick. Es war unüblich und normalerweise nicht erlaubt, einem Tatverdächtigen während einer Vernehmung mit Mitleid oder gar Verständnis zu begegnen. Aber was war an diesem Fall schon normal?!

Couperin beugte sich zum Mikrofon. »Unterbrechung der Vernehmung«, sagte er und blickte auf seine Uhr. »Um neunzehn Uhr fünfundvierzig.« Er schaltete das Tonband ab.

21. KAPITEL

Nach einer viertelstündigen Pause wurde die Vernehmung wieder aufgenommen. Dr. Clément hatte sich gefasst und schien in der Lage, ihr Geständnis fortzusetzen. LaBréas Angebot, ihr aus der Kantine etwas zu essen zu besorgen, hatte sie abgelehnt. Sie trank Mineralwasser und schilderte den Fortgang des Geschehens vom 20. Januar.

Als Pascal Masson die Musik des *Boléro* erkannt hatte, geriet er in Panik. Doch er war gefesselt und geknebelt. Aller Widerstand war zwecklos. Nach Ende des Musikstückes holte Hélène das Skalpell aus ihrer Tasche. Masson, dessen Unterkörper schon die ganze Zeit entblößt gewesen war, ahnte offenbar, was Hélène vorhatte. Er zerrte an seinen Fesseln, wollte schreien. Doch sie hatte diesbezüglich ganze Arbeit geleistet.

»Haben Sie irgendetwas zu ihm gesagt?«, fragte Claudine.

»Ja. Nachdem der Ausschnitt aus dem *Boléro* verklungen war und ich das Skalpell in der Hand hielt, habe ich ihm gesagt: ›Das ist die Rache für Foča.‹ Und ich habe ihm gesagt, dass seinen Freund Vlankovic dasselbe Schicksal ereilen würde. Ich habe Bosnisch mit ihm gesprochen. Natürlich konnte er wegen der Knebel nicht antworten, doch damals in Foča hat er unsere Sprache gut verstanden und gesprochen.«

Sie unterbrach ihre Erzählung und sah die Anwesenden der Reihe nach an. Ihr Blick war fest und irgendwie auch entschlossen.

»Dann ging alles sehr schnell. Als Ärztin weiß ich, wie man so etwas macht, auch wenn die Schnitte nicht so glatt verliefen, wie ich dachte.« Sie schwieg und trank einen Schluck Wasser. Leise fuhr sie fort. »Und glauben Sie ja nicht, dass es mir etwas ausgemacht hätte! Damals in Foča, da habe ich grauenvolle Dinge gesehen und am eigenen Leib erlebt. Die Hölle, wie nicht einmal Dante sie beschrieben hat. Als ich das Skalpell ansetzte, habe ich an meine Mutter gedacht …« Dr. Clément schluckte und atmete tief durch. In ihren Augen standen Tränen, aber sogleich verhärtete sich ihr Gesichtsausdruck wieder. »Doch das tut jetzt nichts zur Sache. Sie wollen mein Geständnis, hier ist es. Der Blonde war zunächst bei vollem Bewusstsein, ist aber sehr schnell in Ohnmacht gefallen. Ich habe ihm seine Teile auf die Brust gelegt, zusammen mit der Musikkassette, habe meine Sachen zusammengepackt und bin gegangen. In dieser Nacht konnte ich zum ersten Mal seit 1992 durchschlafen. Ich wachte kein einziges Mal auf und hatte keinen Albtraum. Das war für mich das Zeichen, dass ich mit Vlankovic weitermachen musste. Um mich endgültig von allem zu befreien.«

»Sie töteten ihn in der darauffolgenden Nacht. Vierundzwanzig Stunden, nachdem Sie Pascal Masson kastriert und ermordet hatten.« Couperin trank einen Schluck aus seiner Kaffeetasse. In der Vernehmungspause hatte Claudine eine Kanne starken Kaffee besorgt. Alle bis auf Dr. Clément hatten sich bedient. »Wie ist es Ihnen gelungen, in seine Behausung über der Spinnerei zu gelangen?«

Die Ärztin hatte sich einen Überraschungsangriff ausgedacht. Sie wollte ihr Äußeres so verändern, dass Vlankovic sie nicht gleich erkannte, und ihn nachts in der Spinnerei aufsuchen. Am schwierigsten war dabei für sie, ihre Angst zu unterdrücken. Ihm Auge in Auge zu begegnen, versetzte sie in ungeheure Panik. Doch der Gedanke, ihn endlich strafen zu können, gab ihr die notwendige Kraft.

Dienstagnacht gegen elf Uhr ging sie zur Spinnerei. Es schneite. Sie nahm an, dass Vlankovic bei einem solchen Wetter sicher zu Hause sein würde.

»Sie kennen das Gebäude«, sagte Hélène zu LaBréa. »Die große eiserne Eingangstür hat kein Schloss. Vom Hof aus sah ich, dass im ersten Stock Licht brannte. Da wusste ich, jetzt ist es so weit.«

»Sie sagten, Sie hatten Ihr Äußeres verändert?« LaBréa schenkte sich Kaffee nach. »In welcher Form, Dr. Clément?«

»Ich hatte mir ein Kopftuch umgebunden und eine dicke Hornbrille aufgesetzt. Nie zuvor habe ich ein Kopftuch getragen. Meine Familie war zwar muslimisch, aber in einem völlig liberalen Sinn. Eine Benachteiligung als Mädchen habe ich früher nie gekannt. Meine Eltern waren weltoffen und westlich orientiert. Meine Mutter allein schon aufgrund der Tatsache, dass sie aus Paris kam.«

»Was geschah dann?«, fragte LaBréa.

Im Licht ihrer Taschenlampe war Hélène auf leisen Sohlen durch die dunkle Maschinenhalle der Spinnerei gegangen. Im ersten Stock hatte sie gelauscht. Nichts war zu hören, außer dem Geräusch eines laufenden Wasserhahns, das aus einem der Räume drang, die offenbar vom Flur abgingen. Sie schlich sich näher heran und kam zum Waschraum. Ein Mann beugte sich übers Waschbecken und klatschte sich immer wieder Wasser ins Gesicht. Es war Vlankovic. Hélène erkannte ihn an seinen lockigen dunklen Haaren und der Militärhose, die er bereits bei der Zechtour am Vortag getragen hatte. Der Oberkörper war mit einem T-Shirt bekleidet. Hélène begriff sofort, dass sich ihr hier die erhoffte Gelegenheit bot. Blitzschnell präparierte sie den Wattebausch mit Äther und näherte sich Vlankovic auf Zehenspitzen. Erst in letzter Sekunde hörte er sie und drehte sich um. Doch da hatte Hélène ihm bereits den Wattebausch aufs Gesicht gedrückt und die Wirkung setzte sogleich ein.

Anschließend schleifte sie ihn ins nächste Zimmer, wo er offensichtlich wohnte, und wuchtete ihn auf das Eisenbett.

»Ich habe genau dasselbe mit ihm gemacht wie mit dem Blonden«, erklärte Hélène Clement, und LaBréa war erneut erstaunt, wie ungerührt sie das alles erzählte. »Ihn ausgezogen, Hand- und Fußgelenke am Bett fixiert, seinen Mund verklebt. Dann legte ich Kopftuch und Brille ab und habe gewartet, dass er aufwachte. Das geschah etwa eine Viertelstunde später.«

Sie trank das Wasser in ihrem Glas in einem Zug aus.

»Hatten Sie den Eindruck, dass Vlankovic Drogen genommen hatte?«, fragte LaBréa.

Dr. Clément zuckte mit den Schultern.

»Das kann ich nicht sagen. Vielleicht. Doch, jetzt, wo Sie es sagen ... das könnte möglich sein, denn er reagierte extrem langsam, als er sich im Waschraum nach mir umdrehte.«

LaBréa nickte. »Gut. Und weiter?«

»Vlankovic erkannte mich sofort, als er zu sich kam. Die Panik, die ich in seinen Augen sah, verschaffte mir eine ungeheure Genugtuung. Zunächst sagte ich nichts, holte nur meinen Kassettenrekorder hervor und spielte ihm den *Boléro* vor. Dann beschrieb ich ihm in detaillierter Form, was jetzt mit ihm geschehen würde, und holte das Skalpell heraus. Um seine Angst zu steigern, zögerte ich alles hinaus. Ich ließ das *Boléro*-Band ein zweites Mal laufen. Aber noch rührte ich ihn nicht an. Ich habe bestimmt eine halbe Stunde nur auf der Bettkante gesessen, ihn angesehen und immer wieder die Musik abgespielt. Sein Mördergesicht betrachtet, mir all das ins Gedächtnis gerufen, was er mir und anderen angetan hat. Dann war ich so weit. Vielleicht mutet das unbegreiflich an, unmenschlich. Aber ich verspürte eine große Ruhe in mir, als ich das Skalpell ansetzte. Die Gewissheit, dass mein Handeln richtig war, besser gesagt: notwendig. Dass ein solcher Mensch es nicht verdient, weiterzuleben.« Sie holte tief Luft. »Der Rest ist schnell erzählt. Vlankovic verlor das Bewusstsein später als sein Kumpan in der Nacht zuvor. Als ich fertig war, habe ich die Kassette und Geschlechtsteile auf seine Brust gelegt. Nachdem ich mein Skalpell im Waschraum gesäubert hatte, schaffte ich Vlankovics Körper die Treppe hinunter, durch die Fabrikhalle in den Hof.«

»Warum das?«, fragte LaBréa stirnrunzelnd. »Warum ließen Sie ihn nicht oben liegen?«

»Weil ich wollte, dass man ihn findet. Und dass man ihn frisch findet, wenn Sie verstehen, was ich meine. Wie einen räudigen Hund, den man erschlagen hat und dessen Körper man wegwirft. Ohne Achtung, ohne Pietät, als etwas gänzlich Wertloses. So, wie er es mit vielen seiner Opfer gemacht hat.«

Hélène Clément wirkte erschöpft, als sie jetzt innehielt. Sie hatte ein umfassendes Geständnis abgelegt, das würde ihr vor Gericht positiv ausgelegt werden. Obwohl sie zwei Menschen grausam, heimtückisch und vorsätzlich getötet hatte, konnte sie aufgrund der

Erlebnisse damals in Bosnien vermutlich mit mildernden Umständen rechnen.

Doch noch waren nicht alle Fragen geklärt. LaBréa zog den Umschlag mit den handbeschriebenen Heftseiten hervor und legte ihn auf den Tisch. Bevor er die Ärztin jedoch fragen konnte, was diese Blätter zu bedeuten hatten, sagte sie leise: »Bitte, entschuldigen Sie, aber ich würde jetzt gern einmal zur Toilette gehen.«

»Selbstverständlich.« Couperin nickte und gab Claudine ein Zeichen. In Begleitung seiner Mitarbeiterin verließ Hélène LaBréas Büro.

»Der Fall ist abgeschlossen«, sagte Couperin nicht ohne Erleichterung und zündete sich eine weitere Zigarette an. »Das Gericht wird ihr vielleicht aufgrund der schrecklichen Erlebnisse damals in Foča mildernde Umstände zubilligen. Aber sicher bin ich mir da nicht.«

»Hätte es nicht diesen unglaublichen Zufall gegeben, dass Masson zu einer Haftstrafe verurteilt wurde, wäre sie diesen beiden Männern voraussichtlich nie wieder begegnet«, meinte LaBréa nachdenklich.

»Ja, Commissaire. Und da frage ich mich, was Gott mit einer solchen Verkettung von Zufällen bezweckt?« Couperin blickte LaBréa an und lächelte. »Ich weiß, LaBréa, Sie glauben nicht an Gott. Aber finden Sie nicht – irgendwie liegt ein höherer Sinn in alledem.« Dann hob er beschwichtigend die Hand. »Nicht, dass ich Dr. Cléments Taten beschönigen oder gar entschuldigen will! Aber, wie heißt es so schön? ›*Gottes Wege sind unergründlich.*‹«

In diesem Augenblick wurde die Tür aufgerissen. »Kommen Sie, Chef, schnell!« In Claudines Gesicht stand nackte Panik.

LaBréa und Couperin folgten Claudine zur Damentoilette. Dort hielten sich bereits mehrere Beamte in Uniform auf. Die Tür zu einer der Kabinen war aufgebrochen worden. Und da lag sie.

Hélène Clément, alias Elena Droganic.

Vor der Toilettenschüssel war sie auf den Steinfußboden gesunken. Ihren linken Arm hatte sie mit einem Stück Gummischlauch abgebunden. Neben ihrer rechten Hand lag eine Injektionsspritze. In Höhe ihrer angewinkelten Knie ihre geöffnete Handtasche.

»Ich habe sofort die Kollegen geholt, als ich plötzlich komische Geräusche hörte und Dr. Clément auf meine Frage nicht geantwortet hat.« Claudine war vollkommen fassungslos. »Sie hatte die Tür verriegelt.«

»O, mein Gott!«, flüsterte LaBréa. »Nein, das darf nicht wahr sein …« Er bückte sich und fühlte den Puls der Ärztin. Hélène Cléments Augen blickten erloschen. Und doch lag in ihnen eine tiefe Ruhe, als hätte sie endlich Frieden gefunden. Dann schüttelte LaBréa den Kopf und starrte Couperin fassungslos an.

Der Ermittlungsrichter stand sekundenlang unbeweglich da und wandte sich dann an Claudine.

»Haben Sie keine Leibesvisitation vorgenommen, als Sie Dr. Clément hierherbrachten? Die Handtasche durchsucht?«

»Nein.« Claudine war ein Häufchen Elend. Ihr war nur allzu klar, dass sie einen Riesenfehler begangen hatte und dass sie sich dafür würde verantworten müssen. »Ich dachte …«, sie beendete den Satz nicht und sah ihren Chef hilflos an.

»Darüber reden wir später«, meinte er. »Rufen Sie Dr. Foucart an, Claudine. Es wird eine Autopsie geben, das ist in solchen Fällen Vorschrift.«

Claudine eilte davon, froh, sich entfernen zu können.

Couperin war äußerst aufgebracht.

»Eine solche Panne hätte niemals passieren dürfen, LaBréa!«

»Ich weiß.«

»Diese Frau legt ein komplettes Geständnis ab, geht danach seelenruhig auf die Toilette und bringt sich um.« Er zündete sich eine Zigarette an und warf sein Feuerzeug wütend auf den Tisch.

LaBréa dachte an den Selbstmord des Vergewaltigers vor wenigen Tagen in der Santé. Jetzt musste seine eigene Abteilung ebenfalls mit einem Disziplinarverfahren rechnen, weil er und Claudine ihre Aufsichtspflicht sträflich vernachlässigt hatten.

Er zog sein Handy aus der Tasche und wählte die

Nummer von Roland Thibon. Über diesen Vorgang musste LaBréa ihn unverzüglich informieren.

Eine Stunde später saß LaBréa mit der Psychologin Christine Payan in seinem Büro. Dr. Cléments Schwägerin war fassungslos, als sie hörte, was geschehen war. Sie enthielt sich jedoch jeder Schuldzuweisung an die Adresse der Polizei und sagte lediglich: »Es war ihre Entscheidung, und die respektiere ich. Was hat sie sich injiziert?«

»Das wissen wir erst nach der Autopsie.«

»Sie hat diese beiden Männer getötet, hat es gestanden und danach den Weg gewählt, der ihr als der richtige erschien. Vielleicht ist es besser so.«

LaBréa zog die handgeschriebenen Blätter aus dem Umschlag.

»Ich kam nicht mehr dazu, Dr. Clément danach zu fragen«, erklärte er und legte die eng beschriebenen Seiten auf den Tisch. »Tagebuchaufzeichnungen. Briefe an ihre Eltern, ihren Bruder, eine Freundin, ihre ehemalige Klavierlehrerin. Dr. Clément hat viele solcher Briefe geschrieben und mit dem Kürzel ›E‹ unterschrieben. Ich vermute, das steht für ›Elena‹, ihren damaligen Vornamen.«

Christine Payan nahm einige der Blätter und überflog sie.

»Sie sehen ja selbst«, fuhr LaBréa fort, »das Erstaunliche daran ist, dass offenbar keiner dieser Briefe je abgeschickt wurde, denn das hier sind die Originale. Sie umfassen einen Zeitraum von mehreren Jahren. In den Tagebuchaufzeichnungen schreibt sie über ihre Ängste und Träume. Und in den Briefen an die verschiedenen Adressaten schildert Dr. Clément ihr Alltagsleben in Paris. Sie schreibt auch von Heimweh und Sehnsucht nach der Familie, von baldigem Wiedersehen.«

Die Psychologin schüttelte erstaunt den Kopf.

»Merkwürdig«, sagte sie. »Zu den Tagebuchaufzeichnungen habe ich ihr zwar damals in Zagreb geraten. Als therapeutische Maßnahme. Sie sollte ihre Träume aufschreiben, ihre Ängste in Worte fassen. Als Teil der notwendigen psychischen Verarbeitung, damit sie wieder fähig würde, ein normales Leben zu führen. Aber Briefe an ihre Familie? An Freunde? Diese Menschen sind alle tot, Commissaire.«

»Kennen Sie Einzelheiten, wie ihre Familie ums Leben gekommen ist?«

»Ja, die kenne ich.« Christine Payan lehnte sich im Sessel zurück und blickte aus dem Fenster. Der Nachthimmel über der Stadt verstrahlte ein rötliches Licht. In der Ferne, auf einem der Boulevards, hupten Autos.

Mit leiser Stimme begann die Psychologin zu erzählen.

»Als die serbischen Soldaten nach Foča kamen, trieben sie zuerst die männliche Bevölkerung zusammen. Hélènes Vater, ein angesehener Arzt, wurde in seiner Praxis erschossen. Der Sohn Alex, ein Jurastudent, der gerade Semesterferien hatte, kam in ein Lager. Man hat nie wieder von ihm gehört. Elenas Mutter, eine Anwältin, wurde aus ihrer Kanzlei verschleppt und in der örtlichen Sporthalle interniert. Dort traf sie ihre Tochter, die zusammen mit der Klavierlehrerin Stanka Plasnic während einer Klavierstunde verhaftet worden war.

Auch Elenas beste Freundin Maja hatten die Soldaten in die Turnhalle gebracht. Maja war eine erfolgreiche Geräteturnerin und die Freundin von Elenas Bruder Alex. Elena und Maja waren achtzehn Jahre alt. Sie hatten gerade einige Wochen zuvor das Abitur bestanden. Alle Frauen waren bei ihrer Festnahme geschlagen und beschimpft worden, keine durfte Kleidung, Wäsche oder sonstige notwendige Dinge mitnehmen.

Gleich in der ersten Nacht wurde Elenas Mutter in Elenas Beisein von fünf Soldaten vergewaltigt und anschließend zusammengeschlagen. Danach verschleppten Masson und Vlankovic Elena zum ersten Mal in diese Wohnung, wo sie den *Boléro* abspielten. Elenas Mutter erlag am nächsten Tag ihren Verletzungen. Nacht für Nacht wurden die Frauen aus der Sporthalle geholt und gequält. Elenas Schulfreundin Maja hat am vierten Tag Selbstmord begangen. Eines Morgens lief sie schreiend aus der Turnhalle und provozierte auf diese Weise die wachhabenden Soldaten, sie niederzuschießen. Das geschah dann auch.«

Christine Payan hielt inne.

»Und die Klavierlehrerin? Was geschah mit ihr?«, wollte LaBréa wissen.

»Stanka Plasnic erlitt das gleiche Schicksal wie die anderen Frauen. Sie hat ebenfalls Selbstmord begangen, aber erst später. Eine Woche nach der Befreiung der Vergewaltigungslager in Foča hat sie sich in die Drina gestürzt. Sie konnte nicht schwimmen, doch um ganz sicherzugehen, befestigte sie an ihren Beinen zwei große Ziegelsteine, bevor sie von der Brücke in den Fluss sprang.«

Eine Weile sagte keiner von ihnen ein Wort. Dann brach LaBréa das Schweigen.

»Was für eine entsetzliche Geschichte. Für die junge Elena und all die anderen muss es die Hölle gewesen sein.«

»Ja, das war es, Commissaire.«

»Vielleicht gehörten diese Briefe an ihre Familie und an Freunde zu Dr. Cléments Strategie zu überleben? Indem sie ihnen schrieb, erweckte sie in ihrer Fantasie diese Menschen wieder zum Leben und war dadurch selbst wieder in der Lage, ihr Leben neu zu gestalten.«

Die Psychologin dachte über LaBréas Worte nach.

»Das wäre möglich. Die Briefe haben ihr geholfen, die realen Erlebnisse auszublenden, das Geschehene zu vergessen.«

»Ja, wahrscheinlich«, erwiderte LaBréa. »Doch die Ereignisse haben sie in dem Moment wieder eingeholt, als Masson seine Strafe in der Santé antrat. Da hat sie den Mord an ihm geplant und später beide Männer kaltblütig und auf grausame Weise getötet.«

»Vergessen Sie nicht, Commissaire, Masson und Vlankovic waren ihre Peiniger! Ohne Elena wären ihre Taten vermutlich niemals gesühnt worden.«

»Ich frage mich«, sagte LaBréa nachdenklich, »warum Masson, Vlankovic und all die anderen so wurden, wie sie sich im Krieg zeigten?«

Christine Payan lachte, doch es war ein trauriges, verbittertes Lachen.

»Ja, warum werden normale, nette Männer im Krieg zu Folterknechten? Auf diese Frage gibt es viele Antworten. Eine davon ist diese: Im rechtsfreien Raum, den der Krieg ihnen bot, konnten sich viele Männer nach Herzenslust austoben. Es gab keine Kontrolle, keine Gesetze, keine moralischen Werte und Maßstäbe. Der sogenannte Feind war Freiwild, mit dem man tun und lassen konnte, was man wollte. Doch es gibt noch einen anderen Aspekt: Vergewaltigung als gezieltes Kriegsmittel. Das Tribunal in Den Haag hat diesen Tatbestand eindeutig bestätigt. Die massenhaften Vergewaltigungen im Bosnienkrieg wurden von der Militärführung als strategische Waffe eingesetzt.

Nach dem Krieg kehrten die Täter zu ihren Familien zurück, als sei nichts geschehen. Im Frieden war die Bestie wieder gezähmt.«

LaBréa ließ die Worte der Psychologin einen Moment nachwirken.

»Eines würde mich noch interessieren, Madame«, meinte er dann. »Inwieweit haben Sie eigentlich von Dr. Cléments Absichten gewusst? Hat sie Ihnen erzählt, dass sie den Blonden im Gefängnis wiedergesehen hat?«

Entschieden schüttelte Christine Payan den Kopf.

»Nein, das hat sie nicht. Ich hatte keine Ahnung, dass Masson hier in Paris ist.«

»Sie sagte, dass sie durch ein Abendessen bei Ihnen auf die Idee mit der Kastration gekommen sei. Als über die Bestrafungsaktionen dieser Sprayerfrauen gesprochen wurde.«

»Aber kein Mensch konnte wissen, dass Elena durch diese Geschichte den Anstoß zu dem bekommen würde, was sie dann in die Tat umsetzte, Commissaire.«

»Heute Nachmittag, während unseres Besuches bei Ihnen, da haben Sie doch geahnt, dass Elena mit den Morden zu tun haben könnte? Sonst hätten Sie sie nicht im *Sélect* getroffen, um sie zu warnen.«

»Ich wollte sie nicht warnen. Ich wollte nur die Wahrheit wissen. Als Sie die Ereignisse in Foča erwähnten, war mir klar, dass es nur Elena gewesen sein konnte, die die beiden Männer umgebracht hatte. Und sie hat es mir gegenüber im *Sélect* auch zugegeben.«

Eine halbe Stunde später begab sich LaBréa auf den Heimweg. Immer noch brauste der Verkehr über die

Quais und Boulevards. Die Stadt schlief nie. Nur in den kleinen Straßen des Marais war Ruhe eingekehrt. Hin und wieder war ein Fenster erleuchtet, eine einzelne Gestalt verschwand in einem Hauseingang.

Der Schnee, der immer noch auf den Gehwegen lag, dämpfte LaBréas Schritte.

Zu Hause angekommen, gab er den Türcode ein und durchquerte den Flur. Im ersten Hof, in Célines Wohnung, brannte Licht. LaBréa zögerte nur einen kurzen Augenblick, dann klopfte er entschlossen an die Tür. Kurz darauf öffnete Céline. Das Licht der Flurbeleuchtung ließ ihre dunklen Haare rötlich schimmern. Hatte sie ihn erwartet? Ihr regungsloses Gesicht verriet nichts über ihre Gefühle und Gedanken.

»Darf ich kurz reinkommen?«, fragte LaBréa und hörte, wie belegt und verlegen seine Stimme klang.

Jetzt spielte ein Lächeln um Célines Mund, verschwand aber sogleich wieder, als wäre es voreilig gewesen.

»Ja, komm rein. Du siehst ziemlich erschöpft aus. Dagegen wüsste ich etwas.«

Fünf Minuten später saßen sie in Célines Küche. Céline hatte eine Flasche Burgunder vom Weingut ihrer Familie geöffnet.

Als die Nacht sich dem Ende zuneigte, hatten sie auch die zweite Flasche Wein geleert. Über alles war gesprochen worden, LaBréa hatte nichts ausgelassen oder beschönigt. Céline hatte gemeint, dass sie erst einmal etwas Zeit brauche, um seine Affäre mit Jocelyn zu vergessen.

Zehn Minuten später lag LaBréa in seinem Bett. Als Kater Obelix es sich am Fußende bequem machte und seinen schweren Körper auf LaBréas Füße ausstreckte, war dieser bereits eingeschlafen.

*Lust auf den nächsten Fall
mit Kommissar LaBréa bekommen?*

Dann lesen Sie weiter in

ALEXANDRA VON GROTE

DER LETZTE WALZER IN PARIS

Ein Fall für Kommissar LaBréa

Erhältlich ab Januar 2010

› Über das Buch

In einer großbürgerlichen Wohnung im Marais-Viertel wird die Leiche der 78-jährigen Griseldis Géminard entdeckt. Die Frau wurde erdrosselt. Am Tatort werden Fingerabdrücke und DNA-Spuren sichergestellt. Alles weist darauf hin, dass es sich um einen Raubmord handelt, und dass die Tote ihren Mörder gekannt hat. Ein Nachbar hatte in der Wohnung der Ermordeten am Morgen noch laute Musik gehört. Einen Musette-Walzer, und das nicht zum ersten Mal. Kommissar LaBréa und sein Team finden heraus, dass Griseldis Géminard an den Wochenenden regelmäßig das bekannte Tanzlokal Paradis aufsuchte. Zur gleichen Zeit wird auf dem Bahngelände an der Gare de Lyon die skelettierte Leiche einer etwa 30-jährigen Frau entdeckt. Durch Zufall werden die DNA-Proben des Mörders von Griseldis Géminard mit denen der unbekannten Frau vom Bahngelände verglichen. LaBréa ist verblüfft, denn es ergibt sich eine Übereinstimmung. Das bedeutet, dass der Mörder der alten Dame mit der unbekannten Toten in Verbindung stehen muss. Die Spur führt ins Tanzlokal Paradis.

PROLOG

Sie stellte den Radiorekorder im Wohnzimmer an und legte eine Kassette ein. Sofort hellte sich ihre Miene auf. Im heiteren Rhythmus der Akkordeontöne wiegte sie ihren Oberkörper leicht hin und her. Ein Lächeln, gedankenverloren und wie aus einer anderen Zeit, legte sich über ihre Züge.

Sie drehte die Lautstärke ein Stück weiter auf und schloss die Augen. Starke Arme, sehnig und muskulös, umfassten ihre Taille und wirbelten sie herum. Ein Schwindel erfasste sie – wie damals vor dem Krieg, als sie Kind war und auf dem Jahrmarkt vor dem Eiffelturm Karussell fuhr. Ganz benommen war sie nach den Fahrten, wenn sie dann an einer der Kirmesbuden Süßigkeiten und bunte Luftballons gekauft bekam.

Doch das war lange her.

Seitdem hatte das Leben sie mit all seinen Stürmen, Schrecken und Enttäuschungen heimgesucht und geprüft. Nur wenige Menschen überstehen eine solche Prüfung unbeschadet.

Sie war allein. Alberts Tod lag viele Jahre zurück. Von dem fernen Kontinent, wohin ihre einzige Tochter vor dreißig Jahren ausgewandert war, kamen keine

Briefe mehr, keine Telefonate, nichts. Nie mehr! Der Tod war grausam in seiner Unabänderlichkeit. Die Brutalität dessen, was geschehen war, hatte ihr einige Zeit zu schaffen gemacht. Inzwischen war der Schmerz versiegt, wie ein Rinnsal in der Dürre, doch die Trauer hatte sie nie verlassen. An manchen Tagen stülpte sie sich über ihre Seele wie eine Glasglocke, unter der sie zu ersticken drohte.

An ihren eigenen Tod dachte sie jeden Tag. Mit einer gewissen Neugierde fragte sie sich manchmal, in welcher Gestalt er wohl käme? Und was würde wohl ihr letzter Gedanke sein, wenn es so weit war? Vielleicht hätte sie keine Gelegenheit zu einem letzten Gedanken, weil der Tod sie im Schlaf überraschte. Schnell und schmerzlos, anders, als es ihrer Tochter beschieden gewesen war. Das wäre das Beste und der einzige Wunsch, den sie noch haben würde.

Nein, nicht der einzige! Bevor sie sanft entschlief, wollte sie noch einen letzten Walzer tanzen …

Sie lächelte. Die Musik verklang. Das nächste Stück trug den Titel »*Paris en Fête*«. Sie kannte alle Stücke auf der Kassette.

Erneut drehte sie am Lautstärkeknopf und ging ins Bad. Als sie sich kurz darauf ankleidete, wählte sie die Garderobe sorgfältig aus. Ein gelb-lila geblümtes Seidenkleid mit langen Ärmeln, die mit einem schmalen Bündchen abschlossen. Dazu passten die lila Wildlederpumps, ihre Lieblingsschuhe. Noch einige Spritzer Chanel Nummer 5, die Turmalinkette ihrer Großmutter, den Brillantring, den Albert ihr 1951 zur Verlobung geschenkt hatte. Zufrieden betrachtete sie ihr Bild im Spiegel des Kleiderschranks. Mit der dunkelbraunen Echthaarperücke (leicht gelockt, Ponyfransen), die sie sich vor einer Woche zugelegt hatte, und derentwegen ihre spärlichen, grauen Haare ganz kurz geschnitten werden mussten, sah sie entschieden jünger aus, als sie war. Und so fühlte sie sich auch.

Die Uhr auf der Anrichte im Wohnzimmer zeigte kurz nach acht. Noch war keine Eile geboten. Der ganze Vormittag lag vor ihr. Doch sie wollte festlich gekleidet und geschminkt sein, für den Fall, dass er früher kam, sie vielleicht in ein Café ausführte (möglicherweise auch zum Mittagessen), bevor sie sich später in einem der Lokale ins Getümmel stürzten.

Es war ein Vergnügen, das sie sich beinahe jeden Sonnabendnachmittag gönnte.

Beschwingt spitzte sie die Lippen und pfiff die Melodie mit, die aus dem kleinen Rekorder laut durch die Wohnung klang.

Gegen halb neun klingelte es. War er das vielleicht schon? So früh kam er sonst nie … Ihr Herz schlug schneller. Sie zupfte die Perücke zurecht, fuhr mit der Zunge vorsichtig über ihre karmesinrot geschminkten Lippen, damit sie frisch und erwartungsvoll wirkten, und ging mit eiligen Trippelschritten zur Tür.

Sie hatte richtig vermutet. Etwas unbeholfen und schüchtern stand er im halb dunklen Treppenhaus. In der rechten Hand hielt er einen Blumenstrauß. Unter dem offenen Regenmantel trug er einen nachtblauen Nadelstreifenanzug mit silberner Krawatte. Die Augen waren hinter einer verspiegelten, dunkel getönten Brille verborgen.

»Komm rein«, sagte sie und betrachtete ihn wohlwollend. Dass sein Blick hinter der getönten Brille so gar nicht zu dem jungenhaften Lächeln passte, das er ihr wie üblich zur Begrüßung schenkte, bemerkte sie erst, als es zu spät war.

1. KAPITEL

Der erste Oktobertag begann mit Regen. In feinen, gleichmäßigen Bahnen rann er über das Glasdach der Atelierwohnung und perlte nach unten, wo eine Regenrinne ihn auffing.

LaBréa erwachte und lauschte dem monotonen Geräusch, das so klang, als trommelten Finger in gleichmäßigem Rhythmus auf eine Schreibtischplatte.

Es war noch nicht hell draußen. LaBréa warf einen Blick auf den Wecker und ließ sich aufs Kissen zurückfallen. Er zog die Decke um die Schultern und beschloss, sich noch zehn Minuten zu gönnen und das angenehme Gefühl des Dämmerns auszukosten, halb im Schlaf, halb wach.

Er hatte geträumt. Die letzten Bilder des Traums verflüchtigten sich wie ein sommerlicher Duft, der sich zu rasch im Raum verteilt. Er befand sich in einem großen Haus mit vielen Zimmern. Die meisten von ihnen waren unbewohnt, die Möbel mit weißen Tüchern abgedeckt. Im Traum wurde deutlich, dass es LaBréas Elternhaus war. Doch es sah anders aus als das Haus seiner Kindheit. Plötzlich stand seine Tochter Jenny auf dem langen Flur, von dem rechts und links die Zimmer wie in einem Hotel abgingen.

Sie trug ihren Fußballdress, und LaBréa wollte ihr sagen, dass sie mit den Stollenschuhen nicht über das gute Parkett laufen könne. Doch bevor er dazu kam, öffnete sich eine der Zimmertüren, und Céline betrat den Flur. In der figurbetonten Bluse und den gut sitzenden Jeans sah sie attraktiv und sexy aus. Sie lächelte, hakte Jenny unter, und beide kamen strahlend auf LaBréa zu. Das Klacken von Jennys Fußballschuhen hallte tausendfach wider. Als sie bei ihm waren, nahmen sie ihn in die Mitte, und Jenny sagte: »Jetzt!« Sie sprang in die Luft. Céline tat es ihr nach. LaBréa nahm erstaunt wahr, dass beide über dem Fußboden schwebten. Dann sprang auch er hoch und schwebte plötzlich. Wie schwerelos glitt er über den Flur, der nach oben hin offen war und den Blick auf einen wolkenlosen Himmel freigab. Immer höher flog LaBréa, bis er die Stadt aus der Vogelperspektive sah. Und Jenny und Céline folgten ihm …

LaBréa atmete tief durch und wollte sich noch einmal das Gefühl seines schwebenden Körpers in Erinnerung rufen, der im Traum die Gesetze der Erdanziehung außer Kraft gesetzt hatte. Doch es gelang ihm nicht.

Er wälzte sich noch einige Male hin und her, schlug dann die Bettdecke zurück und streckte sich.

Als er die Schlafzimmertür öffnete, drangen aus der Küche leise Stimmen.

»Seid ihr etwa schon auf?«, rief LaBréa und gähnte.

»Haben wir dich geweckt?«, kam Jennys Gegenfrage.

»Nein, das nicht«, brummte LaBréa und ging in die Küche. »Aber dass ihr so früh schon wach seid, wundert mich, ehrlich gesagt.«

Beinahe wäre LaBréa über Kater Obelix gestolpert, der satt und zufrieden ins Wohnzimmer stolzierte und offenbar schon gefressen hatte.

Am Tisch unter dem Fenster, durch das man in den kleinen Garten sah, saßen LaBréas Tochter Jenny und ihre Freundin Alissa. Beide trugen Schlafanzüge und Hausschuhe. Sie tranken Orangensaft und löffelten soeben die letzten Reste aus ihren Müslischalen.

LaBréa gab seiner Tochter drei Küsschen auf die Wangen.

»Morgen, Chérie.«

»Morgen, Papa.«

»Morgen, Alissa. Gut geschlafen?«

»Morgen, Monsieur«, sagte Alissa und warf ihm einen kurzen Blick aus ihren stark geröteten Augen zu.

LaBréa legte seine Hand auf ihre Schulter und fragte besorgt: »Hast du geweint?«

»Das sind ihre neuen Kontaktlinsen«, warf Jenny rasch ein. »Die verträgt sie nicht so gut. Aber der Trainer hat gesagt, mit der Brille kann sie nicht mehr im Tor stehen.«

»Ich weiß, ich weiß!« Ein wenig abwehrend hob LaBréa die Hände. »Diese Geschichte höre ich jetzt mindestens zum fünften Mal.«

Jenny sah ihren Vater missbilligend an und verzog genervt den Mund.

»Mit den Kontaktlinsen, das stimmt«, sagte Alissa. »Aber außerdem schlafe ich nicht so gut in letzter Zeit.« Sie nahm die Müslischale hoch und trank einen Rest Milch.

»Hm.« LaBréa nickte. Er wusste, warum Alissa geweint hatte, und versuchte sie zu trösten: »Das wird schon werden, Alissa. Glaub mir. Du kommst darüber hinweg, auch wenn es vielleicht noch eine Weile dauert.«

»Das habe ich ihr auch gesagt«, mischte sich Jenny ein. »Wenn die Eltern sich trennen, kann man nichts machen. In den meisten Fällen nehmen sie sowieso keine Rücksicht auf die Kinder.«

Sie nickte ihrem Vater bedeutungsvoll zu, und LaBréa verkniff sich ein Schmunzeln. Woher hatte seine Tochter bloß diese altkluge Art?

»Die neue Frau ihres Vaters ist total doof«, fuhr Jenny fort. »Aber heute ist Sonnabend, und das Gericht hat ja festgelegt, dass Alissa an den Wochenenden zu ihrem Vater soll.«

LaBréa sah, dass dem Mädchen erneut die Tränen kamen. Rasch legte er wieder seine Hand auf ihre Schulter und meinte: »Dein Papa ist doch eigentlich ganz in Ordnung. Du hast dich mit ihm immer gut verstanden, oder?«

Alissa nickte.

»Na also. Sei nicht traurig. Das Ganze ist ja noch ziemlich frisch. Es braucht seine Zeit, bis sich alles einspielt. Ich weiß, das ist kein Trost. Aber es geht vielen Kindern wie dir. Und oft noch schlimmer.«

Alissa schob ihre Schüssel beiseite und sah Jenny an. »Mir reicht es schon, wie es bei mir ist. Wenn ich Jenny nicht hätte, mit der ich über alles reden kann, ich weiß gar nicht ...« Der Rest ihres Satzes ging in einem Schluchzen unter. Jenny sprang auf, ging zu ihrer Freundin und legte tröstend den Arm um sie.

»Weine nicht, Alissa. Vielleicht kannst du deinen Vater anrufen und ihm sagen, dass du heute nicht kommst?«

»Das geht nicht.« Alissa schnäuzte sich die Nase. »Dann denkt Papa doch, Maman hätte mich aufgewiegelt, damit ich am Wochenende nicht zu ihm gehe. Das redet ihm alles diese blöde Ziege ein. Ständig hetzt sie gegen mich und Maman.«

LaBréa warf einen Blick auf die Küchenuhr, die neben dem Fenster an der Wand hing.

»Viertel nach sieben«, sagte er. »Ich gehe mich jetzt schnell rasieren, und dann könnt ihr ins Bad.«

Gleich darauf schlurfte er durchs Wohnzimmer. Obelix lag auf seinem Lieblingsplatz im Sessel und schlief. LaBréa strich ihm übers Fell und murmelte ein paar Worte. Obelix öffnete kurz sein linkes Auge, nur um es gleich wieder zu schließen.

Als LaBréa sich seinen Trenchcoat überzog und mit den Mädchen die Wohnung verließ, meinte Jenny: »Wir haben heute nur bis zwölf Uhr Schule. Um zwei machen wir ein Testspiel gegen eine Mädchenmannschaft aus Versailles.«

»Esst ihr dann in der Kantine?«

»Ja, leider«, erwiderte Jenny seufzend. »Und sonnabends ist das Essen noch schlimmer als in der Woche. Die sparen, wo sie nur können. Ich kriege Magenschmerzen, wenn ich nur daran denke!«

LaBréa nickte ergeben. Auch das Thema »Schulkantine« kannte er zur Genüge. Zu Hause war Jenny nie mäkelig, was das Essen anging. Doch mit der Schulkantine stand sie permanent auf Kriegsfuß.

Kurz darauf überquerten sie den Innenhof. Der Regen hatte nachgelassen. Vor dem Barometer an der Schuppenwand stand Monsieur Hugo, der Concierge. Er drehte sich zu LaBréa, begrüßte ihn und meinte skeptisch: »Keine Chance, Commissaire. Im Moment regnet es zwar kaum noch, aber da freuen wir uns zu früh. Die Ausläufer des Bretagne-Tiefs legen gegen Mittag erst richtig los. Dauerregen bis mindestens morgen Abend und heftige Gewitter.«

Jenny und Alissa tauschten einen raschen Blick, und Alissa meinte ein wenig resigniert: »Superwetter für unser Spiel. Da steht die Torlinie total unter Wasser.«

»Schönen Tag noch, Monsieur«, rief LaBréa dem Concierge zu und hob grüßend die Hand. Monsieur Hugo lachte.

»Tja, den mache ich mir. Ich hab mir in der Videothek ein paar amerikanische TV-Krimiserien ausgeliehen.« Er lächelte verschmitzt. »Sie kennen ja meine Leidenschaft fürs Verbrechen, Commissaire.«

Und ob LaBréa diese Leidenschaft kannte! Wenige Monate, nachdem er mit Jenny in dieses Haus gezogen war, hatte Monsieur Hugo begonnen, LaBréa bei aktuellen Ermittlungen Ratschläge zu erteilen. Er stellte Theorien über Tatmotive auf, spekulierte über mög-liche Verdächtige. So gut er konnte, ging LaBréa solchen Gesprächen aus dem Weg. Wenn es sich nicht vermeiden ließ, griff er Monsieur Hugos – überwiegend absurde – Ideen zum Schein auf und versprach, den Hinweisen nachzugehen. Als der Concierge vor wenigen Monaten vom Bastille-Killer zusammen mit Jenny als Geisel genommen wurde, hatte sein »kriminalistisches Gespür« allerdings kläglich versagt. Mit einem simplen Verkleidungstrick hatte der Mörder ihn damals überrumpeln können.

Während die Mädchen Richtung Straße gingen, klopfte LaBréa kurz ans Atelierfenster seiner Nachbarin Céline. Seit geraumer Zeit waren er und die Malerin ein Paar. Sie hatten bereits ihre erste Beziehungskrise hinter sich, denn LaBréa hatte Céline mit seiner alten Jugendfreundin Jocelyn betrogen. Der Vorfall war inzwischen vergessen und stand nicht mehr zwischen ihnen. Sie trafen sich täglich, aßen oft gemeinsam mit Jenny in LaBréas Wohnung zu Abend, gingen am Wochenende ins Kino. Wenn Jenny bei Alissa über Nacht in der Brûlerie blieb, schlief Céline in LaBréas Wohnung. Inzwischen hatte Jenny sich daran gewöhnt, dass es im Leben ihres Vaters eine neue Frau gab. Mit Céline verstand sie sich gut, was nicht zuletzt darauf zurückzuführen war, dass Céline beim Thema »Mädchenfußball« eisern zu Jenny hielt und deren Leidenschaft für Fußball teilte.

»Ich weiß gar nicht, wieso du dich so darüber aufregst«, hatte Céline ihm einmal gesagt. »Lass sie doch. Sie hat Spaß daran. Andere Mädchen in ihrem Alter sitzen nur noch vor dem Computer oder haben sogar schon einen Freund. Sei froh, dass sie Sport treibt und in ihrer Freizeit nicht irgendwo rumhängt.«

Gelegentlich dachte LaBréa an die letzte Weltmeisterschaft in Deutschland, als die beiden pausenlos vor dem Fernseher hockten. Als Zinédine Zidane im Endspiel gegen Italien nach seinem Foul vom Platz gestellt wurde, hatten beide geweint, während LaBréa kopfschüttelnd in der Küche stand und sich einen Drink mixte.

Die Vorhänge waren zugezogen, was LaBréa ungewöhnlich fand, da Céline im Allgemeinen immer früh aufstand. Vielleicht war sie einkaufen gegangen. Er beschloss, sie etwas später anzurufen.

In der Rue Charlemagne, in der Jennys Schule lag, stauten sich die Autos. Eltern setzten ihre Kinder ab, Lehrer suchten nach einem Parkplatz. LaBréa verabschiedete sich von den beiden Mädchen.

»Also dann, macht's gut und viel Spaß beim Spiel heute.«

LaBréa wollte gerade die Straße überqueren, als in langsamem Tempo ein roter Porsche heranrollte und seine Aufmerksamkeit auf sich zog. Der Mann hinter dem Steuer beugte sich zu seiner Beifahrerin und tauschte einen langen Kuss mit ihr. Jetzt stieg die Frau aus. Es war Jocelyn Borel, LaBréas Jugendfreundin, mit der er vor einigen Monaten eine Affäre gehabt hatte. Als Lehrerin an Jennys Schule unterrichtete sie die höheren Klassen. Wie stets war sie elegant gekleidet. In einer wohlkalkulierten Bewegung warf sie ihre blonde Mähne zurück, hob lässig die Hand und lächelte LaBréa zu.

»Hallo, Maurice«, sagte sie mit ihrer tiefen, wohlklingenden Stimme und blickte ihm einen Moment in die Augen. Lag in ihrem Blick so etwas wie Genugtuung? Ein kleines, weibliches Triumphgefühl? Offenbar war der Fahrer des Luxusschlittens ihr neuer Freund. Ja, sie genoss die Vorstellung, dass LaBréa vielleicht beeindruckt war, möglicherweise sogar eifersüchtig. Doch da täuschte sie sich. Für LaBréa war ihre Affäre endgültig abgeschlossen. Auch die schönsten Jugenderinnerungen verblassen irgendwann. Er mochte sie, mehr aber auch nicht. Das hatte er ihr unmissverständlich klargemacht. LaBréa lächelte zurück: »Hallo, Jocelyn!« Mit eiligen Schritten ging Jocelyn auf den Eingang der Schule zu und drehte sich noch einmal nach ihm um. LaBréa fasste den Porschefahrer etwas genauer ins Auge. Mit seinen gewellten braunen Haaren und der randlosen Brille sah er gut aus. Er erinnerte LaBréa an jemanden, doch ihm fiel nicht ein, an wen. Jemand, den er aus den Medien kannte. Ein Politiker? Jemand aus der Showbranche? LaBréa schob den Gedanken beiseite und machte sich auf den Weg zu Francine Dalzons Brûlerie, wo er nach alter Gewohnheit frühstücken wollte.

Lust auf mehr bekommen?

Dann lesen Sie weiter in

DER LETZTE WALZER IN PARIS

von

ALEXANDRA VON GROTE

ISBN 978-3-453-43376-2

HEYNE <